飯桶小醫女 2

文創 風 279

蘇芫 著

目錄

第二十七章　人走茶涼

酒老爹總覺得晚上睡得很不踏實，好像少了些什麼，可是具體是什麼又說不上來。

他一大早醒來，也難得沒有想著出去溜達溜達，而是端坐在客廳。

不一會兒，沈東籬起來了，他收拾好自己便打算去學堂。

「小菊花。」酒老爹開口道：「阿秀起床沒啊？」

「我不知道。」沈東籬覺得酒老爹這個問題問得好生奇怪，不過隨即他也將心中的疑惑說了出來。「平日這個時辰，她早就起了。」

說來也怪，平時阿秀都會先做好早飯的，可是今天他都要出門了還不見她，說實話他也覺得有些怪怪的。

「大概是出門了吧。」酒老爹並沒有多想，他自己就不是著家的人，而且這平穩日子過久了，難免就鬆懈了。

他感覺到阿秀的屋子裡並沒有呼吸聲，便當她是一大早出門買菜去了。

只是心中的那絲不安，讓他今天並沒有出門。

「那我先去學堂了。」沈東籬衝著酒老爹作了一個揖，便抱著書出門了。

還沒有到學堂，沈東籬便聽到前面傳來一陣喧鬧聲，他並不是一個愛湊熱鬧的人，便打算繞過去。不過他聽到有人提到「劉大夫」這個字眼，下意識地往那邊瞧去，果然是那個巷子口藥鋪的坐堂大夫。

只是他怎麼一大早就躺在這裡了啊？

「沈先生啊，您要去學堂了啊。」原本在圍觀的人看到沈東籬過來了，都很是客氣地和他打招呼。

原本讀書人就比較受尊敬，再加上沈東籬長得好，自然是更加受到禮遇。

「這麼一大早就出門，沒吃早飯吧，來，快拿兩個包子，剛出爐的。」那人也不管沈東籬答應不答應，直接將包子塞到他的手裡。

「多謝。」沈東籬在這邊生活也有一段時間了，知道他們是真的對自己熱情，態度也就沒有以前那麼僵硬了。

「這劉大夫是怎麼了？」沈東籬想著他和阿秀有些過往，便多嘴問了一句。

「也不知道是哪個缺德的，將人弄暈了，丟在路上，還往他身上潑尿，老遠就是一股尿騷味。」那位大嬸一說完，就意識到自己說話太粗俗了，頓時呵呵一笑。「沈先生還是不要看了，免得污了眼睛。」

沈東籬倒是沒覺得有什麼污眼睛的，他反而更加好奇了。「可知是誰做的？」

這劉大夫雖然平日裡愛貪點小便宜，虛榮心又強，但是那種大奸大惡的事情卻沒有做過，所以沈東籬也奇怪，誰會將他這麼折騰一番。

這個天氣，要是從晚上就被丟在了外面，那肯定要得風寒了。

「這個我們哪裡曉得，就是不知道這劉大夫家裡人什麼時候過來，說不定知道。」這劉大夫平日裡做人一般，所以遇到這種事，看熱鬧的多，真關心他的，還真沒有幾個。

「欸，劉大夫，你終於醒了啊！」

就當沈東籬打算走了的時候，劉大夫慢慢轉醒，他昏睡那麼久，主要是因為顧二下手太重。

顧二看他這麼一個正值壯年的人，要是下手太輕了，他一喊叫來了別人，那就麻煩了，所以動作那個叫快狠準。

誰知這劉大夫是個外強中乾的，一暈就暈了那麼久。

「這是在哪裡？」劉大夫睜開眼睛，就發現身邊圍著一大圈的人，在看到有熟悉的面孔的時候，心中大定，想必是沒有被抓走；對於之前出賣了阿秀，他倒是沒有多少的愧疚心。

「哎呀，劉大夫啊，你這是被什麼人害了啊，嘖嘖！」

劉大夫被周圍人瞧著，終於意識到自己身上散發出來的那股騷味，臉色一紅，怕他們聯想到什麼，連忙說道：「昨夜有歹徒潛入我們鎮，說是要抓大夫，我奮力反抗，這才僥倖求得一命，想必也是那歹徒不甘心，才在我身上潑這污穢物！」劉大夫說著還一臉的憤慨。

「要是讓我下次再見到他，肯定不會饒過他的。」

周圍的人只是笑，卻沒有幾個相信的，這小鎮就這麼一點大，要是真的有他說的歹徒，大家怎麼可能連一點動靜都沒有聽到，肯定是被人尋了仇，面子上過不去才故意這麼說的！

「你們不要不相信，你們有本事去柳樹胡同看看，那阿秀她還在不在，我暈過去之前，可是聽那歹徒說要去抓阿秀的。」劉大夫被人這麼一笑，腦中一熱，便將這話說了出來；說完他心中就有些後悔了，要是被阿秀家的人看到了如何是好？

不過他馬上就釋懷了，這阿秀家中不過一個小白臉和一個酒鬼，他還會怕他們？

「你說什麼？」沈東籬原本要離開的步伐因為劉大夫這句話頓住了，擠開人群過去，要不是他一貫的自持放在那裡，他說不定就揪住那劉大夫的領子了。

劉大夫一看是沈東籬，心中一驚，不過在他看來，沈東籬就是一個吃軟飯的，別人喜歡他，他可瞧不上這種長得比姑娘還好看的男人。

劉大夫定定心神，淡定地說道：「我說什麼你心裡還不清楚，你住在她家裡，難道不知道她人不見了嗎？」

「你……」沈東籬聯想到早上酒老爹說的話，阿秀真的不見了……

「你跟我走！」沈東籬想到了某些不好的事情，臉色一下子就白了。

原本最注意禮儀的他也顧不上什麼，直接拽著他的領子就要將他拖回去，仔細問清楚。

這劉大夫雖然外強中乾，但也不是沈東籬這麼一個纖細少年想拽就拽得走的，這人還沒有拉動，自己先被他一甩，差點摔倒。

還好旁邊看戲的大多是憐香惜玉的，不用沈東籬自己動手，他們先七手八腳將劉大夫給制住了。

「沈先生，要我們幫你把他帶回去嗎？」這些幫忙壓著劉大夫的大姑子、大嬸子都是一臉期待地看著沈東籬。

平日裡她們哪裡有這樣的機會，現在好不容易能幫沈東籬的忙，她們自然是迫不及待的，管對方是誰啊！

「那麻煩妳們將劉大夫帶到柳樹胡同最裡面，他之前說阿秀被抓走了，實際的情形我想問問他。」沈東籬衝著那些婦女有些感謝地笑笑。

「妳們這群婆娘，不要拽我衣服！」劉大夫一邊罵著，一邊卻不敢太掙扎了，就怕一不小心被發現那騷味是從他衣服裡面傳出來的，那他這輩子算是沒法抬頭了。

一群人浩浩蕩蕩地過去柳樹胡同。

沈東籬原本還擔心酒老爹人不在，自己會不會白將人帶回來了，沒有想到一直不著家的酒老爹現在還坐在原來的位子上。

「酒老爹，這劉大夫說阿秀被人抓走了，您快去屋子裡瞧瞧，人在不在。」沈東籬一進門便說道，他畢竟是男子，自然是不好去闖女子的閨房。

但是酒老爹不一樣，他是阿秀的爹。

酒老爹原本心中就不放心，聽到沈東籬這麼說，眼中快速閃過一絲厲色，在大家都還沒有反應過來的時候一下子撲向劉大夫。

「我的阿秀呢！」酒老爹揪住劉大夫的衣領，臉和臉之間幾乎都沒有多少的距離了。

沈東籬一聽這話，就知道這劉大夫說的竟是真的……

劉大夫覺得自己快要窒息了，整張臉都脹得通紅，結結巴巴地說道：「我不知道，我什麼都不知道。」他想起那個男人的聲音，低沈中透著一絲危險，他實在不敢多嘴，他怕死。

「我的阿秀呢！」酒老爹的聲音又低了些，但是偏偏讓劉大夫的腿抖得更加厲害了些。

明明只是一個酒鬼，但是劉大夫卻覺得打從心裡害怕，甚至比那個擄走他的男人更加讓他害怕。

「我只知道那個男人要抓大夫，別的真的不知道啊！」劉大夫覺得自己都要跪下來了，為什麼原本這麼貌不驚人的一個酒鬼，現在會變得這麼可怕？

「那個男人是誰？」酒老爹的聲音壓得很低，除了劉大夫，旁人根本就聽不清。

「我不知道，但是看打扮和身材，像是習武之人，很有可能是軍隊裡面的。」劉大夫不知道為什麼，看著酒老爹的眼睛，下意識地就將自己心裡想的都說了出來。

酒老爹眼中快速閃過一絲光亮，然後將劉大夫一推，自己一屁股坐到地上，開始哭號起來。「我的阿秀啊，我的阿秀啊！」

就當圍觀的人以為酒老爹會和劉大夫打起來的時候，他竟然直接坐地上了，讓那些人一陣傻眼。

「酒老爹，我們再仔細問問，會有法子的。」沈東籬安慰道，其實他心裡也不好過，他萬萬沒有想到，昨天還和他說笑的人，今天就這樣不見了。

「我的閨女啊！」酒老爹並沒有回應沈東籬的話，只管自己哭。

看戲的人看他只哭號，又沒有別的什麼作為，便這麼散了，劉大夫更是趁著他們不注意連忙溜了。

「酒老爹，我去學堂將假給請了，就陪您找阿秀去。」

只不過是半個時辰，等沈東籬再回來，家裡哪裡還有酒老爹的影子，桌上倒是留了一張便條，歪歪扭扭地寫著「我去找阿秀了」。

沈東籬看著這張紙條，不知道為什麼，心裡覺得酸酸的。

好似這，又只剩下了他一個人。

再說阿秀這邊，她正跟著顧十九一塊去等午飯。

「小十九，這個小……孩子，我沒有見過吧？」胖師傅看到站在顧十九身邊的阿秀，糾結了好久，也沒有說出「小夥子」三個字。如果他沒有記錯的話，他們軍隊裡面是沒有童子軍的，那這麼小的孩子是哪裡來的？

「胖師傅，您這是貴人多忘事啊，這……這個是小二十一啊！」顧十九糾結了一下也不知道阿秀叫什麼名字，索性給她隨便想了一個。

「你在跟我扯淡呢，這二十都沒有，哪裡來的二十一！」胖師傅沒好氣地說道，誰不知道這近衛軍只有十九人。

「胖師傅，這就是你孤陋寡聞了，這小二十一是咱們近衛裡面的秘密武器，你猜猜，她的絕活是什麼？」顧十九故意一臉神秘地小聲和胖師傅說著，眼睛則是瞄著阿秀，就怕她一個說話就露餡兒了。

「是啥？」胖師傅雖然心中有些不信，但是看顧十九說的這麼煞有介事的，又免不了有些好奇。

「別看我們小二十一年紀小，但是醫術高明著呢，師承薛長容。」顧十九臉不紅心不跳地說道。

這薛長容可是京城有名的人物，雖然不是薛家的家主，但是醫術卻是薛家長字輩最被看重的，而且為人和善，名聲很好。

胖師傅一聽是師承薛長容的，頓時看向阿秀的眼神就有些不大一樣了；不過他轉念一想，這薛家一般不收外人，這小孩子一看就不是薛家人……

「也不是我胖師傅不相信你，你得拿點真本事出來啊，不然誰都來我這邊隨便吃飯了。」

「我證明了，你就給我吃肉嗎？」阿秀的聲音在一旁響起，她一進來就聞到了菜香，偏偏他們兩個咕咕唧唧的，就是沒有輪到她吃飯。

「那是自然，你能吃多少就給你吃多少！」胖師傅很是爽利地說道，反正現在時辰還早，吃飯的人幾乎還沒有來，他有的是時間和他們磨蹭。

阿秀聞言，用手快速在胖師傅的右臂上面拍打了一下，只聽見他「哎喲」喚了一聲疼。

「你這小孩，怎麼直接動起手來了啊！」胖師傅抬起胖胖的手就打算要拍回去，這小小年紀就敢對他動手，以後還了得，小孩子這麼皮，肯定得收拾！

阿秀跳到顧十九身後躲好了，才笑嘻嘻地問道：「你右臂疼嗎？」

「當然，要不要我抽你一下試試！」胖師傅沒好氣地說道，沒有想到她膽子那麼大，打了人還要問別人疼不疼，難道不疼她還要再打一下嗎？這樣的性子真是太欠抽了！

「那倒不用，你最近是不是覺得有些頭暈？」阿秀從顧十九身後探出腦袋來問道，那胖師傅塊頭那麼大，還板著臉，讓人看著怪可怕的呢！

「你怎麼知道？」胖師傅瞪大了眼睛，自己剛剛有表現出頭暈的樣子嗎？

「如果我沒有猜錯的話，胖師傅你最近的消化不是很好吧。」阿秀說得比較矜持。剛剛這些症狀都是她觀察到的，這胖師傅雖然在和顧十九說話，但是左手總是會有意無意地輕輕捏一下右臂，當然不排除是幹活導致的痠疼。

頭暈也是看他時不時地皺眉以及捏眉心，雖然次數不是那麼頻繁，但是阿秀還是注意到了。

當然重點是她趁著說話的時候，觀察了胖師傅的舌頭，舌質鮮紅，舌苔卻黃膩，她便聯想到了一個病症，不過這個病症實在不適合在大庭廣眾之下說出來。

「這真是神了，小兄弟啊，你難道真的是薛長容的弟子？」胖師傅原本是不信的，但是阿秀這麼小小的露一手，他一下子就驚呆了。他可沒有和任何人說過他身上的不適，畢竟是有些難以啟齒，沒有想到她一眼就瞧出來了。

而且讓胖師傅欣喜的是，她沒有直接說破。

「呃……」阿秀其實根本就不知道薛長容是誰，只是剛剛聽顧十九的話，那人好像很厲害的樣子，這麼一來，阿秀就不知道自己應該承認呢，還是有節操地否認呢？

「管是誰的弟子呢，小兄弟啊，具體咱們等吃好了飯再說啊，你想吃啥，胖哥現在給你開小灶燒去！」胖師傅看阿秀一眼就瞧出他的病症了，立馬就殷勤了，這意味著什麼，這麼容易就能瞧出來，就說明，這醫治也不是問題啊！

胖師傅以前不是沒有想過問軍中的大夫，可惜他雖然人長得糙，但自尊心還是滿強的，怕被笑話，一直都忍著，沒有想到這小兄弟第一眼瞧見他就看出來了。

那話怎麼說來著，有緣千里來相會……

「如果有大塊的肉的話……」阿秀輕咳一聲，剩下的話並沒有說下去。

「有有有，我這就給你去做五花肉，還有溜肉段，半刻鐘就好。」胖師傅說完便歡歡喜喜地去切肉了，留下幾個炊事兵和顧十九大眼瞪小眼。

誰不知道這胖師傅最公平，除了幾個地位高的，像將軍之類的，誰想讓他開小灶，肯定被一頓好罵；這個個子矮矮的小兄弟是做了什麼，讓他一下子變了態度？

因為阿秀穿的是軍隊的衣服，而且身子瘦瘦小小的，根本就不會有人將她往女孩子那邊想。

顧十九趁著胖師傅去做菜了，將阿秀拉到一邊問道：「這胖師傅得啥毛病了，便秘？」

「放開你的手！」阿秀沒好氣地說道，這人是忘記她是女孩子了吧，拉她的動作不要太順手哦。

顧十九也馬上意識到了這個問題，頓時有些尷尬，摸著腦袋呵呵笑了一下。「這不是忘記了嘛！」心裡卻是嘀咕道：「誰叫妳完全沒有女孩子的樣子嘛！」

阿秀白了他一眼，並不去搭理他。

「欸，妳和我說說嘛，滿足一下我的好奇心吧。」顧十九一臉的期待，如果他知道了，說不定能乘機用這個搜刮一些好吃的。

可惜阿秀根本就不會讓他如願。「我為什麼要讓你滿足？」她高冷的口吻一下子打碎了顧十九美好的願望。

「妳好殘忍！」顧十九哀號一聲，這女孩子不都軟軟甜甜的嗎，怎麼會是這樣的！

他年紀還小，不知道所有的女孩子還有一個通性，那就是記仇！

作為罪魁禍首之一，阿秀不在後面的日子裡故意整他就已經算心地善良、仁至義盡了！

阿秀根本就連一個餘光都沒有過去，顧十九頓時也不好再這麼浮誇地表演下去了。

「小二十一，你快來嚐嚐胖哥的手藝。」胖師傅的手腳很俐落，不到半刻鐘的工夫，兩道菜竟然都做好了。

「胖哥好手藝！」還沒有吃，阿秀就聞到一陣肉香，口水嘩嘩直流，這軍營竟是如此臥虎藏龍之地啊！

「你多吃點啊，等下咱們飯後正好交流一下感情啊。」胖哥看著阿秀很是殷切。

「好好，順便讓你也看看我的拿手活。」面對給自己肉吃的人，阿秀的態度一向是極好的。

胖師傅對阿秀如此上道十分滿意，更加熱情地給她挾菜。

顧十九在一邊看著十分眼紅，作為近衛軍年紀最小的一個，他都沒有享受過這樣的待遇啊！

「胖哥，能給我也添碗飯嗎？」顧十九終於厚著臉皮說道，讓他怎麼受得了就這麼看著別人吃大餐。

「你等著，到時辰了等著領飯吧。」胖師傅根本沒有什麼好臉色，這軍隊是什麼樣的規定，那就怎麼來。

「這菜這麼多，兩個人吃綽綽有餘吧。」顧十九看著菜一點點變少，一陣肉痛，讓他嘗一下也好啊！

「誰說的，我一個人可以全部吃完。」阿秀不客氣地說道，然後加快了吃飯的速度，三下五除二就在顧十九目瞪口呆的表情下，將飯菜一掃而光。

顧十九眼睜睜地看著肉大塊大塊地塞進了阿秀那張小小的嘴巴中，咀嚼兩下就快速嚥了下去，他的眼淚都要掉下來了，明明他才是沒有吃早飯的那個人！

「等一下你們記得派飯菜，不要多給了。」胖師傅意有所指地掃了一眼顧十九，和幾個炊事兵囑咐了幾句，便領著阿秀往後面去了。

那個病，實在不大適合在大庭廣眾之下說，要是大家都知道了，那他的老臉就沒有地方放了。

第二十八章　治療隱疾

「小二十一啊，你說我這病還有法子不？」胖師傅既擔憂，又期待。之前還不嚴重的時候，他不好意思去瞧，後來嚴重了，那些大夫也不知道都跑去哪裡了，找都找不到，只留下幾個夥計在收拾藥材。

阿秀還沒有適應二十一這個名字，但是她又不能將自己這麼女性化的名字告訴胖師傅。她不知道現在的軍隊規矩是什麼，但是她以前看電視劇，知道女人到了軍隊，那絕對是要被打板子的；當然這還算輕的，阿秀為了自己的屁股著想，自然是不能隨便暴露身分。

「其實啊，你這個毛病問題也不是很大。」阿秀呵呵一笑，話語間很是輕鬆。

「怎麼治？」胖師傅一聽容易治，立馬就來了精神，他就怕要動刀子，以前聽說是要割掉的。

「你這毛病說的文雅些，叫做濕熱鬱結，說的直白點，那就是肛痔。」阿秀說道，臉上並沒有一絲異色。

這肛痔說的通俗點就是痔瘡，在現代最是常見，不是還有一句話叫做「十男九痔」嘛，雖然誇張了些，但是也足見痔瘡的普遍性。阿秀以前實習的時候是到所有科室都輪轉過的，自然不可能沒有見識過，所以現在很是淡定。

但是在胖師傅看來，就不是這麼回事了，這小二十一看著年紀不大，但是這氣度，不愧是名師教出來的弟子，讓他都覺得她很可靠！

「那你剛剛咋一眼就瞧出我得這毛病了？」胖師傅有些緊張地看著阿秀，難道自己表現得那麼像一個得肛痔的人嗎？

那豈不是大家都瞧出來了，只不過是礙於他的面子，所以才沒有說出來，而是在背後偷偷笑話他。他開始還沒有想到這個，現在一個轉念，臉色都變了。

阿秀知道這病比較尷尬，寬慰道：「胖哥你放心，你這毛病還不是很嚴重，一般人瞧不出來的。」

「那就好、那就好，那小二十一你說說，有啥法子治，要真治好了，以後你想吃啥都和胖哥我說，只要我做得出來，肯定都親自給你送過去。」胖哥很是爽快地說道。

阿秀剛剛才嚐了他的手藝，自然是知道這其中的誘惑有多大。

勉強讓自己淡定，阿秀這才笑著說道：「剛剛我說了，你這病是濕熱鬱結，其實後面還有半句，就是下注肛門，主要表現就是痔痛，大便乾燥，頭暈，疲倦，右臂微疼。」

胖師傅一邊聽，一邊一一對照自己的身體情況，竟然一個不落，全中了。

「難怪你剛剛要拍我的手臂。」胖師傅恍然大悟道，沒有想到她這麼細心，一眼就瞧出這麼多症狀來了。

「其實我主要也是先看到你的面色不大對，又連上你之後的行為，才有了判斷的。」阿秀說道，她最開始更多的只是一種猜測。

「好好，果真是英雄出少年啊，你就是和薛家的那個薛行衣相比，想必也不會遜色。」

胖師傅誇讚道，那薛行衣不光醫術好，學問也好，京城裡但凡是有孩子的人家，哪個不是拿他做榜樣。

不過他以前在將軍府裡面瞧過薛行衣一眼，小小年紀，就一副看淡生死的模樣，讓人實在難以親近。

倒是這個據說是薛長容弟子的小傢伙，意外的討人喜歡呢！

他已經完全忘記了自己之前還對人家橫眉豎目的樣子。

「胖哥你太看得起我了。」阿秀一副不好意思的模樣，心中開始回想，這薛行衣是誰，聽著怎麼有些耳熟呢！

之前陳老也曾經在她面前提過，可惜阿秀感興趣的永遠都是食物，根本就沒有將這麼一號人放在心上。

「那小二十一你有啥法子，胖哥我這毛病……應該不用動刀子吧？」胖師傅有些期待，但是又帶著一絲膽怯。

別看他長得塊頭大，但是這並不代表他的膽子也和塊頭相符，要知道他這輩子最怕的就是疼了。

「不用、不用。」阿秀搖頭道，雖然這手術才是她最擅長的，不過他的病情還沒有到要動刀子的地步。

「那就好。」胖師傅鬆了一口氣。

「要是你不介意的話，讓我看一下長痔的地方，我得再根據這個長勢開藥。」

「你要是不介意看胖哥我這身肥肉的話，那也行。」胖師傅雖然內心還有一絲小小的羞澀，但是這被一個人看，總比病情嚴重了，被那麼多人知道了好啊！

「胖哥你這身肉可是富貴相呢，別人想要還沒有呢！」阿秀想著他做的好吃的，那好話說得溜溜的。「你瞧那顧十九，小身板風一吹就要跑了似的，以後怎麼討媳婦兒！」阿秀有些嗤之以鼻。

不過這顧十九雖然看著人瘦，但是是屬於典型的「穿衣顯瘦，脫衣有肉」類型，阿秀這麼說，完完全全就是誣衊，但是在胖師傅聽來，那個叫舒坦啊。

他在顧家做了好幾年的廚師了，後來因為他身板厚實，看著比較耐摔打，便被顧靖翎帶著當了軍廚，雖然這銀兩是多了，但是他討媳婦兒的事也就這麼拖下來了。他就想著等錢攢夠了，他就辭了這個工，然後開間小酒樓，討個媳婦兒，生一大群小胖墩兒。

胖師傅那雙胖胖的手不禁握住了阿秀的手。「小二十一，沒有想到你竟然是一個這麼有眼光的人，你說那些娘兒們怎麼就都喜歡小白臉呢！」在胖師傅看來，顧十九這種的就是典型的小白臉。

「她們就是太膚淺，不知道胖哥你的好！」阿秀很是贊同地點頭，在她看來，胖哥那手做菜的活計，可是比一般人強的不是一點、兩點。

「就是就是。」胖師傅第一次遇到這麼一個知音，感動得眼淚都要掉下來了。

「胖哥，你只要知道，小二十一會一直那麼欣賞你的——」菜的。阿秀默默在心中補完那兩個字。

「我怎麼不早點認識你！」胖師傅只覺得相見恨晚。「二十一弟，以後有啥事就找胖哥我。」

「嗯嗯，胖哥你一看就是一個大好人。」

阿秀頓了一下便說道：「那我們先把身體檢查了吧。」

胖師傅身子微微一抖，身上的肥肉顫了三顫，聲音中帶著明顯的遲疑。「那也成。」

「那你脫褲子吧，還是要再找個隱秘點的地方？」阿秀問道，這邊是廚房後院的一個小屋子，現在大家都在前面吃飯，倒也不會有人進來。

而且這軍隊裡面都是男人，他唯一要避嫌的人就是阿秀，既然她都在這裡了，還真的沒那個必要了。

「那我脫了啊。」胖師傅有些扭捏地看了四周一眼，這裡是他平時休息的地方，也算得上是安全的地方，不用擔心有人會進來，瞧見他這副模樣。

「脫吧。」阿秀很是灑脫地說道，就她現在的態度，會讓人懷疑她是姑娘，那也叫怪了。

相比較阿秀的瀟灑淡定，胖師傅就顯得扭捏了不少，褲子脫得那個叫慢，雖然他長得粗，但是他內心還是有些不好意思的。

「胖哥你不用不好意思，我不會說出去的。」阿秀以為他在猶豫，是怕自己嘴巴不牢靠。她別的不敢說，但是病人的資訊她是絕對不會隨便洩漏出去的，這也是屬於一個醫生的醫德。

「你們在幹麼！」這胖師傅屁股才露出那麼一丁點，就聽到門口一聲怒喝，嚇得他連忙把褲子又拉了上去。

「顧大哥，你怎麼來了啊？」阿秀看到來人是顧一有些小詫異，她還以為是顧十九呢！

「你們剛剛在幹麼！」顧一憤怒道，如果剛剛他沒有看錯的話，這胖師傅是在脫褲子吧？他認識胖師傅也有好幾年了，沒有想到胖師傅竟然是這樣的人，而且阿秀現在可是男子身分，自己真是看錯他了！

阿秀倒是沒有一點慌亂，很是鎮定地說道：「胖哥身體不大舒服，我給他瞧瞧啊。」反而是胖師傅，臉色都變了，心裡開始計較，自己屁股上的那個玩意兒，應該沒有給他看到吧。

「有什麼不舒服的？」顧一冷著一張臉說道，而且不舒服需要脫褲子嗎?!

「這不是正要看，就被你推門進來的陣勢嚇到了嘛！」阿秀沒好氣地說道。

顧一原本堅信自己眼睛看到的，但是他看阿秀目光這麼端正，心中不禁有了一絲懷疑，難道剛剛是自己看錯了？那胖師傅只是褲子往下滑了點，這才往上面拉？

這麼一想，顧一心中就覺得能接受了，而且轉念一想，這阿秀長得也不是頂好看的，小十九長得還比她精緻呢，要真的看上的話，也是看上小十九啊！頓時，顧一就徹底鬆了一口氣。

「那是我太魯莽了，那要看病的話，妳看吧，我在這邊等妳，咱們一塊兒回去。」

「哦。」阿秀點點頭，眼睛瞄了一眼胖師傅。「那你把手給我，我給你把一下脈吧。」

胖師傅原本還怕阿秀當著顧一的面讓他脫褲子，雖然這顧一為人老實，但是這近衛軍十九人親密無間，誰知道他會不會隨口告訴了某些大嘴巴。

讓他比較欣喜的是，阿秀只是打算給他把脈。

阿秀就算自己不介意，也要顧忌一下旁人的心情。

這顧一可是知道自己是姑娘的，要是看到自己看男人的屁股，他非被嚇瘋掉不可！

「只是濕熱鬱結，我開一個方子，你去抓了藥煎煮服下就好。」

胖師傅連忙去找來紙筆。

「雲茯苓兩錢，豬赤苓各一錢，焦稻芽兩錢，焦苡米兩錢……」將要用的藥端端正正地寫在紙上，阿秀才和顧一回去。

走之前她還不忘衝著胖師傅使了一個眼色，表示自己絕對不外漏。

胖師傅頓時欣慰地點點頭，這小孩真是懂事啊！

顧一等出了屋子，便和阿秀說道：「將軍讓我帶妳去藥帳看一下。」

「帶我去看藥帳幹麼？」阿秀的眉頭微微皺起，為什麼她有一種不大好的預感？

「讓妳先熟悉一下。」顧一回頭看了一眼阿秀，自己有說錯什麼話嗎，為什麼她的臉色一下子就變得這麼難看了。

「顧大哥，如果我沒有記錯的話，我是你們擄來的吧……」阿秀沒有好氣地說道，自己作為一個受害者沒有和他們算帳就算仁至義盡了，他們難道還奢望受害者出力給他們看病嗎？這未免也太天真了吧！

「這個……」顧一面色一陣尷尬，他們都選擇性地忽略了這個事實。「妳也要知道，這軍中現在沒有大夫……」

「這個我知道啊，但是——」阿秀加重了語氣。「這並不代表我就要聖母地將事情都攬在自己身上。」她雖然不大愛計較，但是這並不代表她就是包子一樣這麼好捏弄。

「那個，阿秀……」顧一並不懂聖母是什麼意思，但是這不妨礙他理解整句話的意思。

只不過他原本就是一個嘴笨的人，再加上現在阿秀的態度這麼強硬，他一下子不知道用什麼話來說服她了，在他的心中，其實覺得阿秀這樣的態度並沒有錯。

「不管你說什麼，我還是那句話，我並沒有這樣的義務，要不你就當白養了一個閒人，要不你就把我送回去。」阿秀想到第二個可能，心裡還巴不得呢！

「阿秀姑娘……」顧一就是臉脹得通紅，也憋不出第二句話來，這樣的差事原本就不該他來，他嘴巴笨，偏偏將軍把事情交給了他。

「大哥，將軍說請阿秀姑娘去營帳說話。」顧小七見兩人站在路上對峙著的模樣，便跑了過去，神色有些複雜地看了阿秀一眼。

阿秀原本心情就不是很爽快，看到顧小七這麼看她，頓時就翻了一個白眼給他。

「那我們過去吧。」顧一又將阿秀打量了一番，他一直都覺得阿秀和自家將軍兩個人相處有些艱難，現在她心情又不好的樣子，等一下會不會吵起來啊？

顧一又聯想到自家將軍那完全不知道憐香惜玉是何物的性子，不禁為阿秀擔憂起來，他一直將阿秀當妹妹看，自然內心深處對她還是有一定的保護慾以及一絲愧疚。

阿秀想著等一下又要看到那個摳門將軍刻薄的模樣，心裡反而有了一些鬥志，看他能拿自己怎麼著！

顧一和顧小七都有些茫然地看著阿秀一下子變得鬥志高昂起來，這是又怎麼了？

「阿秀姑娘。」顧靖翎身上穿著盔甲，雖然只是靜靜地坐在榻上，但是身上帶著難以忽略的殺氣。

這是上過戰場，殺過敵人的證明。

阿秀心中一窒，他這是打算在氣勢上讓她屈服嗎？這麼大的架勢，明顯是犯規啊！

定定心神，阿秀開口說道：「顧將軍，雖然現在軍中大夫不足，可小女子不過十二稚齡，難堪大任，不求歸去，只求平穩度日。」她這話說得可憐兮兮的，又故意放慢了語速，敵強我就弱。

果然她這麼一說，顧靖翎的臉色就快速變了一下。他原本就是想到阿秀年紀小，這麼強勢之下應該就不會那麼嘴硬，沒有想到她竟然還有這麼一招，他還是小看了她！

「這將士們為了保衛國土犧牲自己，阿秀姑娘作為女子，雖然不需要為國家拋頭顱、灑熱血，但是……」

「阿秀一直很敬佩那些將士們，為了這個國家英勇就義，但是顧將軍！」阿秀的聲音高了一個調。「阿秀只是一個女子，這軍隊中都是男子，你讓阿秀如何自處！」她知道這將軍出身高門，哪裡會不知道男女授受不親這個道理。

顧靖翎本來就不是善於言說的人，本來他也不過是因為沒有別的選擇才有這樣的精力和阿秀扯幾句，沒有想到，阿秀比他想像的要難應付得多。

而且就她的談吐，根本就不像是一個普通的小村姑。

這樣鎮定地面對他故意施加的壓力，他開始有些好奇，這個阿秀，究竟是什麼人。

不過現在最主要的，還是讓她同意動手醫治之前的戰役，還有不少人的傷勢需要處理，以便應對下一場戰事。

「醫治好一個，三兩銀子。」顧靖翎微微抬眼，看著阿秀說道。

阿秀原本打算要說的話一下子被堵在了喉嚨口，她沒有想到的是，他會這麼快就讓步。

這讓她詫異之餘，又詭異地有些小小的失落，她以為他至少會和她爭辯一番的，畢竟他在她心目中是個摳門的人，誰知道他竟那麼好說話。

「我之前就說過，每個病人醫治的價格是不一樣的，不是每個病人都只要三兩銀子那麼廉價的。」阿秀一邊說，一邊笑得和善。

這話意有所指，在場的人就算是腦子再直也聽出來了，之前看病的價格是三兩的，除了顧靖翎還能有誰。

果然顧靖翎的臉色一下子就沈了下來，但是他雖然自小不知道憐香惜玉是何物，但是也是被教育不能隨便和女人動手的。

他慢慢將胸腔中的氣呼出去，沈聲道：「那妳說，怎麼算？」要不是現在時間緊迫，有能力的大夫又不好找，他哪裡有這個耐心和她在這裡談條件。

阿秀聞言，頓時有些小人得志般地得瑟起來。「那也得視具體的病情，具體收錢啊。」

顧小七在一旁聽著，忍不住插嘴道：「妳這不是坐地起價嘛！」

照阿秀這麼說，那不是她想要多少，那就得給多少啊！就算這有金山、銀山的，還不是一下子就被搬空了？

阿秀「嘿嘿」一笑，並不否認，她這就是坐地起價啊，那又咋地，有本事他們去找別人啊，她還不樂意接這個活兒呢！

「如果你們不答應也沒事啊。」

這麼一對比，就顯得阿秀更加的瀟灑，顧靖翎這邊反倒是顧忌得多了。

「如此，就訂個最高價吧，不得超過就好。」顧靖翎並不擅長做這樣討價還價的事，用手捏了一下眉心。

果然女人就是麻煩！那些貴女太嬌氣，話太多，身上氣味太重；而阿秀這種的，更加可怕，算計太好，還貪婪。

「我也不是斤斤計較的人，如果是外傷，縫四肢，每條一兩；如果是胸口或者背上，跨越大的，那就統一收三兩；開方子另算，如果要我製藥，那到時候還得再算。」阿秀一邊掰著手指一邊說道。其實她數學並不是很好，到時候人一多，她哪裡還算得清楚，但是她現在故意這麼說，就是為了讓顧靖翎不爽快。

「行吧。」顧靖翎有些厭煩地揮揮手，他覺得和阿秀再待在一個營帳裡，他前面小几的一角都要被他捏碎了。

「既然你答應了，那咱們就立個字據吧，免得到時候會有人不記得。」阿秀說完還不忘捂住自己的嘴，笑得一臉的羞澀。「我這人記性一向不大好。」

「啪嚓」，那個小几的一角最終還是沒有保住。

「顧一，去拿紙筆。」顧靖翎越是不悅，這語氣反而平常了。

顧一看著兩個人的交鋒，膽戰心驚的，這阿秀膽子未免也太大了，他剛剛都為她捏了好幾把汗了。如果不是有恃無恐，阿秀也沒有這樣的膽子。

顧靖翎的字很有勁道，再加上現在的心情，筆墨全部透到了案上。

「聽說以前形容一個人字寫得好，叫『入木三分』，將軍這字也不遑多讓呢！」阿秀笑咪咪地說道。

顧靖翎哪裡不知道她這其實是在諷刺自己，輕哼一聲，將筆放一邊。「妳看一下吧。」

阿秀並沒有怎麼看，只是將那紙吹乾，收進懷裡。

這顧靖翎雖然比較摳門，但是人品應該還是可以的。

「現在，顧一，你帶她去藥帳吧。」顧靖翎朝他們擺擺手，示意他們趕緊離開。

顧一看著他們之間的交鋒那是一愣一愣的，好像原本自己認為應該保護的小妹妹，一下子變得比自己都要厲害了。

「那我就先告辭啦！」阿秀這次則是開開心心地離開了營帳。

都說女子報仇，十年不晚，她算是報了之前他在她家那時候，瞧不起她的仇了！

第二十九章 心理疾病

軍營的藥帳比阿秀想像的要大得多，只不過裡面的人卻少得可憐，看到顧一他們過來，也只是很萎靡地衝他們行了一個禮。

也怪不得他們，裡面的主心骨兒都傷的傷、亡的亡，作主的人都沒一個，讓他們哪裡來的動力幹活；他們不過是一些藥僮和揀藥夥計，連個能開方子的人都沒有，就算來了傷患，他們也只能看著乾瞪眼。

「你們都到這邊來啊，這是新來的大夫，以後你們就聽她的命令。」顧一讓阿秀站到前面。

阿秀雖然年紀小，但是一點兒都不怯場，她有些隨意地說道：「你們可以叫我二十一，我年紀小，要是到時候有什麼冒犯的地方，你們也多多見諒。」

那些人一聽是來了領導，頓時都來了精神，眼睛眨都不眨地看著阿秀，可惜怎麼看，她都只是那麼一個小豆丁。

「你真的會看病嗎？」一個看起來不過十三、四歲的男孩弱弱地舉手問道，怎麼看，她比自己還要小上不少啊。

「我既然站在了這裡，自然是有些本事的。」阿秀知道，有些時候一味地謙虛是沒有用的，強勢和實力才會讓人信服。

「那那些大人的病，你也都能治好嗎？」旁邊的一個小胖子問道。

他是袁大夫帶過來的藥僮，袁大夫今年都六十好幾了，這次受了大驚嚇，還受了不小的皮外傷，一直臥病在床。這袁小胖是袁大夫養大的，自然最關心這個問題。

「我不敢保證一定能看好，但是我會盡我自己最大的努力。」阿秀說道，並不回避這個問題，但是也沒有一味地承諾什麼。

「那你能救救我師父嗎？」袁小胖一下子撲到阿秀面前，手拉住了阿秀的衣袖。

「我要先看病情才能告訴你答案。」阿秀並沒有往後退，目光沈著地回視著袁小胖。

「那拜託你了。」袁小胖看著阿秀的目光，下意識地就選擇相信她。

「那我就先回去了，妳有什麼事情叫人來找我就好。」顧一看阿秀應對這些人並沒有什麼問題，便放下心來。

「好。」阿秀衝顧一點點頭。

「二十一，你快去看看大人們。」袁小胖一看顧一已經走了，連忙拉著阿秀往裡面走去。

阿秀知道那些大夫都受傷了，但是撩開簾布，看到裡面的場景還是嚇了一大跳。

大概是空氣不流通，屋子裡透著一股腐敗氣息，裡面歪歪扭扭地躺著起碼六、七個人，年紀普遍都在四十歲以上，而且他們精神狀態都很不好。

「這些都是藥帳的大人們，之前藥帳遇襲，原本十位大人，現在只剩下了六位。」袁小胖將阿秀帶進去。他年紀小，但是在剩下的人當中也算是比較能說得上話的。

之前在藥帳的時候，因為那些軍醫都有自己的想法，平日裡相處未必就是好的，他們這些藥僮的關係也不是那麼親密，但是現在出了那麼大的事情，他們之間的關係感覺一下子緊密起來了，頗有一種同病相憐的感覺。

「小胖，你來了啊？」躺著的人當中有人聽到了袁小胖的聲音，有些虛弱地出聲道。

「師父，將軍給你們請了大夫。」袁小胖連忙跑過去，阿秀隨著他的身影看去，躺在那邊的是一個蒼老的身影。

「麻煩將軍了，不過我這把老骨頭，怕是撐不到回京了。」袁大夫並沒有因為聽到有大夫來而感到任何的欣喜。

「小胖啊，以後師娘就要你照顧了。」

「師父，不要說喪氣話，您還沒有教我開方子呢。」袁小胖圓圓的眼睛一下子就紅了。本來當時去世的大人只有兩個，但是不過短短幾日的工夫，就有兩個大人熬不住先後去了，這裡的氛圍就更加低沈了，明明有六個人，可是平日裡根本沒有一絲動靜。

袁小胖有種他隨時都會離自己而去的感覺。

阿秀看著他們，一個眼淚汪汪，一個氣若游絲，忍不住插嘴道：「您老這是說的什麼喪氣話！」

袁大夫有些艱難地將頭轉到阿秀那邊。「你就是將軍請來的大夫？」要說袁大夫心中原本還抱著一、兩分的期待，在看到阿秀以後，那就是半分都沒有剩下了。他們果然已經是無用之人，也難怪將軍就找了這麼一個小孩子來糊弄他們，說糊弄都是抬舉自己了。

「是的，袁大夫您也不要看我年紀小就不相信我。」阿秀一看他那眼神就猜出來了，自己又被瞧不起了。「有時候年紀小並不代表沒有實力。」

「你們幾個，把簾布扯了，這都多久沒有透氣了，裡面都要發臭了！」阿秀也不打算多做解釋，直接指揮兩個一直悶不吭聲的少年去幹活。

「還有你們兩個，去拿紙筆來，等下我要開方子。」阿秀自己一屁股坐到袁大夫旁邊，先握住他的手開始把脈。阿秀的把脈技能多是從酒老爹留下來的醫書中學的，還有一部分則是之前跟陳老切磋時他教授的，饒是這樣，她自認為也只能掌握一些比較基礎的脈象。

說實話，這脈象比她想像的要好得多，除了虛了一點，根本沒有別的大問題，應該是受了驚嚇，年紀大了，就有些受不住；再看他身上，並不見什麼明顯的傷痕，額頭那邊包著紗布，但是並沒有什麼血跡。

相比較之下，倒是別的幾個大夫，受傷更加嚴重，有一個大腿上包著大片的紗布，還有不少血跡滲透出來。

「收拾一個乾淨的營帳出來，將人都分開治療，這麼多人，都窩在這幹什麼！」阿秀隨手將三個人分了出去。

這只是分出來的一個小營帳，小小的卻住了六個病人，其中有三個是受了比較嚴重外傷的，還不通風，也難怪整個營帳裡的氣味就好像要發霉一般。

「你要怎麼治？」袁大夫見阿秀說話動作十分麻利，心中驚詫。

「每個人情況不一樣，自然法子也不一樣，倒是袁大夫您，只要服幾副安神定心的藥就好了，我再給您配個外用的藥膏，保准不用幾日，就好了。」

袁大夫這個病更多是因為心理因素，同個屋子的人都是一副萎靡不振的模樣，即使他沒有受太重的傷，受這樣的氣氛影響，就直接反應在了生理上面。

阿秀有些無奈，袁大夫自己是大夫，這年紀也那麼大了，怎麼還這麼容易被別人的病情影響？

「我的身子我還不清楚，我根本就不只是受驚，我肯定是中毒了，不然怎麼會全身沒有力氣，喘不過氣來，吃不下飯，頭暈目眩的。」袁大夫聽阿秀那麼說，頓時就不高興了，這說的怎麼像是他在裝病一樣，而且他做大夫那麼多年了，難道自己的身體他自己還不清楚啊！

雖然脈象沒有什麼大問題，但是身體狀況是騙不了人的，他肯定是中了什麼厲害毒藥。

「是是是，您現在中了毒，我就是為了寬慰您，不過這個毒是有解法的。」阿秀有些無奈地笑笑，沒有必要和一個病人爭執。

「你真的有法子？」袁大夫有些不相信，他自己都不知道自己中了什麼毒呢，這麼一個小屁孩就能知道?!

「醫者不自醫，袁大夫不用介懷，等我找人煎好了藥，你服下就能見效。」阿秀說著，快速寫了一個安神定心、補氣養神的方子。

「我看看。」袁大夫還是不大相信。

阿秀也不介意，將方子拿到他面前，她這次特意用了比較潦草的字體，袁大夫幾日沒有進食，年紀又大了，根本就看不清多少。

「既然袁大夫沒有意見的話，我就叫人去煎藥了。」阿秀將方子拿回來交給了站在身後的一個藥僮，吩咐有不明白的，等一會兒再問。

「我……」袁大夫想要說什麼，但是他現在腦袋也有些糊了，最終還是躺了回去，反正他肯定也活不了多久了，還計較什麼呢！

阿秀又快速看了另外兩個病人，相比較袁大夫，這兩個要嚴重些，不過問題也不大，都只是因為沒有及時治療。

這些大夫年紀普遍偏大，之前受到驚嚇，身體一下子就垮了，再加上一些外傷，身體和心理遭受了雙重打擊；更重要的是，這麼一些老頭子都放在一個營帳裡，只要有一個人哀號幾聲，那被影響的就是所有的人。

這個年代的人並不注重心理上面的鍛鍊，所以才會這麼脆弱。

「這個方子是這個……」

「這是小高大夫和大高大夫。」旁邊一個清瘦的藥僮給阿秀介紹道：「他們是親兄弟。」

「那你給他們去拿藥煎了，等下餵他們吃了。」

剩下的這兩個都是病情相比較輕的，雖然有外傷，不過阿秀解開紗布檢查了下，並不深，開了方子，讓藥僮給他們換了新的外用藥。

阿秀又馬上轉身去了另外新收拾出來的營帳，那邊安置著的是三個病情比較嚴重的大夫。

「這個是唐大夫。」旁人有人給阿秀介紹。

這個大夫是幾個人當中年紀最大的，鬍子都白了，阿秀估摸他起碼得有七、八十了。她不大明白，他這麼大的年紀，怎麼還會隨軍呢，不是應該安享晚年了嗎？

這古代可不比現代，活到八、九十是正常的，這裡能活到六、七十已經算是長壽了。

「囡囡。」唐大夫聽到聲音，迷迷糊糊睜開眼睛看到阿秀，眼淚一下子就下來了，抓著阿秀的手不放。「囡囡，爺爺沒有忘記給妳買糖葫蘆，囡囡。」

阿秀被他這麼抓著，也不惱，用手輕輕拍拍布滿老年斑的手。「爺爺乖，囡囡知道您沒有忘記，您不要動，讓囡囡看一下。」她的手感覺到一股明顯的熱度，他怕是燒糊塗了。

這麼大的年紀，又受了外傷，現在還發燒得這麼厲害，情況很棘手啊！

阿秀細細把了脈，猶豫了好一會兒，才在紙上將藥方慢慢寫下。

「銀柴胡，地骨皮……」唐大夫有些艱難地說道，眼睛卻一眨不眨地看著阿秀。

阿秀一開始還沒有反應過來，後來才意識到他在說的是藥方，再看這個老人一臉的慈愛，阿秀心中多了一些異樣。

這個唐大夫說的是因外傷引起的發熱症狀應該用的藥方，這和阿秀剛剛開的那方子幾乎是一模一樣的。她只是有些不懂，在她來之前，他為什麼沒有叫那些藥僮去抓藥？是不信任，還是別的原因？

忙活到天都差不多黑了，阿秀才將傷勢都處理了，見他們都安穩睡過去了，阿秀才算鬆了一口氣。

「二十一大夫，您先休息一下，我把您的晚飯先熱熱。」袁小胖殷勤地說道，而且因為顧一介紹阿秀叫二十一，他也不知道她的姓，就直接這樣叫了。

他原本還不大相信阿秀這樣的年紀有多大的能力，但是在看她那麼索利地解決了所有的病症，那心中的敬佩之情絕對如滔滔江水一般，綿延不絕。

「那麻煩你了。」被袁小胖這麼一提醒，阿秀才覺得自己的肚子餓得厲害，剛剛注意力太集中，她都沒有察覺到。

「二十一大夫，沒有想到您的醫術這麼好。」袁小胖趁著將晚飯端過來的時候，和阿秀閒聊道。其實他主要是心中好奇，這阿秀是怎麼學的，年紀這麼小，就能有這樣的能力，他可能腦袋沒有她聰明，但是他可以很努力學的。

「這個都是熟能生巧。」阿秀呵呵一笑，一般第一次見到她的人，都會因為她的年紀而不信任她，她也已經習慣了。這次沒有受到太大的排斥就順利開了藥方，讓她鬆了一口氣！

畢竟這邊躺著的都是一些有經驗的老大夫，要不是他們現在已經病得不輕了，阿秀估摸事情也不會這麼容易，至少口舌上面的爭辯還是需要費時不少的。

「哇，那您今年幾歲啊？」袁小胖一聽阿秀這麼講，心中就更加好奇了。在他看來，阿秀的年紀最大不過十三吧，十三歲就說「熟能生巧」，那得多早以前就開始給人看病啊。

「馬上就滿十三歲了。」阿秀被袁小胖這麼一問，突然意識到自己的生辰也快到了。

去年她生辰的那天，自家阿爹還送了她一套做工精良的針，雖然說他平日不著家，但是他還是挺關心自己的；而今年，不知道到那個時候，自己還能不能回家呢！

阿秀難得的，心中多了一絲悵然。

「那您肯定是來自杏林世家吧。」袁小胖很是羨慕地看著阿秀，出身這種東西，老天一早就安排好了的，他覺得能給袁大夫做藥僮已經很幸運了，不敢再奢求太多。

「算……是吧……」阿秀想著如果說不是，需要解釋的肯定就更加多了，而且自家阿爹也算是大夫啊，勉強也能算是杏林世家呢！

「以後要配藥的話，二十一大夫您可以找我。」袁小胖衝著阿秀憨憨一笑，露出一個小小的酒窩來，算是對阿秀的示好。

「嗯。」阿秀剛剛因為和袁小胖的對話，突然意識到了一個問題，快速撥了幾口飯入口，毫不浪費地將飯菜解決了，就去找顧一了。

自己怎麼沒有想到呢，這軍隊裡面缺大夫，自家阿爹也正好是啊，雖然她沒有見識過他出手，但是下意識的，她就覺得他應該是一個很厲害的人。雖然慫恿別人將自家阿爹挾持來的設定有些詭異，但是至少這樣的話，他也不用擔心自己的行蹤啊！

只是她一出營帳，就感受到了一種風雨欲來的低氣壓。

「這是怎麼了？」阿秀看著往來的將士，他們腳步匆匆，根本沒有人停下來回答她。

阿秀難得看到一個面熟的，連忙將人攔下來，問道：「顧小七，這是怎麼了？」

「剛剛發現敵人的蹤跡，現在正要出兵，妳快回妳自己的營帳，小十九會留下來保護妳。」顧小七說完也顧不得再說什麼，急急忙忙地走了。

「欸！」阿秀還沒有說，叫顧十九這麼不靠譜的人留下來保護她真的好嗎？眼前的人已經失去了蹤影。

阿秀也知道這戰場不比平日，她可沒有這個自信在對上敵人的時候保住性命，乖乖地回到自己的營帳去了；果然一進去，就看到顧十九那張有些哀怨的臉。

「妳回來了啊！」就顧十九的性子，明顯更加熱衷於上場殺敵，偏偏他武力值不強，但是逃跑的本事最好，所以這才將他留下來，就指望著到時候真有什麼不測，能帶著阿秀逃命。

「嗯，你吃過飯沒？」阿秀隨口問了一句。

「吃了，沒飽。」顧十九的表情更加哀怨了，他還沒有吃好晚飯，就被顧一拖到了這邊，讓他守著阿秀，可惜他等了半天，她才施施然地過來。

「那下次記得吃飽點啊。」

「……」顧十九無語了，他以為阿秀會說什麼安慰人的話呢，果然他還是太天真了。

因為不熟悉，阿秀就自己坐下來開始琢磨之後可能會用的藥方，藥方都是要根據病情慢慢調整的，不可能一成不變。

而這顧十九雖然心中有些怨言，但是他性子歡快，就算有什麼負面情緒，過一會兒也自動消失了，再加上本身又是一個廢話多的，根本就受不了不說話。

這大概也是顧一將他留下來的另外一個重要原因了。

「那些大夫怎麼樣了啊？」顧十九一直有意無意地瞄向阿秀正在寫的紙上，只是他從小不是一個愛讀書的，阿秀的字又寫得比較隨興，他至少有一半沒有看懂，剩下那些看懂的，組合在一起，他也不懂了。

他真不懂，一個年紀這麼小的姑娘，怎麼會對這麼枯燥的醫術感興趣？而且面對血淋淋的場景也不覺得害怕，真不知道她是怎麼長大的！

「暫時服藥睡下了，還要看後續的發展。」阿秀聽到聲音抬起頭，掃了顧十九一眼，便又低頭寫自己的藥方了。

顧十九心中一陣吐槽，瞧瞧這架勢，哪裡有一個正常女子的模樣？那麼老氣橫秋，根本就不是一個十來歲小姑娘會說的話。

顧十九猶豫了一下，用比較隨意的口吻問道：「那唐大夫怎麼樣了？」

「他有什麼特殊的地方嗎？」阿秀原本就對這個人有些介意，現在又聽顧十九專門問了他的情況，心中就更加好奇了。

「沒什麼啊，他就是年紀比較大些，所以我問一下。」顧十九搖搖頭說道。

阿秀覺得真相應該不是那麼簡單的，不過顧十九這模樣一看就是藏不住話的人，她到時候隨便誘導一下就可以了。

「他的情況比較嚴重，外傷有些化膿，人又在發燒。」阿秀故意搖搖頭。「情況有些危險。」

果然她這麼一說，顧十九的表情就有些變了，但是他又竭力想要維持正常，整個臉上的表情都扭曲了。

「那能治好嗎？」顧十九憋了半天，才憋出這麼一句話來，他不敢將心中真實的情感表現出來。

「這可說不準，你也知道這唐大夫年紀大了，又受了這麼重的傷，我也只能盡力而為。」阿秀淡淡地嘆了一口氣。

其實唐大夫的情況並沒有那麼嚴重，他雖然傷得比較重，但是他的求生慾望還是很強烈的；相比較之下，那幾個一直死氣沈沈，萎靡不振的大夫情況反而更加危險。

顧十九聽到阿秀這麼說，眼中的焦慮根本掩飾不了，欲言又止卻又只是默默地看著阿秀，但是一旦阿秀看向他，他又會馬上轉移視線。

看他焦躁得整個人有種要衝出去，但是又不能動的感覺，阿秀憋著笑說道：「你如果真的很急的話，就去吧。」

「啊？」顧十九有些緊張地看著阿秀，自己表現得有這麼明顯嗎？

「我說茅房啊，你這麼坐立不安，難道不是因為這個嗎？」

顧十九原本還有些擔心阿秀看出了些什麼，現在一聽，整個人都鬆了一口氣。

沒有意識到阿秀話語中的調侃，他還頗正經地擺手道：「我不用、我不用。」

阿秀看他這副模樣，忍不住「噗哧」一聲笑了出來，其實這顧十九還挺好玩的呢！

顧十九有些茫然，她這是在笑什麼，難道是在笑話自己，可是自己有做什麼奇怪的事情嗎？

第三十章　特殊情感

「二十一大夫，唐大夫在找您！」袁小胖跑得有些氣喘吁吁的，他人胖，一跑就開始拚命冒汗。

之前那些大夫喝了藥明明都睡下了，他們也打算回去休息了，沒有想到這個時候，那唐大夫一下子叫了起來。

這唐大夫在藥帳中的地位有些奇怪，他是唯一一個沒有自己帶藥僮和侍從的，但是他的醫術卻有些深不可測，至少袁小胖從來沒有看到唐大夫被難住過，而且軍中的那些大人都對他很尊敬。但是唐大夫平日裡老是皺著眉頭，讓人實在無法親近，在藥帳裡，大家對他都是又敬又怕。

剛剛他正要離開的時候，就聽到他一直在喊「囡囡」，他一開始沒有反應過來，後來才想起之前二十一在這邊的時候，唐大夫就是拽著她的手喊「囡囡」的。

雖然他覺得一個男人被這樣稱呼會有些不高興，但是可能是唐大夫已經病糊塗了。

袁小胖還算是比較好心的，聽到唐大夫這麼叫，就安撫了他幾句，自己急急忙忙地來找阿秀了。

要知道今天將士們大部分都出去了，整個軍隊一下子就安靜了下來，這大晚上的，要特意從藥帳那邊跑到這邊來，也是需要不少工夫的，路上還見不到什麼人……

「他哪裡不舒服嗎？」阿秀並沒有一聽就急急忙忙地過去，而是先以餘光掃視了顧十九一眼。

「這個我也不知道，他就一直在叫您。」袁小胖不好直接說他喊的是「囡囡」。

阿秀的眉頭微微皺了起來。

「妳不過去看看嗎？」顧十九在一旁問道，看起來他倒是比阿秀這個做大夫的要緊張不少。

阿秀腦中閃過一個念頭，便有些冷淡地和袁小胖說道：「你先回去吧，我明早再去看。」

「您不去瞧瞧嗎？」袁小胖心中有些失望，難道她就一點兒都不擔心他們的身體狀況嗎？作為大夫，不是應該將病人放在第一位嗎？

「明早去瞧也是一樣的，而且現在將士都不在，我們一直走來走去，引來不必要的麻煩怎麼辦？」阿秀說道，這是她最大的顧慮。

現在留守的將士不到三分之一，之前又被襲擊過，現在肯定有些草木皆兵，天又暗了，他們這樣走來走去，不是讓人更加惶惶嗎?!

而且阿秀想到自己離開不過一個時辰，真的有情況變化也不會這麼快；再說，她可不記得自己把名字告訴過唐大夫，她估摸那唐大夫叫的應該不是自己，而是「囡囡」，只是這袁小胖下意識地以為叫的是自己而已。

「我和妳一塊兒過去吧，那些士兵都認識我，這大夫都是軍中的人才，咱們還是要多多重視的。」顧十九一本正經地說道，只是這樣的話完全不像是他這樣性格的人會說出來的。

阿秀一聽，就更加確定，那唐大夫的身分不一般了。

「話是這麼說，但是你忘記顧大哥說的話了嗎？」就顧一的話來看，這顧十九的首要任務是保護自己。

顧十九臉上的表情微微一僵，自己好像表現得太明顯了……

「既然妳這麼說，那就明天吧……」顧十九雖然心中焦慮，卻也不敢再暴露太多。

「那就辛苦你了。」阿秀衝著袁小胖微微點點頭。「如果他不能入睡，你就給他煎煮這副藥吧。」阿秀將一個藥方遞給袁小胖。

袁小胖原本還很失望，覺得她不重視病人，現在看阿秀已經為他準備了方子，馬上就眉開眼笑了。

「好的！」雖然這二十一大夫比自己年紀還要小些，但是考慮的可比自己周到得多了。

「你自己回去的路上也當心點。」阿秀囑咐道。

如果她沒有記錯的話，這軍中還是有內鬼的，現在那摳門將軍帶著大隊出去了，就不知道那內鬼是留在這裡，還是也跟著出去了？要是那內鬼還在這裡的話，那他們現在的處境可不安全啊！

「藥帳那邊有人嗎？」阿秀問旁邊的顧十九。

顧十九因為阿秀拒絕去看唐大夫，精神有些萎靡，但是又努力表現著正常，可惜他演技一般，一眼就被阿秀瞧出來了。

「前後有八個人。」顧十九回道，原本只有四個的，但是出了那件事情，所以又特意多加了四個。

「只有八個？」阿秀眼中閃過一絲不安。

那個藥帳有她住的營帳八倍大，裡面除了堆放了大量的藥材，更加重要的是，還有軍中所有的大夫，而且藥帳的不遠處就是糧倉，這樣的布局，總讓人覺得不放心。

之前就出了那樣的事情，現在怎麼沒有改進？這讓阿秀對顧靖翎有些失望，她以為年少登高位，多少是有些能耐的，看來她是高估了他。

在遠處的顧靖翎忽然覺得鼻子一癢，強忍住才沒有將噴嚏打出來，用手摸摸自己的鼻子，和旁邊的顧一說道：「準備收網。」

「是。」顧一有些詫異地看了顧靖翎一眼，他剛剛的表情怎麼那麼奇怪？

再說阿秀，她心中越想越覺得不對勁，對顧十九說道：「我們現在去藥帳看看吧。」

雖然現在最安全的就是她老老實實地待在自己的營帳，但是她心裡還是有點放不下那個老人；雖然明明是毫無瓜葛的兩個人，但是阿秀第一眼看到他的時候，就覺得一陣親切。

就衝著這分眼緣，她決定過去，至少讓自己安心一點。

「您不是說不過去嗎？」袁小胖有些詫異。

「我想著這晚上是個危險期，怕他們用了藥有什麼變故，還是看著比較放心。」阿秀隨口扯了一個理由，反正現在只有她一個大夫，還不是她說什麼，就是什麼啊！

「那我去拿個燈籠。」顧十九一聽阿秀打算過去了，馬上殷勤地站了起來。

又加了一件外衫，阿秀才和他們慢慢往藥帳走去，這晚上還怪冷的。

「誰！」阿秀他們還沒有走近，馬上就有警覺的守夜的士兵跳了出來，在看到是顧十九的時候，才又退了下去。

「你們都住藥帳嗎？」一路無言，阿秀看了一眼不遠處的藥帳，輕聲問道。

「一般都是大人們住在藥帳，我們住藥帳旁邊的營帳，這藥帳裡有不少好藥材，所以帳篷用的材料牢固而且比較保暖。」袁小胖在旁邊解釋道：「有時候晚上也會有病人，所以大人們都住在裡面。」

阿秀笑而不語，她之前就發現了，藥帳的材質和一般的營帳不大一樣，倒是和那摳門將軍的營帳用的是同一種材料，應該算得上是比較好的，也難怪那些老頭兒要住在裡面。

所以之前的遇襲，也是他們遭了難，那些住在旁邊的藥僮、夥計倒是都沒事。

「唐大夫，您哪裡不適嗎？」到了藥帳，阿秀先去了唐大夫在的位置，裡面另外兩個人都睡得很熟，阿秀開的方子裡面放了不少安神的藥材，就是為了讓他們好好休息一下。

她就不懂了，明明這唐大夫也吃了藥，怎麼就醒得這麼早？

「囡囡。」唐大夫在看到阿秀的時候，眼睛一下子就亮了，人也一下子就精神了。

顧十九看到這一幕，眼中露出一種「見鬼」的神色，這唐大夫的直系應該都不在了，那他叫的是誰啊？而且阿秀現在的打扮，完全就是一個假小子啊，他是怎麼看出她是女孩子的？

「唐大夫？」阿秀用手摸摸他的腦袋，還是在發燒。

「小胖，你去拿點涼水回來。」阿秀說道，看樣子光喝藥還不行，還要結合外在的降溫。

「囡囡，妳快跑，快跑！」唐大夫好似又想到了什麼，一下子就激動了起來，整個人都好像要跳起來，雖然人很虛弱，但一直拚命推著阿秀，讓她快點出去。

阿秀這下子算是懵了，開始是緊緊拽著自己，現在又要趕自己走，這是要哪樣?!

顧十九現在算是看出來了，這唐大夫根本就是燒糊塗了。

「囡囡……」唐大夫用一種糾結而複雜的眼神看著阿秀，一邊想要她快點跑，一邊又是滿滿的不捨。

阿秀覺得很詭異的，自己的鼻子竟然有些發酸，正好袁小胖也端著涼水回來了。深吸了一口氣，阿秀才努力笑著說道：「來，囡囡給您擦一下身子。」

唐大夫聽不進別人的話，但是阿秀說的話他一下子就聽進了，乖乖地躺好了，嘴上還不住念叨。「等一下要是有人來了，妳就快點跑，不要管爺爺，爺爺跑得快，馬上就追上來了。」

阿秀輕輕「嗯」了一聲，讓自己努力忽略心中的那絲異樣。

「你去隔壁瞧瞧其他大夫的情況。」阿秀對著袁小胖說道。

「是。」袁小胖屁顛屁顛地就跑到隔壁去了，他師父也在那邊，他自然更加殷勤。

「只要這樣就好了嗎？」顧十九看阿秀並沒有做什麼別的，只是簡單地絞了一塊布巾，然後蓋在唐大夫的額頭上。

「暫時先這樣，等藥效起了再說。」阿秀又順手將另外兩個大夫的脈也把了一下，雖然虛弱，但是平穩了不少。

「二十一大夫，不好了！」袁小胖的尖叫聲從隔壁響起。

「怎麼了？」阿秀微微皺起眉頭，這病人都休息了，他怎麼這麼魯莽，這大晚上的，因為他這聲尖叫，不知道要引來多少人。

「陸大夫不見了。」袁小胖一臉的慌張，剛剛他還在的啊，而且自己是看著他睡下的，這才不過大半個時辰，人怎麼就不見了？而另外兩個人則睡得一臉安詳。

「你冷靜一點，會不會是起來解手去了？」阿秀安撫道，雖然覺得有些詭異，但是也不至於一下子就亂了方寸。

「可是他是受了傷的，怎麼可能一個人起來去解手？」袁小胖擔心得都要哭出來了。

「陸大夫是那個國字臉的那個嗎？」阿秀並沒有特意去記，除了之前的袁大夫，她就記住了唐大夫。

「是的，就是那個。」袁小胖哽咽道。

「這邊發生什麼事情了？」不出阿秀所料，馬上就有人來詢問這邊的動靜了。

「沒事。」顧十九率先站出來說道，這裡他比較有地位。

那些人看到是顧十九，衝著他點點頭，便又退了回去。

趁著他們在說話的空檔，阿秀仔細回想了一下那個陸大夫，他手臂上有外傷，當時把脈的時候，就覺得他的脈象有些奇怪，虛虛實實的，總有些把不準；現在想來，這個陸大夫身上應該還隱藏了一些什麼。

「糧草走水了！」

阿秀正想著怎麼和他們說自己的發現的時候，就聽到外面傳來一聲驚呼，沒過一會兒，外面就傳來各種的聲音，一片的兵荒馬亂。

「難道又有外襲？我出去看看！」顧十九一聽那聲音，就有些待不住了，想要往外面衝，被阿秀一把拉住。

「你忘記你現在最大的任務是什麼了嗎？」阿秀指指自己，她才是他要保護的人。

「可是……」顧十九看看外面，又看看阿秀，最終還是沒有出去。

「小胖，你找兩個人將那邊的兩位病人搬過來，咱們現在要聚集在一起，不能分散了戰鬥力。」阿秀說道。

袁小胖一聽到糧草又被燒了，心中已經不安，現在一聽阿秀這麼說，連忙就躥了出去。

「走水了，走水了！」唐大夫一聽到走水了的聲音，整個人都要跳起來了，可惜他現在太虛弱，反倒是讓自己一個踉蹌。

「沒事沒事，他們去救火了，您躺好就好。」阿秀連忙安撫，又順便給他換了一塊布巾。

「囡囡沒事就好，囡囡不要怕，躲爺爺後面。」唐大夫使勁拽著阿秀的手，想要將她往身後拉；還好他喝下去的藥終於起了效果，人慢慢迷糊起來，當然也可能是因為筋疲力盡了。

「那陸大夫怎麼辦啊？」袁小胖看所有的人都在了，只有陸大夫還沒有蹤影，心裡總覺得不踏實。

「陸大夫那麼大把年紀的人了，遇到危險難道還不知道躲起來嗎，你就不用擔心了。」阿秀笑得有些怪異。「要是你真的不放心，那我就讓顧十九去那邊等著陸大夫，省得你一直擔心。」

顧十九茫然地看了阿秀一眼，她之前不是說他的責任是保護她，這變臉未免也太快了！

「那會不會太麻煩十九大人了。」袁小胖有些不好意思，這顧十九畢竟是近衛軍之一，想到要差遣他，袁小胖的心都要抖上兩抖。

「沒事的，這大夫都是咱們軍隊重要的人才，他自然要好好保護。」阿秀用之前顧十九說的話來回答袁小胖。

只是顧十九聽著總覺得怪怪的，偏偏他還不能反駁。

「你過來一下。」阿秀乘機在顧十九的耳邊說了幾句，只見他的神色從疑惑到難以置信再到憤怒。

「我馬上過去！」顧十九說完一個閃身人就出了營帳。

袁小胖心中雖然疑惑，卻也沒敢問，只道：「二十一大夫，你說這都是同一個國家的人，為什麼要打仗呢？」袁小胖的神色有些哀傷，他才十三歲，卻已經見識了好多生離死別。

阿秀只知道之前有八卦說是閔陽王造反。這閔陽王是先皇排行第八的弟弟，封號「閔陽」，也稱「八王爺」，和先皇關係很好。但自先帝駕崩，他便開始招兵買馬，預謀奪位；可惜當今聖上雖年幼，卻是名正言順，八王爺的算盤落空了，支持當今聖上的人比他想像的要多得多。

只是兵敗的八王爺並沒有束手就擒，而是打算自立為王，等待東山再起，這次顧靖翎就是奉旨來平亂治反賊。當然後面那些是她下午治病的時候，聽那些藥僮夥計閒聊得出來的。

「為了想要的權力。」阿秀淡淡一笑，這權力之爭，自古就有，勝者為王，敗者為寇。

這八王爺因為失敗了，所以被稱為逆賊，要是他成功的話，那現在坐在龍椅上的那位說不定會被安上什麼罪名呢！最有可能的就是那條「名不正，言不順」，從他的出身上作文章是最容易的。不過這些話，阿秀也只有在心裡想想，講出來未免太大逆不道了。

袁小胖似懂非懂地點點頭，覺得二十一大夫不光醫術好，懂的也特別多呢，真是太厲害了。

「喲，陸大夫，你瞧著點地上啊，這黑燈瞎火的，不要摔了啊！」顧十九的聲音從外面傳來，只是這話，怎麼聽怎麼彆扭！

阿秀聽著聲音，臉上多了一絲笑意。

「十九大人，您找到陸大夫了啊！」袁小胖一喜，陸大夫找到了，那他就放心了。只是他看到顧十九帶著陸大夫進來的那個模樣有些奇怪，怎麼像是押解犯人一般。

「是的啊，我等了沒有一會兒，這陸大夫就自己回來了呢！」顧十九眼睛看了阿秀一眼，他沒有想到，阿秀說的竟然這麼準。這讓顧十九慚愧之餘，內心第一次對阿秀多了一絲認同。

「那陸大夫您快點到這邊來休息，身上的傷沒有事情吧？」袁小胖根本就沒有察覺出異樣，還很是關切地看著陸大夫。

陸大夫根本不搭理他，只是將頭撇到一邊。

「好了好了，這陸大夫就喜歡這麼坐著，你只管做好我交給你的事情就好。」阿秀示意袁小胖去給唐大夫換布巾。

袁小胖默默瞅了陸大夫一眼，這才繼續幹活去了。他雖然遲鈍，但是現在也察覺到有些不對勁了。

「咱們現在就等著將軍他們凱旋歸來吧。」阿秀輕輕一笑。

陸大夫在聽到「凱旋歸來」幾個字的時候，身子不自覺地抖了一下。

管著他的顧十九，毫不留情地重重朝他拍了一掌，等一下再和他細細算帳！

「將軍回來了，將軍回來了！」正當營帳裡面的氣氛有些沈重的時候，外面傳來一陣歡呼聲。

顧十九聞言，將陸大夫像拎雞崽子一樣直接拎了起來，大步往外面走去！

危機已經解除，阿秀打了一個哈欠，都這麼晚了，她也該去睡覺了。

「二十一大夫，陸大夫是怎麼了？」袁小胖問道。

「你到時候就知道了，現在這個時候你就先回去睡覺吧，要是睡不著，就照顧病人好了。」阿秀衝他笑笑，便搖搖頭打算去找點東西吃吃再睡覺。

這大晚上的這麼一個折騰，人都餓了。她跑去廚房，可惜那邊收拾得乾淨，根本沒有一點剩下的。

阿秀嘆了一口氣，有些惆悵地回自己的營帳休息了。

第三十一章 無能為力

第二天阿秀去藥帳看病人的時候，就聽到那些藥僮和夥計在討論陸大夫的事情。

「聽說這陸大夫是內鬼呢，之前那個糧倉的火就是他和接應的人一起放的。」

「那陸大夫自己怎麼也受傷了？」這個聲音來自袁小胖，他有些難以接受。那陸大夫脾氣雖然不是很好，但是醫術很好，他不明白陸大夫為什麼要做出這樣的事情。

「一看就是苦肉計啊，你看那天所有的大夫都睡得那麼死，肯定是他動了手腳。」那藥僮比袁小胖嘴尖舌巧不少，帶他過來的大夫已經去世了，所以他現在說話才顯得更加尖銳。

「就是，陳大夫平日最為機警，睡得又淺，有點風吹草動就會起身看一下，那天走水他卻沒有逃出來，肯定是被餵了迷藥。」另一個藥僮憤憤地說道。

至於陸大夫自己帶來的藥僮和夥計，雖然是完全不知情的，但是也被帶走了。

「今天要吃的藥都煎好了嗎？」阿秀見袁小胖的臉色越來越暗淡，便出聲走了進去。

「藥都已經煎上，幾位大人也已經醒過來了，現在正在喝粥。」袁小胖看到阿秀進來了，便將情況一一回報給她。

「好的，我等一下再去把一下脈，你們也不要都窩在這裡了，該幹什麼幹什麼去。」阿秀讓他們都散了。

「二十一大夫。」袁大夫衝著她揮手。

阿秀過去。「您這是有什麼事情？」畢竟是自己的長輩，阿秀的態度還是很尊敬的，雖然他昨天表現得有些誇張。

「聽說陸雲安那廝是內鬼？」袁大夫一臉的八卦，臉上根本看不出是昨天那個要死要活、認定自己中毒的人了。

「現在將軍還沒有說什麼，我們下面的人也不好編排這些有的沒的。」阿秀並沒有順著他的話講。雖然有些不齒陸大夫的所作所為，但是她也不想多說什麼，每個人有自己的選擇。

「我就說嘛，我之前怎麼老覺得無力，想來就是那老小子動的手腳，不然我萬萬不會如此。」袁大夫沒好氣地說道，嘴邊還不忘咒罵幾句。

「要是我沒有記錯的話，袁大夫您昨天不是認定自己是中毒了嗎？」阿秀毫不客氣地翻起舊帳來，這袁大夫臉變得可比他說得快。

袁大夫被阿秀這麼一說，臉上頓時有些訕訕。「我這不是醫者不自醫嘛。」

這袁大夫雖然為人有些婆媽，又愛八卦，性子又誇張，但是並不是一個壞人，被阿秀這麼直接地說幾句，也不見真的生氣。

「您現在老老實實吃藥，將傷養好了，不要再讓小胖擔心了。」阿秀並不討厭這樣的人，對他說話的態度也軟和了幾分。

袁大夫「嘿嘿」一笑，看向袁小胖的目光中滿滿的都是慈愛。

阿秀莫名地想到了唐大夫。

先將幾個病情比較輕的看完了，阿秀才往唐大夫那邊走去。

他已經退燒了，睜著雙眼，有些無神，不知道為什麼，阿秀覺得他的眼中滿滿的都是悲傷。

「唐大夫。」阿秀輕輕喚了一聲。

「你就是二十一大夫吧。」這次唐大夫看向阿秀的目光中已經沒有了那種慈愛和保護慾。

莫名的，阿秀的心中竟然有些小小的失落。將心裡的那絲異樣忽略掉，阿秀才笑著說道：「您現在覺得人怎麼樣？」

「好多了，讓你費心了。」唐大夫對阿秀的態度有些冷淡，似乎並不是很想和她說話。

「那就好，那個退燒的方子你再吃一副就可以換藥了。」

「可否讓老夫看一下藥方。」唐大夫說道，不過這藥方算是一個大夫比較隱私的物品，一般大夫並不樂意給別人看。「如果不方便的話，就算了。」

「沒事，您要是想看的話。」阿秀將方子遞給唐大夫，其實她也挺好奇的，他會不會提出什麼建議。

唐大夫快速掃了一眼，在看到最後的簽名的時候，臉色微微一變。

「二十一大夫名諱中帶著一個『秀』字？」唐大夫指著藥方最後的簽名問道。

阿秀以前做醫生的時候就養成了一個習慣，就是在病例上面簽上自己的名字或者姓，到了這邊以後，這個習慣也沒有改；而且就她所知，很多大夫都是有這樣的習慣的，有時候一個大夫成名了，這個簽名就是他身分的象徵。

有時候一張杏林國手簽過名的藥方，是要引起各方爭奪的，越是名家的方子，價值越大。

而阿秀現在雖然化名顧二十一，但是在藥方下面簽名的時候，還是習慣性地簽一個「秀」字。還好這個「秀」字並不是只有女子可以用，所以也不算太讓人注意。

「唐大夫您眼兒真尖呢。」阿秀並沒有否認。

「你年紀小小，倒是寫的一手好字，不知是師承誰？」唐大夫狀似無意地問道，眼睛卻是緊緊地看著阿秀。

「哪有什麼師承，不過自己平日裡隨便寫寫罷了。」阿秀笑著擺擺手，她這個字是自家阿爹教的。不過教的那人不用心，學的這個也不盡心，所以現在她的字也就平平，這麼鄭重地被誇獎，還是頭一遭。

「是嗎，那你這醫術又是誰教的？」唐大夫的語氣並不是很客氣。

如果不是阿秀之前見過他可憐兮兮的模樣，他現在這麼不客氣，阿秀肯定會覺得他是一個難相處的怪老頭，但是因為昨天的事情，阿秀對他的態度從心底柔軟了很多。

「是家父教的。」雖然那顧十九對外說她師承薛長容，但是她不知道為什麼，卻不願意用那番說辭欺騙他。

「你爹……」唐大夫想要再問下去，但是卻又一下子頓住了，輕輕搖搖頭。「是我太魯莽了，藥方沒有什麼問題，就按照這個上面來吧。」他說完便不再搭理阿秀，合上眼睛，假瘮起來。

阿秀不知道他為什麼先後的態度相差那麼大，甩甩腦袋，將這個事情拋到了腦後。

「阿……二十一，將軍讓妳過去。」過來的是顧一，他一開口就意識到她現在是叫「顧二十一」而不是「阿秀」，及時改變了稱呼。

「好。」和身邊的藥僮又囑咐了幾句，阿秀才朝顧一走了過去。

「怎麼了？」

「那陸大夫抹了脖子，將軍叫妳快點過去，看還能不能治。」

阿秀「呵呵」冷笑一聲。「你真當我是菩薩呢，這都抹脖子了，我還怎麼治！」

「這，妳還是先去瞧瞧，看看有沒有法子。」顧一面上有些尷尬，其實他也知道這是為難人，但是誰叫他們還沒有得到想要的資訊，就這麼讓陸大夫死了的話，那未免也太對不起那些枉死的人了。

「好吧。」阿秀覺得這有意見和顧一說也沒有用，主要還是得和那摳門將軍講。

等阿秀到顧靖翎的營帳的時候，也被裡面的場景微微嚇了一跳，那陸大夫躺在地上翻著白眼，身下全是血，她覺得自己就算是大羅神仙也救不了他了，根本就是白來一趟。

「這個樣子肯定是救不活了，你要是不解氣，還是再補一刀吧。」阿秀攤攤手，表示自己無能為力。

顧靖翎原本就皺著的眉頭聽完更加緊了些，掃了阿秀一眼，語氣有些古怪。「如果妳能讓他把話說了，價格隨便妳開。」

阿秀聞言，頓時就不爽了，這摳門將軍他就是有本事，一句話就能讓她不高興。

「給我再多錢我也救不回來，就算救回來也說不出話來了，這口子太深了。」阿秀蹲下去，用手指摸摸他的頸靜脈處，脈搏跳動的感覺都變得微弱了。

他自己還真的狠得下心，半邊脖子都給削下來了，這樣的情況就是在現代醫學那麼發達的時候都未必救得回來，更不用說是現在了，那摳門將軍也未免太瞧得起自己。

「啊，啊。」陸大夫有些艱難地看著蹲在自己面前的阿秀，用手指指自己的腰帶，眼淚「啪嗒啪嗒」地往下掉，沒一會兒，就完全沒有了氣息。

「死透了。」阿秀衝著顧靖翎說道：「要不你再來瞧瞧？」

站在一邊的顧小七朝著阿秀那邊瞄了好幾眼，那陸大夫果然已經一動不動了。

「將人……」顧靖翎並沒有去看，而是猶豫了一下才說道：「找個地方埋了。」雖然這陸大夫做的事情十惡不赦，但是他也醫治好了不少的人，就當作回報，給他留個全屍。

「是。」顧二率先站出來，一般這種體力活都是他來幹的。顧一是大哥，顧小七和顧十九最愛偷懶，所以也只有他了。

「等一下。」阿秀用手指指他的腰帶。「他剛剛好像想和我說這裡面有什麼。」

雖然他死的樣子也滿心酸的，但是阿秀和他平白無故的，自然不會幫他。這陸大夫大概是想著這整個軍營的人應該都是厭恨他的，只有阿秀是新來的，所以想要將東西託付給她；可惜，他估錯了阿秀的性格，她不是那種願意被陌生人託付的人。

「妳不是說他不會說話了嗎？」顧二瞪大了眼睛看著阿秀，而且他們剛剛都站得那麼近，根本就沒有發現啊！

「對啊，他只是做了一個動作而已啊！」阿秀演示了一番，表示自己說的話並沒有問題。

「顧二，把東西拿出來，看看是什麼。」顧靖翎目光掃過阿秀，但是其中並沒有夾帶什麼感情。

顧二應了一聲，便俯身去翻陸大夫的腰帶。

「是個香囊。」顧二很順利地將東西拿了出來，是個女子用的香囊，雖然放在陸大夫身上有些奇怪，但是香囊本身很普通。

「裡面是一封信。」顧二將香囊檢查了一下，並沒有什麼特殊的，裡面只有一張紙條，稱之為信都算是牽強了。

顧靖翎快速將信掃了幾眼，並沒有就這個內容說什麼，揮揮手道：「將人埋了，大家就散了吧。」

他的視線掃到阿秀那邊，目光柔和了些。在他看來，阿秀這次能這麼正義地將這個香囊的事情和他們講，應該也算是站在他們這邊的。

顧靖翎難得為自己之前的粗魯稍微沈思了一下，然後說道：「今天請胖師傅多做幾個菜送到她那邊去。」

在場的幾個近衛軍都是一臉詫異，這將軍和阿秀的關係不是一直很僵硬的嗎，怎麼一下子示好了啊！不過馬上他們也就釋懷了，這剛剛算是阿秀先示好的啊，將香囊的事情和他們說，不然的話，他們肯定會漏了這條線索。

這麼一想，在場的人看向阿秀的目光頓時柔和而又友好。

阿秀一下子就覺得氣氛怪怪的，這些男人幹麼用這種詭異的眼神看著她，讓她心中一陣發寒。而且那摳門將軍也怪怪的，突然對她這麼好，讓阿秀第一感覺就是他要開始坑自己了……心中警惕性大大提高。

「好了，大家都散了吧，顧一將她給幾個大夫治病的錢先給了。」顧靖翎難得對阿秀大方。

阿秀心中就更加不安了，摳門將軍都這麼大方了，這天是不是要變了啊！

「阿秀還沒有給價格。」顧一看了一眼阿秀，之前她光顧著治療，根本就沒有提到錢的事情。其實顧一知道，阿秀其實並不是那麼貪財的人，更多的只是因為要和將軍賭一口氣。

阿秀在顧一心目中，一直是一個很好的姑娘，他就是不明白，將軍為什麼要這麼誤解她。

「並不是什麼厲害的毛病，一個就收一兩吧。」阿秀隨意地擺擺手，雖然她表現得很正常，但是看到陸大夫這樣死掉，心中多少還是有些唏噓的，他也算是自己的一個病人……

顧靖翎原本以為她會獅子大開口，沒有想到她只要了這麼一點，和預想的不同，心中難免有了一些落差，他不禁對自己產生了一絲懷疑——自己是不是將她想得太壞了些，仔細想來，她也不過只是一個小姑娘。

再聯想自己以前的作為，好像有種在欺負小孩子的感覺。顧靖翎第一次對自己的行為汗顏了一番，他琢磨著以後要擺正態度，不能再被第一眼的感覺影響了。

「那顧一將錢去領了交給她吧。」顧靖翎忽略掉心中的那絲異樣，沒有讓人發現他情緒上面的變化。

阿秀原本以為這摳門將軍說不定還要冷嘲熱諷一番，心中都默默想好了對策，可惜對方那麼好說話，這讓她那都要到了喉嚨口的話，都沒有了用武之地。

「那我先回去了，以後我白天沒事都會在藥帳，要是有病人的話，直接去藥帳找我就好。」阿秀說到這，要往外邁的步伐一下子頓住了，她想起了一件之前被自己遺忘的事情。

「這軍營中還缺大夫嗎？」因為昨晚那麼一折騰，她竟然將這麼重要的一件事情忘記了，實在該死。

「妳有什麼人選嗎？」顧靖翎難得好脾氣地問道，這軍營中現在只有阿秀一個活蹦亂跳的大夫，別的自己都還病著。這軍隊中最不缺少的就是傷患，如果有合適的人選的話，顧靖翎倒是不反對將人找來。

「我的醫術是我阿爹教的……」阿秀看了一眼顧二。「你可以再去一趟我家，把我阿爹找來，我也在這邊，想必他應該很樂意來的。」

「妳阿爹就是劉大夫說的，那個很擅長治外傷的大夫嗎？」顧二忍不住問道，他想起之前那個慫貨說的，想必就是阿秀的爹了。

「劉大夫？」阿秀的眉頭快速皺了一下，臉上的笑容倒是越發的甜美了。「能不能告訴我，這個劉大夫又是怎麼一回事？」她認識的並且相熟的姓劉的大夫，可就只有一個啊！

顧二的神色有些尷尬，他原本並不打算將劉大夫說出來的，但是誰叫他一時嘴快。

「是我們胡同的那個劉大夫，告訴你我家有治外傷的大夫的？」阿秀笑呵呵地看著顧二，眼中卻閃過一絲厲色。她原本以為自己被擄來只是因為倒楣，萬萬沒有想到，劉大夫是功不可沒啊！

「之前調查的是那劉大夫醫術不錯，便想請他到這邊來一趟，可惜他膽子小，沒走兩步就嚇破了膽子，他又竭力向二哥推薦妳阿爹，所以二哥才會不小心弄錯了人。」顧小七看顧二一臉的窘迫，看不過去便幫他解釋道，目光還不忘偷偷在阿秀和顧靖翎臉上掃視。

將軍最見不得強取豪奪的事情發生，之前都是大哥將大事化小、小事化無了，又把責任攬在了自己的身上，沒有想到今天一個沒有注意，就讓阿秀發現了其中的漏洞。

阿秀敢肯定，那劉大夫說的就是自己，畢竟自家阿爹自從搬到了鎮上，就沒有見他給人治過病，而且就她和那劉大夫之間的糾葛……阿秀只想仰天長嘯一聲，自己都沒有和他計較他那些小手段，沒有想到他還給自己放了這麼一個大招！

「我今天就去將妳阿爹請來。」顧二怕顧小七說的越多錯的越多，連忙將話頭接了過來。

顧靖翎原本心中就猜到事情和他們對他說的是有些偏差的，現在聽到真實版本，心中還是有些詫異，他難得能感同身受地瞭解到一些阿秀的心情。

「顧二，顧十九，你們倆等一下自己去領軍棍。顧一，接人的事情就交給你了，這次記得事先將情況說清楚了，不可強迫對方。」

「是。」顧二倒是沒有太大的表情變化，倒是顧十九，整張臉都垮了下來。

「將軍，現在正是用人之際，小二和小十九雖然有錯，但是不能在這時反而讓敵人有了可乘之機啊！」顧一平時話少得可憐，人又憨直，這個時候說起道理來倒是一點兒都不見結巴，他一邊說著，一邊還不忘用眼神哀求阿秀。

阿秀接收到他的眼神，便在一旁涼涼地開口道：「事情都發生了，想辦法彌補不是才更加的現實嗎？」倒不是說她突然善心大發，而是因為就算顧二、顧十九挨了軍棍，對她也沒有一點的影響，還不如說幾句話，讓他們記得自己的好，以後差遣起來，也方便得多。

顧靖翎現在對阿秀的看法相比較之前，已經好了許多；再加上顧二、顧十九又是他的近衛，阿秀都這麼說了，他就順勢說道：「既然如此，那你們兩個以後就聽她的差遣吧。」

避免了挨打，不光是顧二、顧十九，就連顧一和顧小七都有些感激地衝著阿秀點點頭。

第三十二章 誰在跟蹤

出於對阿秀的感激，顧二當天便出了軍營，只可惜他趕到阿秀家的時候，屋子裡一個人都沒有。

他清楚記得，當時屋子裡是有三個人的，一個是阿秀，一個是阿秀的爹爹，那另外一個呢？

顧二看到有人過來，連忙問道：「這位大姊，妳知道住在這邊的人去哪裡了嗎？」

「你說阿秀家啊？」來人正是田家娘子，她看到有個看起來塊頭大又陌生的男人出現在這裡，心中有了一絲懷疑，這個人難道和阿秀父女失蹤有關？

顧二並不是那種懂得迂迴的人，直接問道：「是的，阿秀的爹在家嗎？」

「都不在家了，自從前幾日阿秀不知道被哪個殺千刀的給擄走了，這屋子裡就沒人了。」田家娘子一邊說著一邊嘆氣。這原本好好的一家子人，雖然那酒老爹不靠譜，但是也算其樂融融的，才幾天的光景，整個屋子就空了。

原本阿秀不見了，酒老爹去找了，這小菊花還回來；但今兒個一大早，那陳老就專門找人將人接走了，想必也不會回來了，田家娘子心中一陣惋惜……

顧二聽到田家娘子說到那個「殺千刀」的，面上頓時閃過一絲尷尬，現在細想起來，自己當時真的似乎太魯莽了。

「那妳知道他什麼時候會回來嗎，我受人之託專門來找他的。」顧二知道自己長得有些凶，所以說話的時候特意將聲音放柔和些，就怕將人給嚇跑了。

「還回來什麼，這女兒都不見了，誰還知道呢！」田家娘子說道，又忍不住咒罵了幾句。

顧二的面子更加掛不住了，就打算告辭，再去問問別的人。

「那麻煩大姊了。」

等田家娘子進了屋，顧二才一個閃身，又進了裡面，雖然人沒有找到，但是他記得自己還要幫阿秀拿那個醫藥箱。

屋子裡面的東西其實很少，顧二根本不用翻找，就找到了醫藥箱，又看到放在不遠處的一些書，他翻了一下，發現都是方子，順手也都收起來了。

顧二又找了幾個人問，他們搖頭表示不清楚，他沒有法子，心中覺得對不住阿秀，但是也只能回去了。

只是他騎馬回去的時候，總覺得後面有人在跟蹤他，偏偏每次只要他一回頭，又沒有見到什麼，心中警惕之下，便特意多繞了一些路，但是那種被跟蹤的感覺一直揮之不去。

顧二大驚，難道他是被什麼厲害的人盯上了？

但是他此次行動只有幾個人知道，而且也比較低調，怎麼會被人盯上？

顧二心中越想越不對勁，揮鞭子的頻率也快了不少，馬兒吃痛跑得也越發的快了，但是後面的那道馬蹄聲絲毫沒有落後。

顧二索性拉緊了轠繩，一下子停了下來，要不是這馬訓練有素，一人一馬都非摔個四腳朝天不可，他快速回頭一看，結果卻超出了他的想像。

身後根本就沒有人，只有一匹灰色的驢子，正瞪大了眼睛，有些詫異地看著他，大概是沒有想到他會突然停住。

顧二忍不住揉了一下眼睛，面前的場景並沒有變化，只有驢子，沒有人。

他萬萬沒有想到，自己認為的跟蹤者，竟然只是一頭看起來很普通的驢子。

這樣也說不通啊，雖然他胯下的馬算不得汗血寶馬，但是也算得上是一匹良駒，沒有可能會被一頭驢趕上啊！而且看這驢子的狀態，比他的馬還要輕鬆不少啊。

難道說之前的聲音並不是牠發出來的，牠只不過正好出現在這裡？可是看牠脖子上還有轠繩，應該是家養的驢子……顧二對現在的狀況有些摸不著頭腦了。

不過為了安全起見，他還是騎著馬用正常的速度溜達著，卻不敢直接往軍營跑去，而身後那頭灰驢也用差不多的速度一直跟在後面。

一般的驢子因為平時習慣了拉磨之類的活，耐力可能不錯，但是爆發力是不足的，顧二心裡也是這麼想的，便忍不住開始加快速度，但是讓他崩潰的是，那頭驢子也一直就這麼跟在他身後，他快牠也快，他慢牠也慢。

直到天都快黑了，顧二都還在繞圈圈，而後面的驢子也一直一聲不響地跟著他繞圈圈，他第一次因為一頭驢子，覺得整個人都不好了。

看看時辰，顧二覺得自己不能再拖下去了，便騎著馬奮力往軍營趕去，畢竟對方只是一頭驢子，就算真的有什麼蹊蹺，這軍營中這麼多人，難道還奈何不了一頭驢?!

「二哥，人接回來了嗎？」顧十九等在前面，不過在看到他只有一個人的時候，臉上馬上就露出了失望的表情。

「她爹人不見了。」顧二心中也是羞愧萬分，這真要說起來，造成他們父女失散的罪魁禍首就是他了。

「人怎麼會不見啊，不是才兩、三天的工夫嗎？」顧十九心中一驚，原本他想著將阿秀的爹接過來了，讓他們父女團聚，算是稍微彌補了一下他們之前的作為，但是現在人竟然不見了……顧十九突然覺得有些害怕去面對阿秀了。

「這是什麼玩意兒！」顧十九眼睛瞄到一雙大眼睛，一下子就被嚇到了，因為天色已經暗下來了，他一開始並沒有發現跟在顧二後面的驢子。

「我也不知道，牠今天跟了我一天了。」顧二正想著要不要找顧十九把牠趕走的時候，那驢子就先躥了出去，那速度，顧二估摸著就是當年鼎盛時期的踏浪都追不上。是他落伍了嗎？難道現在的驢子都比馬厲害了?!

顧十九愣了一下，然後才問道：「要去追嗎？」他也被那驢子的速度嚇到了。

阿秀原本是吃完了晚飯正打算睡覺，突然感覺營帳颳進來一陣風，她第一感覺是外面的風好大，第二感覺是什麼東西進來了，但這簾布下面是掛著東西的，根本不可能被風吹開。

「嘶！」

阿秀聽到聲響看去，竟然是自家的驢子灰灰！

作為自家阿爹的腦殘粉絲，看到灰灰的第一眼，阿秀就覺得自家阿爹也過來了。但是她馬上就意識到了不對，自家阿爹要是真的在的話，這頭現實的驢根本不會花一分力氣多看自己一眼。

「阿秀，妳沒事吧？」顧二和顧十九在意識到那驢子是往阿秀的營帳衝的時候，也連忙趕了過來，正好瞧見阿秀和灰灰面面相覷的場景。

「我沒事，我阿爹來了嗎？」阿秀看到顧二，心中便涼了半截。

他身邊只有顧十九那個拖油瓶，根本就沒有自家阿爹的身影。

「實在對不住，我去的時候，妳爹人已經不在了，家裡已經沒有人了。」顧二不是會逃避問題的人，耿直的臉上帶著明顯的歉意。「這是妳的醫藥箱和書，我幫妳帶過來了。」

阿秀其實心中就有過這樣的猜想，但是還是忍不住一陣難過。在這裡，阿爹是她最親的人，她以前從來沒有想過，他們會因為這樣的原因分開。

顧二看到阿秀黯淡的眼神，忍不住說道：「要不我明天再幫妳去問問。」

將士沒有命令是不能隨便出軍營的，阿秀自然也知道這點，而且她心中差不多肯定，自家阿爹應該是去找自己了，只是她不知道，他是去哪裡找自己了，這裡也沒有方便靠譜的聯絡手段，她現在能做的只有快點離開這裡去找他！

「不用了。」阿秀搖搖頭。「謝謝你的心意了。」

如果阿秀鬧騰一番的話，顧二心中可能還舒坦點，可是偏偏阿秀這麼通情達理，這讓顧二心中更加愧疚，他甚至都不好意思去直視她了。

「那妳早點休息，我一定會幫妳找到妳阿爹的。」顧二保證道，旁邊站著的顧十九也跟著點頭。

阿秀點點頭，但是興致並不高。

「那我把驢子牽出去吧。」顧二說著就要去牽灰灰，可惜牠一個閃身就躲到了阿秀的身後。

「對了，謝謝你把灰灰帶過來。」雖然阿秀不大喜歡灰灰這麼懶散加傲嬌的性子，但是畢竟大家相處這麼多日子了，還是有感情的。

「這是妳的驢子？」顧二原本要去牽轠繩的手頓時尷尬地停在了半空中，他現在貌似有些能夠理解，牠之前為什麼一直跟著自己了；可是牠是怎麼知道，自己知道阿秀在哪裡的？

他不知道，有時候動物的直覺比人要敏銳得多。

「是啊，牠叫灰灰。」阿秀拍拍灰灰的背，牠難得比較依賴地蹭蹭阿秀的肩膀。

之前阿秀被擄走，酒老爹又消失得無影無蹤，牠等了好幾天，驢棚裡的草老早吃完了，這才等到了來找人的顧二。

「妳的驢子還真聰明。」顧二的嘴角忍不住抖動了兩下。

之前覺得這頭驢子太奇葩，但是現在知道牠是阿秀家的，顧二和顧十九心中都同時有了一種「原來是這樣」的心情。

顧靖翎顧大將軍一大早去馬廄，就看到一個有些刺眼的身影，外加自家踏浪那副諂媚到讓他不忍直視的模樣。

顧靖翎忍不住怒喝道：「這驢子是誰放進來的！」

他不懂，踏浪這好好的一匹寶馬，美貌的母馬不喜歡，怎麼就喜歡灰不溜丟的驢子。

「是二十一大夫帶過來的。」那馬僮有些誠惶誠恐地說道，眼睛都不敢看顧靖翎。

「她？」顧靖翎的眉頭微微皺起，眼睛又將那驢子掃了一遍，難道這驢子就是當時那頭驢子？那他是不是應該欣慰一下，至少他的踏浪對待感情還是忠貞不二的，即使眼光有些問題，但是喜歡的驢子一直是那一頭。

只是他記得他叫顧二是去接人的吧，這人沒有接來，就接了一頭驢？

「你繼續幹活吧。」顧靖翎皺著眉又掃了一眼踏浪和灰灰，這才大步走開了。

第三十三章　紙條內容

「你們對這個有什麼看法？」顧靖翎將一張紙條放到桌上，目光掃過在場的幾個人。

顧一率先上前拿起紙一看，不過一眼，臉色頓時大變，目光直直地看著顧靖翎。「將軍，您相信……」

剩下的顧二、顧小七、顧十九看顧一臉色十分難看，都紛紛上前去看，在看到上面的內容的時候，幾個人的臉色都變得十分的難看。

顧十九年紀最小，也最沈不住氣，直接道：「將軍，咱們近衛軍都是跟著將軍你出生入死過來的，不能因為別人這麼一句挑撥，就懷疑兄弟們的忠誠。」

「我只是想問問你們的看法，你這麼激動作甚？」顧靖翎頗有威嚴地瞥了顧十九一眼。

顧十九心中一窒，將手上的紙一丟，不再說話。

只見那紙條上面寫著幾句話，但是最引人注目的就是最後一句——「近衛軍中有叛徒。」這個紙條就是從陸大夫身上的香囊裡拿出來的。

紙條上面最開始寫的是他為什麼會做內鬼，他唯一的女兒是八王爺的一個妾室，他被人拿住了把柄，沒有法子。他自己也知道自己這樣做不對，但是他不能眼睜睜看著自己的女兒去死。而他在最後寫上這個秘密，只為了在最後留下他女兒的一條命。

之前那個用來裝紙條的香囊，估摸也是他女兒的。

「將軍，這些大夫的底細，我們在來之前就是調查過的，他的妻女在幾年前就死在探親的路上了，哪裡又冒出來了一個女兒？」顧小七在一旁說道，將其中的疑點指出來。

軍中的大夫是一個比較微妙的職位，在挑選人的時候肯定是要更慎重的，他們不可能將出身不明的人帶到軍隊來。當然，阿秀是一個意外。

「據說這陸大夫的女兒沒有死，而是被人賣到了青樓，正好被八王爺瞧中了，就買回去做小妾了。」顧靖翎一邊說，一邊輕輕用食指叩著桌面。他當時看到這紙條也是想到了這個疑點，所以特意飛鴿傳書，讓在京城的親衛去調查，剛剛才有了結果。

在近衛軍中，這四人，是他最為信任的。

「可是就算這是真的，怎麼就知道他不是故意在挑撥呢？將軍您也說了，那陸大夫的女兒做了八王爺的小妾，他說不定想著在死之前再幫他們離間我們一番。」顧十九情緒激動，說話的時候眼睛都紅了。在他心中，他們十九個兄弟都是可以為了對方捨命的，怎麼可能會有人出賣他們；大家一起生活了那麼多年，他是絕對相信自己兄弟的人品的！

他現在恨不得將前兒個埋下了的陸大夫屍體挖出來問個清楚，他們也沒有虧待他，他怎麼死了都不放過他們！

「小十九，你鎮定些！」顧一在一旁按住他的肩膀，讓他冷靜一下。

「大哥，難道你相信上面寫的嗎？」顧十九脹紅著臉，眼中透著難以置信以及失望。

「我沒有說相信，但是我們也要有這個心理準備！」顧一的心情也很沈重，他也不願意相信自己的兄弟中會有叛徒，但是，人心難測……

「我反正不相信！」顧十九鼓著一張臉直接將腦袋撇向一邊。

「小十九，大哥說的對，你不要鬧彆扭，聽將軍怎麼說。」顧小七在一旁安撫道，雖然他和顧十九的性子都是比較跳脫，但是一到正經時候，他明顯要可靠得多。

顧十九見他們都這麼說，心頓時涼了半截，卻也沒有再說什麼氣話。

「你們有這個心理準備就好，這近衛軍跟著我這麼多年，又都是在顧家長大的，我也不願意相信這是真的，但是我們也要做好萬全的準備。」顧靖翎緩緩說道：「現在你們的任務，就是要仔細注意近衛軍剩下的人的動向，看有沒有什麼蹊蹺之處。」

對於這些從小跟著自己練武長大的人，顧靖翎的態度比平日好了不少，而且他也清楚他們心中的煎熬，不願就態度問題再苛責他們。

「是。」四人紛紛應下，顧十九心中雖然還是彆扭，但是也不是這麼不識抬舉的人。

等四人都走了，顧靖翎才撫著額頭，慢慢閉上了眼睛。

雖然他剛剛面上沒有表現出絲毫，但他的內心從看到這張紙條的時候，就一直不平靜，他並不比他們好受，只是他是將軍，他不能將自己的情緒這麼表露出來。

「大哥、二哥、七哥，你們真的相信紙上說的嗎？你們說那陸大夫既然會對自己朝夕相處的其他大夫下手，就說明他是一個心狠手辣的，我們為什麼要相信他會為了自己女兒的命，來洩漏秘密呢！」顧十九心中還是不忿，一出營帳，就開始試圖說服剩下的三個人。

不過相比較顧十九，剩下的人明顯要成熟很多，考慮的事情自然也要多的多，但是他們也不願就此傷了顧十九的心。

「小十九你說的也是有一定的道理的。」

顧十九看顧小七這麼說，頓時心裡就更加有了底氣，滔滔不絕地說道：「你看別的哥哥們，上了戰場，哪個不是拚命殺敵，怎麼可能會有……」

「咳咳，小十九，有些話，出了營帳就不要說了。」顧一輕咳一聲，既然是懷疑有叛徒，那麼現在不管在什麼地方，說話都是需要注意的。

顧十九一愣，才慢慢點點頭。他覺得顧一說這話沒有錯，但是又覺得好像哪裡不對……

「好了，小十九，之前將軍不是讓你跟著阿秀嗎，這個時辰，你該給她送飯去了吧。」

顧小七怕顧十九轉過彎來想通些什麼，連忙岔開話題。

「送什麼飯啊，她都是自己去胖師傅那邊吃的，胖師傅偏心得要命，我們就是大鍋飯菜，就她可以吃小炒，每天兩葷一素一湯，還不帶重樣兒的！」顧十九不平地說道。自己和那胖師傅也認識七、八年了吧，也沒有見他給自己多加過一勺菜，如今這阿秀才來幾天啊，他竟然就變了態度；要不是阿秀現在的身分是男子，顧十九都懷疑這胖師傅是不是瞧上她了。

「這阿秀不是給胖師傅治好了病嘛，這胖師傅偏心點也是正常的。」顧小七笑著寬慰道，其實心中也是各種羨慕嫉妒恨，他也想吃小炒。

「好了好了，小十九你不要忘記你現在是在將功補過，你可是把人家阿爹弄沒了，做什麼都不算為難你！」顧一沒好氣地說道，又衝著顧小七以及顧二說道：「你們跟著我來，咱們再去切磋一把！」

等三人都走遠了，顧十九才覺得好像哪裡不大對，這把阿秀的阿爹弄丟的不是顧二嗎，怎麼就變成是自己了啊？雖然自己也有一些責任，但是為什麼顧二不用將功補過啊！

顧十九想要說些什麼，可惜人一個都沒有了，只好嘆了一口氣，有些老氣橫秋地想著——誰叫他是最小的呢，給哥哥揹一下黑鍋也是正常的，唉……

那邊，顧一沈著臉說道：「小十九還太小，心性太不成熟，這件事就不要讓他參與了，平時我們就多注意些，儘量不要讓他們有機會單獨行動。」要這樣對待自己的兄弟，顧一心裡也很沈重。

「是。」顧小七和顧二點點頭，他們清楚事情的嚴重性。

「不要表現出異常來，免得讓人起疑了，小十九那邊，該瞞住的也瞞住吧，免得因他的魯莽壞了事。」顧一說完，握著拳頭就大步走開了。

顧二和顧小七對視一眼，看到對方眼中的沈重，嘆了一口氣，也散了。

顧十九懷著複雜的心情去廚房找阿秀，果然看到她正在和胖師傅談笑，心中頓時惱火，憑什麼幾個哥哥可以去幹大事，他就只能被一個女人使喚！

「妳怎麼不在藥帳啊！」顧十九說這話的時候頗有些興師問罪的意味在其中。

阿秀正在和胖大叔討論怎麼做酸菜魚的時候，就看到板著一張臉的顧十九，只不過阿秀並不是他那些哥哥，自然不會去包容他的壞脾氣。

「我在不在藥帳，可輪不到你來管！」她雖然是大夫，但是大夫也是有吃飯的權利。

「那麼多傷患，妳就那麼空啊！」顧十九被阿秀的話一噎，脹紅著臉說道，他這臉紅完全不是因為羞愧，更多的是憤怒。他覺得自己年紀小，所以不如哥哥們受重視，但是這阿秀年紀比自己還要小上不少，憑什麼連她都可以給自己臉色看。

「首先，我並沒有答應誰，每個病人我都要醫治，我之前和將軍說好的，按傷算錢。第二，現在是飯點，如果你不餓的話可以選擇不吃飯，但是我是正常人，我要吃飯。第三，你又算是哪根蔥，憑什麼對我的生活指手畫腳！」阿秀寒著一張臉說道。

真要說起來，現在最不爽的人應該是阿秀，自己被困在軍營，每天要面對一大批的傷患，忙得腳不著地的；而且因為他們的關係，自己和阿爹也分開了。她現在唯一的盼頭就是胖師傅做的菜了，連這麼一點小愛好都要被說，阿秀怎麼忍得了！

顧十九雖然性子魯莽，但是還算是有些腦子的，當下，只是握緊了拳頭不說話，心中多了一絲羞愧。

他不該遷怒的。

但是偏偏之後阿秀不再理會他了，他想自己找個臺階下都有些困難。他垂頭喪氣地出門，打算去領飯，偏偏那在打飯的炊事兵，看到他過來只是有些歉意地看了他一眼。

「胖師傅說了，您身體好，這個飯點也不覺得餓，讓我們以後中午不用做您的飯了。」

作為將軍的近衛軍，也就胖師傅有這麼大的底氣，敢做這樣的事。

顧十九原本恢復的臉色一下子就脹得通紅，眼睛往後面掃了一眼，默默出了門。

那炊事兵看顧十九沒有說什麼就走了，心中大大鬆了一口氣，他還以為自己會被炮灰掉呢！

無精打采地在軍營裡面閒逛，顧十九覺得自己做人特別失敗，學武又學不好，腦袋又沒有七哥聰明，就連個子都比大哥、二哥矮了一大截。

「小十九，你在幹麼呢，灰頭土臉的，又被哪個哥哥罵了啊！」

顧十九一扭頭，就看到顧三正含笑看著他。

相比較顧一的沈穩，顧二的耿直，排行第三的顧三好像沒有什麼特色，不過他的人緣一直很好，下面幾個年紀小的有什麼心事，都喜歡和他講。

「三哥，你說我做人是不是特別失敗啊！」顧十九嘆了一口氣，整個人顯得很沒有精神，還帶著一絲萎靡。

「你怎麼這麼講呢，你可是咱們的開心果呢，你和三哥說說，又幹了什麼蠢事惹誰不高興了？」顧三拍拍顧十九的肩膀表示安撫，只是後面的話要說是用來安慰人的話，那用得真的滿奇怪的。

「我沒有幹蠢事！」顧十九一下子就炸毛了，這叫什麼話，他看起來就像是只會幹蠢事的嗎？

「好好，那你和三哥講，發生了什麼事情，讓你這麼不高興！」顧三溫和地看著顧十九，他身上就是有這樣的個人魅力，能讓人不自覺地去信任他。

「我感覺自己好像做什麼事情都不成，你看那阿秀，年紀比我還小一點呢，就這麼厲害了！」雖然不想承認，但是顧十九心裡其實還是覺得阿秀很厲害的。

他們對外稱阿秀是顧二十一，但是近衛軍內部的話，都是知道她的底細的。

「這術業有專攻，小十九身手靈活這點，也鮮少有人能趕上啊！」顧三努力回想他的優點，不過大家一起長大，這顧十九闖的禍不少，真要找優點和長處，還真的有些難。

「我就知道你會說這個，我也就跑得快，別的什麼優點都沒有。」顧十九很是失落，他這個本事也是因為從小老惹禍，怕挨打，才跑得比別人快！

「其實吧，沒有大的缺點也是一個優點啊。」顧三特意加重了語氣，表示自己這麼說是很認真的。

顧十九覺得自己完全沒有被治癒，嘆著氣和顧三告別又走了。

果然他已經慘到了連顧三都安慰不了的地步了。

「有新的傷患嗎？」阿秀吃飽喝足，挺著肚子問了一下在藥帳的袁小胖，他很負責，平時都是待在藥帳裡。

「沒有，對了，剛剛袁大夫和宋大夫已經可以自己站起來走走了，唐大夫身體狀況也好了不少，還有……」袁小胖跟在阿秀後面很是負責地和她說著那幾個大夫的情況。

「好，等一下我再去把把脈。」阿秀滿意地點點頭，有袁小胖這樣一個懂事的助理，倒是給她省了不少事情。

「二十一大夫，我覺得我再吃兩、三天藥就好了。」袁大夫精神狀況很好，其實他本來受傷就不重，之前一直臥病不起，大半是因為心理作用，還有一部分也是因為當初陸大夫在他們身上做了一些手腳，現在在阿秀的調理下，自然好得很快。

這些大夫雖然年紀都不小了，但是身體底子都是好的，唯獨唐大夫……

「不用兩、三天，吃了今天的藥，你就不用再吃藥了，你身體底子還是很好的，而且是藥三分毒。」阿秀輕輕搖搖頭，還有一個很重要的原因沒有講，那就是之前因為走水的緣故，藥帳裡面的藥草毀掉了不少，這些藥草都是要拿來救命的，怎麼能多花在他身上。

這袁大夫雖然覺得好像有些不保險，但是他這樣的年紀，被人誇底子好還是很值得驕傲的，便沒有和阿秀反駁什麼。

阿秀習慣性地將唐大夫放到最後一個檢查，他的身體狀況還不錯，但是心理上……

她不知道之前的唐大夫是怎麼樣的一個人，最初明明有著強烈的求生慾望，但是就她最近幾日的觀察，他的情緒反而萎靡了，她實在看不懂他。

「唐大夫，您覺得現在如何？」阿秀更加搞不懂的是自己，明明對方這麼冷淡，可是自己卻做不到一樣的冷淡，她好像打心底地想要去親近他。

「尚可。」唐大夫眼睛慢慢掃過阿秀，臉上卻沒有多少的表情。

「那我給您把一下脈。」阿秀伸手欲去把脈，唐大夫卻將手收了回去。

「不用了，現在的藥方再用三日即可。」

阿秀不是沒有遇到過不合作的病人，但是她卻無法將那些勸說的話用在他身上。

「好，那我三日後再來把脈。」

「你說這唐大夫也太不識好歹了，都說醫者不自醫，他還不讓二十一大夫把脈。」不知道是出於巴結阿秀的心理，還是真的這麼想，阿秀剛剛走過去幾步，就聽到有兩個藥僮在背後說道。

阿秀嘆了一口氣，輕聲提醒道：「毋妄言。」即使他們是出於想要討好自己的心，但是自己聽到也不會開心的。

果然那兩個藥僮聽到阿秀這麼說，臉馬上脹得通紅，然後低著頭走開了。

第三十四章　穿針縫合

「快點出來抬人！」阿秀正吃了午飯回到藥帳，就聽到一陣兵荒馬亂。她眼睜睜看著藥帳裡面的人蜂擁而出，只留下那幾個生病的。

沒一會兒，第一批傷患就送到了，阿秀看著渾身是血的將士有些詫異。

「今天有出戰嗎？」她根本就沒有聽到動靜。

只不過現在不是問問題的好時機，阿秀將手上的餅往懷裡一揣，就急急忙忙地跟著進了藥帳。雖然她之前老是說給錢才治病，但是看到這樣的情況，她跑得比誰都快，外傷禁不起一絲時間的耽擱。

「將人都放白布上，小胖快去把我的醫藥箱子拿過來！」阿秀一邊去拿自己的手術衣，一邊衝著袁小胖喊道。

這個手術衣也是她之前難得有了空，拜託袁小胖做的，別看他是男子，但是一般做衣服什麼的根本難不倒他。

「是！」袁小胖隔著人應了一聲就鑽到裡面去拿她的醫藥箱。

這麼大的動靜，將原本在休息的幾個大夫也驚動了。

他們對視了一番，紛紛開始穿衣服下床，雖然人還沒有完全休養好，但是現在這個時候，他們可不能再躺著了。

「袁大夫，宋大夫，你們怎麼都起來了？」那些幫忙抬人的藥僮看到那幾位大夫都起來了，嚇得差點扔了抬了傷患的支架。

「這麼多傷患進來，我們這把老骨頭這個時候不用，真要它生鏽呢！」袁大夫沒好氣地說道，快速將一個傷患接過去。

這裡的大夫每個都是急救的好手，手法上面可能沒有阿秀懂的那麼多，但是他們都是有各自的看家本領的。

阿秀原本還擔心自己會不會來不及，現在看到那幾個原本在養病的大夫都過來了，心中慢慢鬆了一口氣。

「快去庫房那邊把止血散都拿過來！」袁大夫中氣十足地喊道，完全看不出前一刻他還躺在病床上。

這止血散是紫珠葉曬乾，研磨成粉，然後裝在小瓷瓶裡，專門用在外傷上止血的！

「是！」那邊有人應了一聲，袁大夫這才放心地開始處理面前的病患。

阿秀自然也知道止血散，之前還和藥僮一起研磨過紫珠葉。

「快點讓開，快點讓開！」正當阿秀準備先給手中的這個病人處理傷口的時候，門口傳來一陣呼喊聲。她原本並不打算理會，畢竟她現在主要是先處理面前這個病人，但是在聽到此起彼伏的驚叫聲的時候，也忍不住往後看了一眼，隨即被嚇呆了。

被抬進來的與其說是人，不如說是刺蝟，全身上下起碼被插了四、五十支箭，全身都是血淋淋的一片。

阿秀自從醫以來，不是沒有見過流血更加多的患者，但是絕對沒有見過這樣慘烈的傷勢。

「將人抬到那邊的床上去！」阿秀手指著之前袁大夫睡的那個床位。他那個傷勢要處理肯定比較麻煩，要是放地上的話，不管是對病人還是大夫，都是一種折磨。

「是！」那邊抬著病人的兩人聞言，連忙將人往那邊抬，他們之前看到人傷成這樣，都以為沒得救了，沒有想到竟然還有大夫願意接手。

「宋大夫，麻煩你到這邊幫我看一下！」阿秀將原本的那個病人交給宋大夫。

宋大夫微微皺起眉頭。「你要處理那個？」他有些難以置信，那個患者被傷成那樣，一般他們看到這樣的傷勢都是直接放棄了的。畢竟這戰場上不比平日，一般都是先救那些救得過來的人，要是忙得過來才會救那些傷勢過重的；或者是那個患者的地位非同一般，但是就打扮看，這次受傷的都是一般的將士。而且現在受傷的人這麼多，她實在沒有必要為了一個根本救不活的人，浪費能救治更多人的時間。

「司春在裡面嗎？」亂糟糟的門口突然傳來一個穿透性的聲音，原本吵鬧的聲音一下子就低了下去。

「鄧副將！」門口的人看到來人，連忙都讓開了。

「唐大夫在嗎？」那個鄧副將一進來就是先找唐大夫，見到他正在低著頭收拾面前患者的傷勢，忍不住衝他喊道：「唐老，您快先看一下司春！」

唐大夫的頭也不見抬一下，繼續有條不紊地處理著手上的事情，在他看來，每個生命都是一樣的，自然要懂得先來後到；而且如果他沒有猜錯的話，司春應該是那個中箭的男子，已經有人打算去接收了，他自然不會再過去。

「唐老！」鄧副將一臉隱忍，他想直接將唐大夫提過去，但是卻不敢真的這麼做，這個唐大夫，連顧靖翎平日都對他客氣得很。

「你讓那個大夫給他瞧吧。」唐大夫隨手指了指阿秀。他覺得阿秀的醫術並不比在場的大夫差，而且他剛剛瞅了那中箭男子一眼，能救活的機率幾乎沒有。

這邊藥材不足，比較珍貴的藥材幾乎沒有，先天的條件就放在這邊了，唐大夫自然不可能為了這樣一個基本救不活的人，放棄手中這一條生命。

「這……」鄧副將一回頭就看到正打算拔箭的阿秀，立馬嚇得直接抓住了她的胳膊。

「你在幹什麼！」阿秀沒有想到這個時候竟然還有人妨礙她，頓時一個後肘子過去，不過對方是習武之人，根本沒有將她這點武力值放在心上。

「我才要問你要幹什麼，你就打算直接拔箭嗎？」鄧副將瞪著眼睛怒視著阿秀。

在這麼緊急的時刻，阿秀真的是懶得和他多解釋什麼。「如果你想讓他死，就繼續抓著我好了！」

鄧副將一聽，下意識地就鬆了手。

阿秀揉了一下被捏得發紅、發疼的手腕，又稍微活動了兩下，見妨礙不大，才打算繼續拔箭。

她剛剛已經先檢查過了，這個男子在受傷的時候很聰明地保護了要害，所以像心臟之類的地方根本沒有插上箭。

這些箭基本都分布在背上、肩上、手上和腿上，現在讓她比較糾結的是，不知道是哪個缺心眼兒的，將他背上的箭都削掉了杆兒；雖然這樣病人可以躺著治療，但是這背上的箭頭要取出來就要麻煩很多了。

而且相比較這些箭傷，對於病人來講，最大的隱患其實是胸口的那一大條刀傷。他穿在外面的盔甲抵擋住了大半的箭，卻沒有抵擋住那一刀，傷口兩邊的皮肉都蜷曲起來了，看著就是一片的觸目驚心。

阿秀深吸一口氣，快速拔出一支箭，然後及時用乾淨的布沾著止血散將傷口堵住，然後在鄧副將目瞪口呆的注視下，不過一盞茶的工夫就將正面的箭都拔完了。

他剛剛好像真的小瞧了她。

「你沒事往旁邊站站。」阿秀有些嫌棄地說道，倒不是說她在報剛剛的仇，只是現在藥帳裡面人擠得很，他一個人光站著不幹事，怎麼看都是礙眼的。

鄧副將聞言，黝黑的面色上難得多了一抹紅，不過他還是堅定地站在一邊，要是沒有見到司春平安，他是不會走的。

「你要幹什麼！」鄧副將原本已經相信了阿秀，偏偏他還沒有鬆一口氣，就看到阿秀拿出一個小瓷瓶，往那個大口子上面倒，原本已經暈厥過去的司春都疼得皺起了眉頭。

這藥一般直接用的話都是粉末狀的，哪有像水一樣的，還無色無味的。

鄧副將原本嗓門就大，這麼一喊，幾乎所有的人都往這邊看過來。

阿秀忍不住翻了一個白眼。「你要是看不懂也沒事，你就站一邊不要說話，不要影響我可以嗎？」這邊的手術環境已經很糟糕了，他還要這樣堅持不懈地打擾她。

鄧副將原本要阻止她動作的手一下子停在了半空中，然後被阿秀毫不留情地拍飛！

阿秀沒有再去多看一眼鄧副將，而是快速地拿出醫藥箱裡面的針線，這都是她之前就準備好的活計，簡單消毒一下就能直接用。

鄧副將看著阿秀這樣快速地穿針引線，縫合打結，已經完全說不出話來了。是他太久沒受傷了嗎，不然他怎麼覺得她的每一步都讓他摸不著頭腦……

「二十一大夫，您這是做什麼？」在場的人並沒有見過阿秀用針縫合，這邊也沒有人用這樣的法子，袁小胖的這聲驚呼，將幾個老大夫的目光也吸引了過來，包括唐大夫的。

作為一個大夫，面對一種新的技術，他們會帶著審視和期待；但是阿秀現在的行為未免也太驚世駭俗了，這人可不是布料，怎麼能這麼隨便就在上面穿針引線。

只是現在大家都在忙著醫治傷患，即使有什麼不滿，也來不及說。

「拿乾淨的白布過來。」現在並沒有後世那種透氣的紗布，不過相比較一般用來做衣服的布，這個包紮用的布條也輕薄不少。

在她縫好的傷口上撒上消炎用的藥粉，阿秀用白布快速包紮打結。

「這樣就好了嗎？」鄧副將有些膽戰心驚地看著阿秀，她剛剛的手法，讓他看著有些發顫，特別是再連結上她現在的年紀。

「好什麼！」阿秀白了他一眼，這傷口才處理了一半呢，現在最棘手的就是背後的那些箭頭。

「這箭是誰砍斷的啊？」阿秀看到他背後起碼十幾個的箭頭，忍不住多嘴問了一句。

「我！」站在一旁的鄧副將往前走了一步，他就是考慮到要安放的問題，所以率先將箭給砍了，要是讓那些沒力氣的大夫來弄的話，說不定會牽動到傷口。

「你倒是擅長幫倒忙呢！」阿秀沒好氣地瞥了他一眼，便不再說話，專注地研究起上面的傷口來。

鄧副將有些不大理解阿秀的意思，難道自己這樣竟然是做錯了嗎？

「既然站著沒事，那就幫我把人扶住吧。」阿秀用眼色示意道。

鄧副將雖然沒有這麼被人隨手指揮的經歷，但是病人是他的救命恩人，他自然是樂意幫忙的。

「這樣就好了嗎？」鄧副將讓司春的面部朝向他，背就對著阿秀，這樣的姿勢讓所有的重力都在他的肩膀上。

阿秀點點頭，拿出一把小匕首，簡單消毒，便開始動手。先在傷口表面劃一個十字，這樣將箭頭取出以後造成的創面會比較小，恢復也會更加容易。

從他受傷到送到這邊，再到阿秀處理傷口，差不多也有半個時辰了，就他的受傷情況加上流血的勢頭，阿秀心中免不了有些擔心。

即使她將所有的箭頭都取出來，所有的傷口都縫合了，但是一旦他流血過多，她還是救不了他，她只能拚命加快手中的速度，儘量保住他的性命。

「他的臉色怎麼越來越白了。」鄧副將正好面對著司春，這箭頭取出的越來越多，他的臉色也越來越難看。

「廢話，你流了那麼多血的話，難道還面色紅潤呢！」阿秀都懶得和他計較這些了，幾下就將箭頭都弄出來了。她應該感謝現在的盔甲品質比較有保障，山寨貨比較少，所以他現在還能活著。阿秀隨手拉了一個藥僮，交代道：「你去裡面拿兩片野山參來。」

「可是，這個藥……」那藥僮面露難色，因為之前的走水事件，導致藥草緊缺，特別是貴重的藥材根本沒有剩下多少，這些藥基本上都是給那些大人們留著的，怎麼能隨隨便便用在一個小兵身上？

「可是什麼，這麼磨磨蹭蹭的！」阿秀根本不願意去深想其中的原因，直接自己轉身去將藥拿了過來。這時候的野山參藥效還是很好的，用來保命再好不過。

鄧副將在那藥僮說那話的時候其實就察覺出來了，他正打算說就當是用在他身上了，沒有想到阿秀已經去拿了。他的心中多了一絲波動，視線微微下滑，接觸到司春蒼白無血色的面孔，心中閃過一絲堅定，他一定會把司春救活。

「好了，你要是沒事就看著吧，我要去看別的人了。」阿秀說著將東西隨意放進醫藥箱，就揹著藥箱開始去看別的傷患。

之後比司春嚴重的傷患也不是沒有，手腳被砍斷的，脖子被削的，胸口有大窟窿的，阿秀只能努力救治著；只是有些嚴重的，即使她再努力，還是回天乏術。

天都完全黑了，將最後一個人的傷口包紮好，阿秀直接一屁股就坐在了地上，真的是太累了，而且精神一直要十分集中，不管是身體還是精神方面，都有些吃不消了。

特別是她現在這個身體還年幼，如果不是因為一直有毅力在支撐，老早就癱了。

「二十一大夫，你剛剛給司春用的那個是什麼手法？」那些大夫比阿秀還要早一步支撐不住，後面差不多只能處理一些簡單的傷勢，現在看阿秀也結束了，便忍不住問道。

因為阿秀之後又救治了不少的傷患，他們雖然對她縫肉的手法不大贊同，但是說話的語氣還是很客氣的；再加上這天下，醫術上面的派系也不少，他們還真的不能武斷地說，她那樣就是不對的。要知道有些派系，是專門用各種蟲子來治病的……這麼一對比，她只是縫一下，好像也不是那麼難接受了。

「那個叫多層縫合法，一旦病人的傷口受創比較嚴重，就可以用這種方法，能儘量減少事後傷口裂開。」阿秀並沒有打算隱瞞什麼，而是比較詳細地和他們說道。

「可是這人肉可不是布……」雖然覺得阿秀說的也很有道理，但是只要一想到自己的皮肉被這樣縫來縫去的，他們就有些接受不了。

反倒是年紀最大的唐大夫看著阿秀，眼中多了一絲讚賞。這樣的年紀，就有這樣的魄力，十分難得。

「這個是誰教你的嗎？」唐大夫問道。

阿秀臉上閃過一絲詫異，她沒有想到唐大夫也會開口，猶豫了一下才說道：「這個是我阿爹教我的。」反正他現在人也不在，把這件事推他身上，總比說是自己琢磨出來得強。

「你阿爹叫什麼名字啊？」

在場的大夫都比較好奇，畢竟一個十來歲就有這樣醫術的人的爹爹，那到底是有多麼的厲害。

可惜，即使是他的親閨女，阿秀也不知道他真名是什麼。

「別人都叫他酒老爹。」

眾人頓時有些失望，他們以為能夠聽到某個高人的名字；不過轉念一想也可以理解，這大隱隱於市，說不定這樣的稱號背後站著的是一位高人呢！

幾乎所有的大夫在那一刻，都默默地將酒老爹這個名號記在了心裡。

「胖師傅送飯過來了。」袁小胖比較體貼，知道他們都累癱了，剛剛一結束他就往胖師傅那邊跑去。

這個時辰都該沒飯了，不過好好和胖師傅講，他還是挺有人情味的。

要是往日的話，他肯定就煮幾大碗麵條就成了，但是現在阿秀也在藥帳裡，他立馬做了幾道大盤菜，親自和袁小胖拎著食盒過來了。

「幾位大夫都辛苦了，大家都先吃飯吧。」胖師傅笑呵呵地說道。

這軍隊裡面，生死都是常態，在這裡待慣的人根本不會因為今天又死了人就吃不下飯，當然這幾位大夫也是這樣的。

「那麻煩胖哥你先放裡面去吧，我們先去洗個手，馬上就過來。」阿秀一看到胖師傅手中的食盒，肚子就不受控制地叫了起來，不過她還是有些潔癖的，雖然餓，也不能容忍自己滿手血跡就去吃飯。

那些夥計也是有眼力的，一早就打好了水，阿秀洗手的時候順便將自己隨身的傢伙也都洗了一遍，至於消毒，就等回去以後再說。

「你這把匕首……」唐大夫原本和阿秀中間還隔了兩、三個人，但是他在無意間看到阿秀手中匕首的時候，整個人的臉色都變了，明明這麼大把年紀了，但是一個箭步就衝到了阿秀面前。

「這個是我阿爹送給我的。」阿秀下意識往後退了一步，有些不大能理解唐大夫的心情。其實她心中隱隱有種猜想，但是又覺得這人生不是小說，應該不會有那麼狗血，但是再看他的樣子，好像已經有了狗血的苗頭。

「你阿爹真名叫什麼？」唐大夫臉上雖然還是那副面無表情的樣子，但是眼神中帶著一絲熾熱。

阿秀頓時有些不好意思了，她還真不知道自家阿爹叫什麼，生活在一起十年，他一次都沒有說漏嘴過。

「我還真不曉得，他也從來沒有和我講過，從我記事開始，別人就叫他酒老爹了。」其實她記事的時候，那些人叫他都是叫「阿秀爹」的，但是後來他愛喝酒的名聲實在是太響了，大家就都叫他酒老爹了。

唐大夫眼中有些失望，卻還是忍不住追問道：「那這個匕首是你阿爹的嗎？」

「應該……是吧。」

阿秀也不確定，自家阿爹老是時不時地變出一些小東西來，她也不曉得他是從哪裡得來的。

唐大夫見阿秀也是一臉的茫然和不確定，心中微微嘆了一口氣，不過看向阿秀的目光倒是柔和了不少。

第三十五章　倒楣值夜

「小二十一你多吃點，瞧這小身板瘦的！」胖師傅把飯菜都放好了，並沒有馬上離去，而是一直站在旁邊勸她多吃點。

一大群人在吃飯，旁邊站著這麼一個聒噪的人，多少是有些不大舒服，但是誰叫人家是掌廚的人，他們就算有怨言，也不敢說什麼。

「大家也多吃點，今天忙活了半天了。」阿秀也有些不自在，特別是看唐大夫上桌以後才吃了兩根小青菜，再看他那把年紀，她都有些看不過眼地給他挾了一大筷子的紅燒魚。

只是她這麼一個動作做出來，在場的人都下意識地頓住了。要知道這唐大夫脾氣臭也不是一天、兩天了，不然也不會一個熟稔的大夫都沒有，這段相處的時間，誰沒有瞧過他的冷臉色。他們也算是看出來了，他就是天生的冷淡，是對每個人都這樣，他們心裡再計較也就不好表現出來了。

所以當唐大夫淡淡地掃了一眼阿秀以後，將魚直接吃掉了，在場的不管是大夫還是藥僮都有些不淡定了。這是赤裸裸的區別對待！

「唐大夫您身體還沒有完全好，多吃點魚、肉，補一下身子。」這軍營裡面條件艱苦，自然是沒有補藥每天伺候著，也只能在菜上面多補點了。

唐大夫微微點點頭，難得地伸筷子去挾了一筷子紅燒肉，要知道他進軍營這些日子以來，基本就沒有碰過葷腥，在場的人心中再次凌亂了一番。

「這位大夫。」鄧副將用手拍了一下阿秀的肩膀。「你能不能去瞧瞧司春，我瞅著他臉色怎麼那麼難看。」

「鄧副將是吧。」阿秀將嘴巴裡的飯菜都嚥下去以後才開始說：「這司春的狀況你也看到了，血流太多，臉色難看是正常的，你見過一個人中那麼多箭，流那麼多血還面色紅潤、活蹦亂跳的嗎？」倒不是說她對待病人冷淡，但是大夫也是人，他們忙活了四、五個小時，難道連吃個飽飯都不成？

大夫明顯也很贊同阿秀的話，只不過鄧副將的地位放在這，他們也不好表現得太直白。

「那位病患現在還能活著已經是這位小大夫的醫術高明了，而且這失血過多也沒有什麼快速的治療方式，還是要靠慢慢調養。」唐大夫這話一說出口，在場的人下巴都要掉下來了，誰都沒有見過這唐大夫還會幫人說話！

「那接下來要做什麼？」鄧副將的態度變得斂首低眉了些，不過這其中也不光是唐大夫的原因，更多的還是因為他見識了阿秀的醫術。

「你要是沒事，晚上可以在這裡守個夜，要是晚上有什麼發燒跡象就來找我，等一下還要煎藥，你最好想個法子給他餵下去。」趁著剛剛唐大夫說話的空檔，阿秀又趕緊吃了一大口飯菜，嚥下去以後繼續和鄧副將說話。

「成，成，那我先去煎藥吧。」鄧副將一聽還要喝藥，頓時就積極起來。

阿秀本來想著吃完了飯再開方子，但是看他這麼殷切的表情，只好放下碗筷，快速寫了一個方子，專門用來治療外傷，促進癒合，防止發炎的。

鄧副將得了方子，屁顛屁顛地就跑出去了。

「這鄧副將和那個叫司春的是什麼關係啊？」看鄧副將這麼緊張他，阿秀隨口問道，只不過說「司春」這個名字的時候，她笑得很有深意，這個諧音真的太讓人深思了。

「不清楚，這個小夥子我也是第一次見。」袁大夫率先搖搖頭，別的大夫也一副不瞭解的模樣。

這大夫的生活圈子基本上都在藥帳裡面，自然不可能知道太多的八卦。

阿秀總覺得他們兩個之間的關係沒有那麼簡單，但是既然大家都不知道，她也就沒有追問下去。

吃完了飯，就這個時辰，應該去睡覺了，但是今天收到的傷患實在是太多，晚上說不定還會有什麼突發狀況，六個大夫便商量了，留兩個人下來值個夜，以備不時之需。

只是這個苦差事留給誰，是個比較糾結的問題，畢竟一般人，誰願意接這個事，在辛苦了那麼久以後，都是希望能舒舒服服睡一覺的。

阿秀畢竟是裡面最年輕的，再加上她的身體是最健康的，尊老愛幼她還是懂的，便硬著頭皮說道：「那今晚就由我先來值班吧。」

「那還有一個就由我來吧。」唐大夫有些低沈清冷的聲音從另一邊響起。

他今天的表現已經讓太多人詫異太多次了，他現在這麼說，大家反而都淡定了。

「那今晚就麻煩兩位了。」宋大夫話語中帶著一絲歉意和感激。

阿秀有些擔心地瞧了唐大夫一眼，他這麼大的年紀了，再這麼熬夜真的沒有問題嗎？最後，值夜的變成了六人中年紀最大和最小的兩位，真真是「尊」老「愛」幼啊！

一旁的胖師傅聽到阿秀要值夜，頓時就來了精神。「小二十一，那等一下我給你送點糕點過來，免得你半夜餓了。」

胖師傅自從吃了阿秀配的藥，吃飯香了，睡覺沈了，坐下去不痛了，就連解大手也不拖時間了，整個人一下子就舒坦起來了，她是他的救命恩人吶！

「那就麻煩胖哥了。」

吃了飯，幾位大夫又比較盡責地將傷患都看了一遍，這才都回帳睡覺去了。

藥僮、夥計也分別留下了兩個，整個藥帳，除了一地的傷患，也就剩下七個人了。

一夜無眠，傷患的事情比阿秀想像的還要多，而且因為這裡的藥材以及器械的匱乏，到了清早，中間又死掉了兩個人，雖然心中惋惜，但是也是避免不了的，他們都盡力了。

「唐大夫，您先去睡吧，袁大夫他們也該起來了。」阿秀看唐大夫也忙碌了一天，再看他滿頭的白髮，她心裡都有些罪惡感了。

「不用，等他們起了再說。」唐大夫並沒有接受阿秀的好心，他有自己的原則，既然他說他值夜，那自然是要等到別的大夫起來了，才能算完成；而且這麼多的傷患，半夜的時候兩個人都差點忙不過來，怎麼能只留下她一個。

不過經過了這次值夜，唐大夫心裡對阿秀也多了一絲敬佩，這個不過十來歲的孩子，在處理突發的病況的時候，手法老練，也不慌張，比一般的大夫都要強得多，不知道是什麼樣的人才能教出這樣的學生來……如果是那人的話，或許真有這樣的可能。

「妳今年幾歲了？」唐大夫雖然是抱著閒聊的心，但是說出來的語氣就跟拷問一般。

阿秀也沒有介意，說道：「再過兩日便是十三歲的生辰了。」

唐大夫心中微微一動。「妳可是九月三十出生的？」

阿秀點點頭，往年她就是這日過生辰的，想到今年的生辰不光要一個人過，還和自家阿爹徹底失散了。

阿秀心中有了一絲淡淡的惆悵，反而忽略了一點，那唐大夫怎麼會知道她的生辰？

「我看妳體型比一般同齡人要小些，手伸過來讓我把一下脈吧。」話雖然這麼說，但是唐大夫還不等阿秀將手主動伸過去，就自己伸手去把脈了，頗有些迫不及待的感覺，只是配上他死沈著的一張臉，多少是有些違和感。

阿秀其實心中是有些不大願意的，她現在裝扮都是男孩子樣，一把脈的話豈不是露餡兒了；可惜他的動作比她的話要快，她話還沒有說出口，他手已經把住了她的脈。

阿秀想著這唐大夫也不是多嘴多舌之人，再加上自己真的暴露了，也有那個摳門將軍頂著，就放寬了心。

唐大夫感受著脈象，微微皺著眉問道：「妳小時候可是受過什麼大的驚嚇？」

「好像是吧……」阿秀有些心虛，如果當年她醒過來見到的那個火光算是的話，那的確是大的驚嚇了，直接把原主都給嚇沒了。

「不過妳整個體質都不錯，身體多加鍛鍊就好。」唐大夫鬆開了手。

阿秀知道自己為什麼身體瘦小，主要還是她小時候吃得比較差，根本沒有什麼油水，而且她應該是屬於發育比較遲的那種，別說大姨媽了，就是胸前那兩塊，都沒有什麼動靜。所以她女扮男裝簡單得很，只要換衣服就好，連束胸都不用；不過有時候洗澡，看到這麼乾癟的自己，心裡多少還是有些憂傷的，哪個女子不想要前凸後翹的身材！

阿秀雖然知道這唐大夫是個極其穩重內斂的人，但是在發現她是姑娘以後竟然連一絲詫異都沒有，心中反而有些不大適應，她以為至少會被問幾句呢。

「唐大夫，二十一大夫，辛苦你們了。」第一個出來的是宋大夫，緊接著另外的三個大夫也都出來了。

他們看到阿秀和唐大夫坐得那麼近，心裡都很是詫異，卻都明智地選擇了忽視。

「那接下來就交給你們了。」阿秀站起來，打算吃個早飯就去睡覺了，只不過還沒站穩，就覺得眼前一黑，還好被後面的唐大夫扶住了。

阿秀緩了一下，才覺得視力又恢復了，再看周圍，大家全一臉關切地看著她，頓時心中微微一熱。「就是站得急了點，吃個早飯就沒事了。」她知道自己是有些低血糖，又熬夜了，所以剛剛才會這樣。

「二十一大夫你也要好好休息一下，這熬夜最傷精氣。」袁大夫在一旁說道，心中微微有些慚愧，要不是他們的身體不爭氣，何必要一個小孩子來做這事。

「多謝袁大夫，那我就先告辭了，這幾個傷患已經退燒，這幾位還有些熱度，這兩位高熱不降，要多多注意，昨夜裡，這些傷患都服過一次藥了。」阿秀下意識地將要注意的情況都交接清楚。以前在醫院的時候，每天早上晨會時，都會進行這樣的交接。

她這樣的習慣讓袁大夫他們很是感激，雖然有些病況他們自己也會看，但是晚上發生的狀況他們可是無從得知的，他們對阿秀頓時又多了一分好感。

離開前，阿秀又去看了一眼司春，那鄧副將果然是精力旺盛，這一晚上沒有睡覺，精神還很好，炯炯有神地看著阿秀。

「情況還可以，過幾天換藥再看一下傷口。」阿秀說完便打著哈欠出了藥帳。

她到了這邊以後從來沒有熬過夜，但是自從被擄到這兒，她已經是第二次熬夜了。

阿秀不免有些小擔憂，要是長期下去，自己的發育就更加成問題了吧……

剛走到自己營帳門口，就看到一個熟悉的大個子在她營帳前面來回走動著，阿秀看了看時辰，現在他不是應該在校場嗎？

「顧大哥？」阿秀喚了一聲。

顧一看到阿秀先是將她打量了一番，看她氣色雖然有些蒼白，但還算精神，便鬆了一口氣。「昨日因為一個小隊遇襲，大部分的人都受傷了，麻煩妳了。」顧一原本昨天就想過去的，但是那個時候藥帳裡面正兵荒馬亂的，怕去了反而耽誤了他們，後來又聽說她要值夜，就一大早跑來在這邊等她。

「麻煩的也不光是我。」阿秀用手捏了一下脖子，一直低頭檢查和治療，讓她的脖子一陣痠疼。

顧一的手微微動了動，但是馬上又意識到男女有別，手連忙放到了身後。

「好啦，顧大哥，這大夫救人是理所當然的事情，你也不要想太多了，我沒有那麼脆弱，你快去幹自己的事情吧，不要因為我耽擱了。」阿秀笑著說道，她並沒有注意到剛剛顧一的那個小動作。

現在雖然沒有大的衝突發生，但是那種風雨欲來的感覺已經越來越明顯了。

而且就昨兒的狀況，阿秀忍不住往壞的地方打算，接下來說不定還有幾場硬仗呢！

「那我把小十九放妳這邊，妳有什麼體力活就讓他幹，他雖然性子魯莽了些，但是人還是很好的。」顧一說道。

「那你先和他商量好，免得到時候使喚不動。」阿秀比較隨意地說道，對於顧十九，她的印象就是一個沒長大的孩子。

「行，那妳快去休息，我到時候叫他到妳這邊來。」雖然之前一直都說讓顧十九來聽阿秀的使喚，但是這麼正經八百地說出來，那還是第一次。

阿秀雖然懶得動腦子，但是也能感覺到，這特意將顧十九放到她這邊來，應該沒有那麼簡單，不過她的直覺讓她願意去信任顧一。

一覺睡醒，阿秀覺得自己全身都痠疼痠疼的，不過精神的確是好了不少。

雖然這個時辰應該沒有飯可以吃了，不過她是有後門可以走的人，便穿好衣服開開心心地打算去找胖師傅。

剛一出門，阿秀就看到了顧十九。

她馬上就想起了之前顧一和她講的事情，再看顧十九臉上帶著的那一絲不情願，阿秀估摸著他們之間應該已經商量好了；只是讓她比較疑惑的是，站在他身邊的又是誰？

「你們這是……」難道兩個人都是來給她使喚的，那這顧一也太大方了。

「這是三哥。」顧十九說道：「他正好過來，和我閒話了幾句。」

「你好。」阿秀衝他有禮地點頭，對這個看起來溫和的男子，阿秀並無特別的感覺。

「久仰大名。」顧三一直聽說這顧二十一是個年紀很小的孩子，但是看到的時候還是有些詫異，這不過十歲出頭吧，真的能看病了嗎？

阿秀並不喜歡這種比較虛的客套話，只是比較隨意地「嗯」了一聲。

「你要是沒什麼事情了，就跟我走吧，等吃完飯，還要去藥帳呢。」

「那三哥，我先過去了。」顧十九衝著顧三揮揮手，跟上了阿秀的步伐。

「聽說妳昨兒給司春治病了啊！」顧十九有些好奇地看著阿秀。

「他很有名嗎？」阿秀的眉頭微微皺起，照理說，這司春只是一個小兵，可是怎麼人人都認識他的樣子。

「咳咳。」顧十九輕咳兩聲，並沒有接下去。他以為阿秀會因為好奇而追問的，可惜他等了半晌，阿秀也沒有再說什麼，頓時有些失望，忍不住問道：「妳難道不好奇他的身分嗎？」她不問，他心裡反而癢癢的。

「無所謂啊。」

「我跟妳講啊，這司春可不是一般的小兵，當然這個事一般人也不曉得，他可是司大人的嫡子，他的姊姊司芳當年和鄧副將有一段婚約，可惜他姊姊得急病去世了，不過平日裡鄧副將還是很照顧這個前任小舅子的。」顧十九一臉八卦地說道，心中有些得意，這軍營裡面的八卦，沒有幾個是他不曉得的。

只可惜，作為聽眾，阿秀只是很不給面子地輕輕「哦」了一聲，這讓顧十九原本想要和她八卦的心一下子就滅了。她這麼小的年紀，怎麼這麼不好奇呢！也難怪兩個人明明年紀是最相近的，但是老是沒有共同話語。

作為一個性格跳脫、喜歡說話的人，雖然旁邊的人一直不說話有些乏味，但也不影響他自說自話的樂趣，特別是已經睡了一覺，他早將昨日那件讓人鬱悶的事情暫時拋到了腦後。

阿秀開始後悔了，自己當時怎麼就一時嘴快，答應了讓他來跟著自己呢，這話未免也太多了些，說得她腦袋都有些疼了；特別是，她對他講的這些話題根本都不感興趣啊！

「對了。」顧十九突然頓了一下才說道：「聽說薛行衣可能要來軍營，妳擔心嗎？」

阿秀再次聽到這個名字，終於將人和事對上了，只是對於顧十九說的擔心，她著實有些不懂了。

「我擔心什麼？」薛行衣的到來和她根本沒有半分錢的關係啊！說不定他來了，自己就能滾蛋了。阿秀這麼一想，心情就好了起來。

「妳要知道，他今年才十四歲呢，但是名頭已經很響了。」顧十九一邊說著，一邊打量著阿秀的表情；可惜，他再次失望了……

「哦。」

第三十六章　刮目相看

顧十九因為跟著阿秀，也吃了一頓大餐，心中第一次覺得，其實跟著她好像也不錯的樣子，至少可以吃香的、喝辣的；這麼一想，他就是看阿秀，都覺得順眼了很多。

兩人吃飽喝足，阿秀還不忘打包了一些小點心，打算到時候餓了再吃。

到了藥帳，裡面還是一番忙碌的場景，特別是那些藥僮和夥計，不光要幫忙抓藥煎藥，還要研磨藥材，製作成比較方便的粉末狀以便使用。

現在可沒有什麼機器，全部得靠手工。

「二十一大夫您休息好了啊。」袁小胖第一個看到阿秀，衝著她燦爛一笑。

阿秀看他的氣色並不是很好，胖胖的臉蛋顯得有些蒼白，昨兒個他還跟著他們一起值夜，現在都已經在幹活了。

「你去休息沒，氣色這麼差。」阿秀對袁小胖的印象還是很好的，勤快又肯吃苦，還孝順。

「剛剛去小憩了一番，只是這邊人手不夠，我就又過來了，其實也不是很累。」袁小胖有些不好意思地說道，完全沒有邀功的意思。

「那吃過飯沒，你先去旁邊吃點東西，這邊我來忙吧。」阿秀從手裡拿了一包糕點給他，胖師傅對她好得很，看她吃了三大碗飯以後還給她包了三包小袋的糕點，就怕她餓著了。

「您看傷患就好，這切藥的事哪能麻煩您。」袁小胖連連擺手，她雖然年紀和自己差不多，但是地位可完全不一樣，這大夫怎麼能做他們做的事；而且看她昨天夜裡的表現，袁小胖覺得她和師父一樣厲害，就更加不好意思讓她幹這事了。

「誰說是我來幹這事呢，我這不給你們帶了一個勞動力來嘛！」阿秀指指站在她身後的顧十九，要他抓藥他肯定不行，但是切藥研磨這種沒有技術可言的事情他肯定沒有問題，而且這習武之人，力氣也肯定比他們大得多。

袁小胖原本以為這顧十九只是來瞧瞧的，沒有想到竟然是來幫忙的，心中一陣惶恐，要知道這近衛軍在軍營中的地位可不一般，他們直屬於將軍，即使官銜不是很高，但是也沒人敢小瞧了他們。沒有想到，這二十一大夫直接把近衛軍拉來幹這活，這讓袁小胖的心中多了一絲說不出的感覺。

「這種活應該難不倒你吧？」阿秀掃了一眼顧十九，想要看看他的態度。

「這種簡單的活，小意思！」顧十九雖然有些傲嬌，但是卻不嬌氣，看那些大夫、藥僮都是一臉的菜色，自然是義不容辭地將活給接過來了。

「那你先去旁邊坐一下，等吃完了再過來。」阿秀再次和袁小胖說道。

袁小胖見阿秀態度雖然比較溫和，但是意思卻很明確，心中有些感動，便拿著糕點過去休息了。

阿秀見袁小胖走了，便又順勢將藥帳裡面打量了一番，沒想到，這唐大夫竟然來得比她早，而且看他的架勢，應該來了很久了。

阿秀計算了一下從離開去休息到回來，其實也不過五、六個時辰，這唐大夫這把年紀了，不好好休息一下真的沒有問題嗎？阿秀又想到他吃飯時候的樣子，他竟然能這麼健康地活到現在，她都覺得是一個奇跡。

「二十一大夫，您過來了啊！」鄧副將看到阿秀過來，連忙擠了過來，笑容中還帶著明顯的殷勤。

「司春醒了？」見他的態度這麼好，阿秀馬上就問道。

「剛剛醒了一次，讓他喝了藥又睡過去了，現在已經不發燒了。」鄧副將很是欣喜地說道，昨天看到司春的模樣，以為這輩子都見不到他了。當年他姊姊去世的時候，自己答應過，要好好照顧他的。

阿秀點點頭，很是直白地說道：「那就好，你要是沒事的話，那就回去吧，這藥帳現在忙得很，人多又擠，你站著也挺占地方的。」

「啊……」鄧副將完全沒有料到阿秀會說這樣的話，他過來只是為了感激一下，順便讓她再去看一下司春，沒有想到這話還沒有說出口，人就先被嫌棄了。

「哎呀，鄧大哥，你也在這呢，沒事的話就快來幹活，不要擋著大夫們看病！」顧十九原本覺得一個人在這裡幹活顯得有些寂寞孤單冷，現在瞧見鄧副將，頓時就樂了。

鄧副將這才注意到顧十九也在，心中不免有些詫異，便走了過去。

阿秀見他走了，便開始進入工作狀態，先問了一下那邊的幾個大夫，現在的傷患情況。

在她走了以後，又有兩個傷患的情況不大好，不過因為用藥及時，算是挺過來了。

這已經過了差不多一天，真正嚴重的基本上都被抬出去了，現在能躺在這的，基本上情況還算可以；只不過要上戰場，在短時間內是不大可能的了，而且後續的用藥，也是一個很大的問題。

「現在藥材只剩後面那些了，用完的話就真的沒有了，也不知道這仗要打到什麼時候。」袁大夫一邊說著一邊嘆氣，眼睛看向正蹲在一邊狼吞虎嚥的袁小胖身上，早知道這次會這麼艱難，就不帶他來了。

「肯定會撐過去的。」阿秀目光堅定地說道。這個時候，不需要有人和他們一樣自怨自艾，即使真的沒有信心，但是也要有這樣的期待。

果然，阿秀這麼說了以後，袁大夫的精神也放鬆了些，她一個小孩子能有這樣的心態，他都這把年紀了，就更加要看得開。

等阿秀走開了以後，袁小胖才一下子竄過來，將手中的糕點塞到袁大夫手裡。「師父，您吃糕點。」他剛剛吃了幾塊，自從出了京城，他就沒有再吃過糕點了，這軍營裡面，你能每天吃飽飯，有力氣幹活就好了。

剛剛阿秀給他的那一小包裡面有八塊糯米糕，要是在京城的話，那是隨處可見的，但是到了這裡，他卻捨不得一個人將它們吃掉。

「你自己吃，師父又不餓。」袁大夫將糕點又塞回他手裡，他正是長個子的時候，肯定餓得快。

「我剛剛吃了好多塊了，師父您快點吃，我去幹活了。」說完也不等袁大夫說什麼，就一下子跑開了。

袁大夫盯著手裡已經有些碎掉的小糕點，眼睛微微有些濕潤。

吃完飯的時候，夥計們負責去領飯菜，幾個大夫、藥僮還是忙碌著，阿秀現在也和藥僮一樣，蹲在藥帳門口煎藥，要煎的藥太多，就幾個藥僮，根本就忙不過來。

忙活了幾日，這邊的傷患終於能回到自己的營帳去了，整個藥帳一下子也空閒下來。

這麼一忙碌，那些老大夫的身體倒是一下子都好了，而且因為經歷了生死，幾個大夫之間的情誼一下子也深了起來。原本有十個人，現在只剩下了五個，加上阿秀也不過六人，隱隱間都有了一種生死之交的默契。

當然，唐大夫例外。即使經歷了那麼多，他還是一臉的死氣沈沈，對阿秀還有些好臉色，對別人，基本上都是冷著一張臉；不過那些大夫都覺得他已經好很多了，之前他是連正眼都沒有給過他們幾個。

「這樣把線拆了真的沒有問題嗎？」顧十九有些不安地看看阿秀，又看看顧靖翎的背，這傷口原本是用線縫在一起的，現在把線給拆了，那傷口會不會一用力就崩開了啊？

「傷口已經長好了，要是不拆的話，這黑色的線頭也太醜了不是。」阿秀心情很好地開玩笑說道：「這將軍要是回府了，將軍夫人看到還不嚇哭了。」

阿秀還真沒有說錯，這背上突兀的這麼一條傷口，上面還均勻地分布著黑色的線腳，要是一般的女子看到，不嚇到那才叫奇怪。

顧十九聞言，有些詭異地看了阿秀一眼。「將軍尚未娶妻。」

「年紀這麼大了還沒有成親啊！」阿秀下意識地回了一句，等說了以後她才意識到有些不大對，呵呵一笑，有些牽強地補充道：「將軍不愧是有大抱負的人，先立業再成家。」

「將軍那是潔身自好。」顧十九在一旁為顧靖翎說好話。

之前和顧靖翎訂親的兩個姑娘都在過門前得急病去世了，他雖然年少得志，但是一般的人家在嫁女兒的時候還是得斟酌斟酌；再加上一直在外打仗，所以現在都十八了，身邊一個女子都沒有。他自己倒是不在乎，反倒是身邊的那些手下比他還心急。

被她這麼一說，顧十九便迫不及待地替他解釋，頗有一種此地無銀三百兩的感覺。

阿秀倒是沒有多想，反而專心致志地開始拆線。

但是顧十九見阿秀不說話，心裡更加著急，他覺得因為自己的話，讓阿秀心裡對將軍有了想法。他必須糾正阿秀心中的想法，讓她清楚地知道將軍不成親是因為一般女子配不上他，可惜他在心中醞釀了半天的話，一直都沒有機會說出來。

阿秀將工具收拾好，囑咐道：「你最近還是要少用勁，不然傷口還是有可能會崩開的。」要是這縫過的傷口又裂開，那可就麻煩了。

「好。」顧靖翎點點頭。「最近藥帳的事情，辛苦妳了。」

之前的那些遇襲，他也瞭解到傷亡嚴重，要不是軍營中的大夫們都是好手，損失肯定更加嚴重。他之前還聽顧一說起來過，那司春的傷就是她治好的。司春被抬回來的時候，他也有看到，沒有想到這樣的傷竟然還能救回來。

「反正我是拿錢治病，也算不上辛苦不辛苦。」阿秀原本對他還有些好感，覺得他雖然摳門，但是在男女關係上面還算清楚；但是聽他這麼一說，她馬上就警戒起來了，不要以為誇她一下，就可以賴帳。

「妳放心，我自然是不會賴帳！」顧靖翎原本還算柔和的眉眼，因為阿秀的話，一下子又變得凌厲起來。

「那就最好啦！」阿秀並不介意他的表情，笑呵呵地說道。她辛辛苦苦地熬夜看病，這要是做的是白工的話，那還有什麼動力；而且據她所知，那些軍醫的俸祿可不低呢，她幹的事情可不比他們少，自然就更加沒有道理不拿錢啦！

再加上阿秀只要一想到是因為他的關係，導致他們父女失散，她就恨不得剝削地更加厲害些，讓他不爽快，自己的心情也能稍微好些。

「將軍，有京城來的信件。」顧一拿著一封信過來，從上面的戳印可以看出是家信，所以看到阿秀在裡面，他也沒有避諱。

「那我就先回去了，你記得繼續抹藥。」阿秀將一個小瓷瓶放到茶几上。「這個是新做好的，你現在開始可以用這瓶藥了。」

在阿秀的大力推崇下，藥帳裡面也開始風靡起做藥膏、藥丸、藥粉，甚至還有藥水。不過藥水的話，保質期比較短，而且還得看天氣情況，倒是藥膏、藥丸之類的，很方便攜帶。特別是那些大夫心裡也有些害怕再走水一次，如果做成藥膏、藥丸儲存好，真的走水的話，損失也會小很多。

「薛行衣不過來了。」顧靖翎的話即時挽留住了阿秀的腳步，她原本想的很好，等薛行衣過來，她就可以離開軍營去找阿爹了，再加上還賺了不少的錢，足夠她大吃大喝一陣子了；但是這樣美好的願望，因為顧靖翎現在這麼一句話，完全破滅了。

因為事情來得太突然，阿秀臉上甚至都來不及詫異。

「之後的話，還得辛苦妳了。」顧靖翎知道阿秀原本打的是什麼主意，他也想著等薛行衣過來，就可以讓她離開了，畢竟薛行衣過來，不可能不帶幾個薛家人，那藥帳裡可用的大夫也就夠了。

他也知道因為他們的問題，讓阿秀父女分散了，所以才會特意修書回家；可惜，世事難料。顧靖翎的眼中也難得多了一絲愧疚。

「那我先回去了。」阿秀深呼吸一下，努力調適好了自己的心情，雖然失望，但是日子還得照樣過。

顧靖翎朝顧十九使了一個眼色，他馬上心領神會。「欸，妳等等我，我和妳一塊兒走。」這種熱絡氣氛的事情，這裡也就他比較適合一些。

「顧二。」等阿秀走遠了，顧靖翎才開口問道：「還是沒有結果嗎？」

「屬下又去附近幾個鎮打聽了一番，還去了阿秀的老家，但是都說沒有見過。」顧二低著頭說道。他之後又特意回去問了鄰居那酒老爹的長相，就他們的描述，滿臉的鬍子拉碴，渾身帶著酒氣，雖然亂但是並不髒。這樣的特徵是比較明顯的，但是顧二連續打聽了好幾個地方，都沒有見過這樣的人，這讓顧二心中更加愧疚，特別是當阿秀這麼盡心盡力地救治了那麼多人以後。

「你明天再去一趟吧。」顧靖翎用手撐住額頭，現在讓他更加苦惱的是信中說道的另外一件事情……

「將軍，府中還有什麼別的事情嗎？」顧一看到顧靖翎微微皺著眉頭的模樣，就察覺到應該還有別的事情，而且還是一件麻煩的事情。

「京中有人重病，所以薛行衣才沒有過來。」顧靖翎的語氣帶著一絲沈重。

顧一一愣，馬上就反應過來。這薛家的地位在京城比較特殊，一般人找上門那都是求著他們去看病；但是現在，薛行衣會為了對方而失約，顧一就知道，對方的身分肯定不一般，他也識趣地沒有再追問下去。

「信中還說，最好再找一些有名的民間大夫。」顧靖翎雖然沒有將生病的那位說出來，但是後面的話，讓顧一一下子就明白了過來。

有這樣的地位能夠使喚薛行衣又能使喚他家將軍的，也不過那麼幾人，不管是哪一個，都不是他能隨便說出口的。

「民間大夫……將軍您這是……」顧一下意識地往門口看去，雖然阿秀已經離開了。

但是他知道，顧靖翎說的應該就是她，不然他們這裡哪裡有什麼別的好的民間大夫。

「將軍，這阿秀雖然醫術不錯，但是畢竟年歲小，這要是一個不懂規矩，那可如何是好。」顧一還是希望阿秀能夠平平安安地過她的小日子，若真去了京城，這天子腳下，權貴重臣，哪一個都不是好得罪的。

「如果有別的選擇，我也不想讓她去。」顧一怕阿秀在那邊難以生存，顧靖翎還怕她一開口就跟人家講看病要付多少錢呢！

既然顧靖翎都這麼說了，顧一暫時也放下心來了，畢竟這民間奇人異士不少，沒有必要非要一個小姑娘去。

「顧一，這次糧草是顧瑾容和裴胭送過來。」

顧一在聽到「顧瑾容」這個名字的時候，心中就有了不大好的預感，果然作為她的跟屁蟲，裴胭也在其中。

「將軍，這……」顧一有些無措，想要阻止，但是他的身分擺在這，哪裡輪得到他來說什麼。

「你也知道顧瑾容的脾氣，她要做的事情，誰能攔住。」顧靖翎搖搖頭，雖然無奈，但是也沒奈何，誰叫她是自己的姊姊呢！

第三十七章　近衛之死

阿秀走出去的時候，只覺得自己胸口有股悶氣，想要發卻不知道怎麼發出去，看到地上的小石子，就使勁地踹，腳趾頭被石子弄疼了都沒有在意。

顧十九一直想著各種話想要安慰她，但是現在這個時候，再多的話都是廢話。

「欸，你們這是怎麼了？」顧三和顧十八一起過來，就看到沈著一張臉的阿秀，以及一臉討好諂媚相的顧十九。

「小十九，你又惹小二十一不高興了？」顧三說道，看他們現在的表情，一般人都會下意識地這麼認為。

「哪有。」顧十九有些委屈，明明是因為將軍阿秀才會不開心的啊，為什麼每次揹黑鍋的人都是他！

「小二十一，有什麼委屈和三哥說說，要是小十九欺負了妳，我幫妳去打他一頓啊！」顧三笑得和善，一副知心大哥哥的模樣。

阿秀眼睛淡淡地掃過顧三的臉，明明他表現得一直很溫文爾雅，但是她卻老是無法對他有好感。

「我沒什麼事情，不過你要是願意幫我揍他一頓讓我開心開心的話，也挺好的。」阿秀看了一眼顧十九，見他面露震驚，心中稍微舒坦了些。

「為什麼我要挨揍！」顧十九哀號一聲。

「因為你話太多。」阿秀說道，她剛剛正是最為煩躁的時候，他還一直要湊上來，不揍他揍誰。

「心情不好的話，要不咱們幾個一塊兒騎馬去跑個兩圈。」顧三提議道。

阿秀想了想，便同意了，她現在的確需要做些什麼，來將心中的那些鬱氣發洩出去。

只是等到了馬廄，他們才發現一件比較尷尬的事情，阿秀體型嬌小，一般的馬她甚至都爬不上去，怎麼駕馭。

「我騎灰灰吧。」阿秀指指因為最近伙食變好又不運動而變得豐潤了兩圈的驢子灰灰。

顧三的表情有些奇怪，這他們騎高頭大馬，她本來個子就小，還騎著驢子，這一塊兒出去，說不定就直接被忽略了，而且這騎驢子的話，能趕得上他們嗎？

不過暫時也找不到合適的，幾個人就騎著三馬一驢出去了。

阿秀這是第一次離開藥帳和自己的營帳那麼遠，雖然還在軍營的範圍內，但是已經比較偏僻了。

阿秀這才注意到，這塊地方很是熟悉。

而且不光是她，她覺得灰灰也感覺到了，所以神情間明顯帶著一絲愉悅。

讓灰灰帶著她到了地勢比較高的地方，透過層層的樹叢，阿秀竟然看到了自己以前住過的村子。這裡竟然就是當年王大嬸兒說起過的，凶獸滿地跑的後山……

這麼一來，阿秀頓時可以理解了，為什麼會有那樣的傳言。

「妳在看什麼啊？」顧十九騎著馬靠過來。

「那邊，是我以前的家。」阿秀指著某一處說道，並沒有回頭去看顧十九。

顧十九聞言，忍不住望去，只能看到是一間小小的屋子，他心中忍不住愧疚。「等戰事結束了，我一定幫妳把妳阿爹找到。」

阿秀並沒有就這話題說些什麼，在她看來，寧可靠自己。他們等這場戰事結束，應該要馬上返回京城了，她並沒有太大的指望。

「我只希望你們到時候能放我回家。」阿秀語氣平淡，剛剛隨便跑了一下，心裡的鬱氣果然散去了不少，心情也差不多都恢復了。

「肯定的、肯定的，要是將軍不放妳回家，我就跪在他面前求他。」顧十九一邊說一邊猛點頭，表示自己肯定說到做到。

「你覺得你在顧將軍心目中有這麼重要？」因為他跪一下，就能讓他改變主意？

顧十九頓時覺得自己的胸口被插了一刀，自己明明是好心……他聯想起最近幾個哥哥和將軍對他的態度，心中頓時淚奔，難道他現在已經開始被嫌棄了嗎？

「如果沒事的話，就回去吧，藥帳裡還有事情要忙呢，那些傷患的藥也要準備了。」阿秀深吸一口氣，然後慢慢呼出去。

「咦，三哥和十八哥呢？」顧十九回頭才發現，原本在他們身後的顧三和顧十八人不見了。

「可能是去別的地方了吧。」阿秀倒是沒有放心上，他們自己去別的地方逛逛也是再正常不過的。

「那我們先回去吧。」顧十九看阿秀的心情也恢復得差不多了，便提議道，他現在有些迫不及待地想要回去驗證一下，自己在他們心目中的地位是不是一落千丈了。

「嗯。」阿秀點點頭，驅使著灰灰跟上顧十九的腳步。

大概是現在只有阿秀這麼一個熟人，灰灰的脾氣都小了不少。

「那邊是有什麼人嗎？」阿秀感覺閃過一個黑影，但是一眨眼的工夫又不見了，難道是她的錯覺？

「沒有吧，我都沒有看到啊！」顧十九順著阿秀的視線看去，根本沒有看到什麼。

「可能是我看錯了。」阿秀微微皺著眉頭，她總覺得不是自己看錯了，因為她後來看過去的時候，那邊的一些樹葉還在搖晃，而現在根本就沒有風。

「你那個十八哥話好像很少啊？」因為心情恢復了，阿秀也就有這個閒情逸致和顧十九聊幾句。

「十八哥天生不會說話，不過他繪製地圖很厲害，只要他見過一次的地方，都可以複製下來，很受將軍的倚重呢！」顧十九可能是怕阿秀會瞧不起顧十八身上的缺陷，所以將他講得特別好，還不惜貶低自己。「而且十八哥還會吹簫，妳知道那玩意兒吧，要是我的話，連聲音都吹不出來。」

阿秀聽著顧十九誇獎他，心中回想了一下顧十八的長相，雖然五官一般，但是氣質很平和，相比較站在一旁做知心哥哥的顧三，阿秀對他的印象要更加好些。

「那你那個三哥呢，他有什麼厲害的地方？」阿秀隨口一問，她感覺顧十九和那個顧三好像很親近。

「三哥的話……」顧十九努力回想，只是不想不知道，一想嚇一跳，他第一次意識到，顧三好像沒有特別突出的一項。

他們近衛軍每個人幾乎都有自己的特長，好比顧一的刀法，顧二的大力氣……每個人都有自己擅長的，所以每次任務也都是根據每個人的特長分配的。他雖然別的都不咋地，但是他身手靈活，還會開鎖，一般去盜取情報他肯定在裡面。

而顧三，顧十九竟然一下子也說不上來他的特長是什麼。他記得小的時候，顧三最喜歡看書，但是因為有聰明的顧七，他這項也稱不上最厲害的。

「有那麼難為你嗎？」阿秀以為就顧十九和他這麼親近的模樣，應該張口就來一大串的，結果他一直都沒有說話。

「三哥的話，他什麼都挺好的。」顧十九具體說不上來，只能有些含糊地說道。

「什麼都挺好的，就說明是什麼都不咋地。」

「才不是呢，三哥什麼都懂，怎麼能說是不咋地。」作為最愛護短的顧十九，自然是容不得阿秀這麼形容他尊敬的三哥。

「好好，他最厲害。」阿秀懶得和他爭論。

「妳可不要小瞧三哥，三哥可是很厲害的。」顧十九想要用具體事例來證明這一點，但憋了半天，也就說了這麼一句沒有什麼重點的話。

阿秀心中一陣好笑，不過也懶得和他爭，他要是覺得厲害，那就厲害吧。

這麼一來，倒是顧十九開始鬱悶起來，抿著一張嘴一路上難得沒有什麼話。

回到藥帳，阿秀要面對的又是各種的繁瑣事，不過忙一點她也會少想一點，心情反而會更加輕鬆。

「這個，妳拿著。」阿秀正在努力搓藥丸的時候，就看到眼前出現了一把小玉鎖。

「啊？」阿秀有些茫然地看著站在自己面前，表情嚴肅的唐大夫，猜想著他是想讓自己幹什麼事情，然後先用這個收買自己嗎？

「生辰。」唐大夫言簡意賅地說了兩個字，然後將小玉鎖放到阿秀面前就走了。

阿秀萬萬沒有想到，這個竟然是唐大夫送給她的禮物！

只是之後再和他說話，他的態度較以前也沒有太大的變化。

「你把這個磨得再細一點。」阿秀看了一眼顧十九磨的成果，指著某一處比較大的地方說道。

「這樣還不夠嗎？」顧十九忍不住長嘆一聲，他明明是該拿刀殺敵的啊，怎麼就坐在這裡做這些活計了呢！而且因為上邊的命令，以及對阿秀的愧疚，他根本連一點反抗的餘地都沒有。

「小十九！」顧小七匆匆地跑進來，看到顧十九坐在這邊幹活先是鬆了一口氣，然後又是一臉急色問道：「小十八你看到了嗎？」

「十八哥，他不是和三哥在一塊兒嗎？」顧十九有些茫然，他剛剛和阿秀回來，吃過了飯他就回藥帳來待命了啊，然後磨了一下午的藥材，手都紅了一大片……

「小三說他和你們在一起啊，剛剛大哥好像看到有敵人的蹤跡，讓我來找一下。」顧小七聽到顧十九這麼說，臉上的焦慮更勝一籌。

阿秀站起來，皺著眉頭問道：「顧三真的這麼說？」如果她沒有記錯的話，當時他們兩個應該是差不多同個時間不見的，她倒是不懂了，那顧三怎麼會這麼說。

「是啊，他說他當時瞧見別處好像有些不對勁，就先走了一步，當時你們三個還在那邊。」

「可是當時我和顧十九不過說了兩、三句話，再轉身，他們兩人都不見了，如果真的有什麼問題的話，顧三不是應該知會我們一聲嗎，畢竟我可是一點武力值都沒有的。」阿秀抓住顧小七話語中的漏洞。而且一般正常人的話，也不會說遇到情況，什麼都不說，自己一個人單獨湊上去，這樣的舉動未免太不合理了。

阿秀又聯想到當時的場景，要知道當時只有四個人的情況下，她都沒有聽到他們離去的動靜，包括會功夫的顧十九也沒有察覺，這難道不是意味著他們是故意減少了動靜才離開的嗎？

「小三大概是想到小十九還在，所以便沒有提前打招呼。」對於阿秀這麼直白地說話，顧小七的臉色微微變了變。他和顧三是一起長大的，兩個人年紀又近，而且又是喜歡看書的，所以走得比別人都要近些，他不喜歡阿秀用這種懷疑的語氣來說自己的兄弟。

當然同樣不喜歡的還有顧十九。

「可能是三哥先走了，然後十八哥自己也到別的地方去了啊。」顧十九不高興地說道：「三哥不會故意說假話的。」

因為他們是好兄弟，所以第一感覺就是相信對方，但是在阿秀看來，肯定是按照合理的方向想。

男人的義氣她是不能理解的，她也懶得花費口舌去解釋。「既然你們都這樣認定了，那還來說什麼。」

顧十九和顧小七被阿秀的話同時嗆了一下，可是卻不知道如何反駁。

「現在說什麼都是虛的，當務之急是將人找到。」阿秀掃了他們一眼，人還沒找到，倒是急著幫別人爭起來了。在她看來，那個顧三是一個很大的嫌疑人啊，她和他們都不是很熟，而且也不懂他們之間的感情，但是根據之前顧小七說的，和顧三的那句話，她心裡就對他充滿了懷疑。

「那我們先走了。」顧小七拉上顧十九，又急急忙忙出了藥帳。

直到吃了晚飯，阿秀也沒有見到顧小七和顧十九，她的心中隱隱有了一絲不安，總覺得會發生一些什麼。

半夜的時候，阿秀就聽到一陣急切的腳步聲，然後營帳外面傳來顧十九的聲音。「阿秀，妳還醒著嗎？」

阿秀不知道他現在的心情是有多慌張，甚至都忘記叫她現在偽裝的名字了。

「稍等。」阿秀說著披上外套，走了出去，她之前就覺得心裡慌慌的，所以這麼晚了，她睡得也是極淺，顧十九一叫，她就醒過來了。

「出什麼事情了嗎？」阿秀借著外面的火把打量了一下顧十九，他的神色，急切中又帶著一絲哀慟。

「顧十八找到了？」這是她唯一能夠想到的原因。

「嗯。」顧十九難得的沈默，半晌才繼續說道：「那些大夫都說十八哥活不過今晚了。」

阿秀心中一驚，連忙問道：「唐大夫也這麼說？」

「唐大夫那邊，七哥去叫了，現在是袁大夫和高大夫先看了一下。」顧十九說到這裡都哽咽了。「妳說十八哥從小就活得比我們艱難得多，老天爺為什麼還要這麼對他？」

阿秀看到平時這麼開朗的顧十九哭得眼淚鼻涕都下來了，忍不住用手拍拍他的肩膀，安慰道：「你看唐大夫和我都還沒有瞧過呢，誰說一定會有事的。」

「那妳快點跟我去瞧瞧。」顧十九連忙將眼淚鼻涕都抹在衣服上，路上的時候還不忘瞄了好幾次阿秀，她剛剛應該沒有瞧見吧。

「這顧十八被傷到了哪裡？」阿秀問道。

「十八哥被人刺穿胸口。」顧十九說到顧十八的傷口，聲音又低落了起來。

「左胸？」阿秀心中一驚，這要是刺破了心臟，別說她了，就是大羅神仙來了都沒有用。

「嗯。」

阿秀的腳步微微一頓，不過馬上又跟上了顧十九的步伐，只是她再也沒有開口。

等到了藥帳，阿秀才發現，顧十八的情況比自己想像的好不到哪裡去，衣服上面都是枯枝爛葉，臉上有不少的刮痕，胸口血紅一片。

「二十一大夫你來了啊。」袁大夫幾人看到阿秀過來，下意識地搖搖頭。

阿秀看他原本的衣服全部變成了血紅色，就這流失的血量，就是受傷的不是心臟部位，那情況也是懸。

「唐大夫。」阿秀正要去把脈，就看到唐大夫也過來了，之前因為藥帳人滿為患，幾個大夫便也住到了隔壁的營帳。

唐大夫可能是身分比較特殊，分到的是一個人的營帳，位置也離得有些遠。

「情況如何？」唐大夫沈著聲問道。

阿秀用手撫上顧十八的手腕，沈默了一會兒，才微微搖搖頭，脈象已經虛弱到快把不出來了，而且他的面色也因為失血過多變得蒼白。

「心脈受損。」

「我來看一下吧。」唐大夫眼中閃過一絲惋惜，對於顧十八他還是有些印象的，他多年前曾經幫他看過病，可惜他的舌頭是先天殘缺，想要說話是萬萬不可能的；再見他，竟然是生死之間。

「我能讓他醒過來，你們有什麼要問的就快點問吧。」唐大夫說完便將頭轉到了一邊。

阿秀一下子就明白過來了，這顧十八，是真的沒有救了。

「這話是什麼意思？」顧小七有些難以置信地看著唐大夫，其實他懂這話的意思，只是不願意去相信。

「我不相信，十八哥不會就這樣……」顧十九捂著嘴巴，不忍心將最後兩個字說出來。明明幾個時辰前，他們還一起騎著馬，他還笑著和自己比劃，但是現在，為什麼會這樣子！

顧十九和顧小七兩個人的眼睛都紅了。

因為人是剛剛找到的，他們都沒能來得及去通知將軍和別的兄弟們。

「把所有弟兄都叫過來吧，十八就算要走，也要讓他走得沒有遺憾。」顧小七畢竟年紀要大些，心理承受能力也強些。

「我去叫兄弟們吧。」顧三開口道。

剛剛他一直沒有說話，這麼一開口，阿秀就下意識地往他看去，可能是她一開始對他的印象就不佳，所以總覺得他現在的態度也透著一絲怪異。

「嗯，我去叫將軍。」顧小七點點頭，用力抹了一把臉，手指將臉頰劃了一道細痕，他自己都完全沒有注意到。

等他們走了以後，顧十九低聲說了一句。「我出去一下。」也匆匆出了藥帳。

阿秀估摸他是一個人去外面哭的，他不想讓別人看到他脆弱的樣子，只是他眼睛紅成這樣，根本瞞不了任何人。她心中長長地嘆了一口氣，他們的情緒也多少影響到了她。

「等一下，妳看著點。」唐大夫對著阿秀輕語了一句，便坐到一邊，微微閉著眼睛，不再說話了。

阿秀等了一會兒才意識到，唐大夫這話是對著自己講的。

只是他這話的意思，難道是讓自己等一下多注意他的手法？他這是要教自己？

「小十八！」沒一會兒，所有的近衛軍都到了，連顧靖翎也到了。

阿秀這是第一次這麼完整地看到近衛軍十九人。裡面有長相俊美的，有特別憨厚的，有路人甲型的，甚至還有矮小猥瑣型的，幾乎所有的類型都能在裡面找到一個對應的。

只是現在所有的人，他們的眼裡都充滿了哀傷，目光靜靜地看著躺在床上的顧十八。

「唐大夫……」顧四往前一步，他想要說真的沒有救了嗎？可惜話頭一下子就被唐大夫截了過去——

「心脈受損太厲害，回天乏術。」不管是誰來，也救不回一個這樣病症的人。

「那唐老，麻煩您了。」顧靖翎已經控制好自己的情緒，默默地看著唐大夫。他知道唐大夫這麼說意味著什麼，既然如此，那現在就該把握時間，讓顧十八說出一些有用的證據，幫他報仇。

「嗯。」唐大夫輕輕點頭，眼睛掃了阿秀一眼，便拿出一根銀針。

阿秀因為唐大夫的眼神，下意識地端正了目光，她以為是要用到針灸，但是她發現，唐大夫拿出來的這個銀針，比一般針灸用的針要粗不少，而且長度，也長得有些嚇人。

只見他拿起這根針抬手就往顧十八的頭頂扎去，習武之人都知道這裡是百會穴，一般可動不得，但是現在的情況下，也沒有人會去攔他。

將針插上以後，他的手又快速在他頭頂的幾個穴位上快速按了幾下，因為他手法太快，阿秀都不能確定是不是自己心裡想的那幾個穴位。

等唐大夫將手放下後不過兩個呼吸間，顧十八的眼睛就慢慢睜了開來，他似乎有些疑惑，不過馬上的，他的呼吸開始急促起來，嘴裡也開始「啊啊」直叫，他好像想說什麼，但是因為不能說話，很是著急，在場的人的人看著他這副模樣，心裡比他本人還要難受。

他的眼睛掃過在場的人，在看到某一個人的時候，身子都開始哆嗦起來，阿秀順著他的視線看去，那邊至少站了三、四個人，她唯一認識的就是顧三。

顧十八大概也知道自己時間不多了，衝著顧靖翎「啊」了一聲，然後猛吐了一口血，他用手指蘸了還一直往外冒的血，在床上留下一個「二」字就一下子栽倒，再也沒有起來。

在場的人都知道，顧十八這是真的去了。

「十八哥！」第一個喊出來的是顧十九，他一下子衝到顧十八的身邊，不顧形象地號哭起來。「十八哥，你不要死，你還沒有教我畫地圖呢！」

「小十九，你不要激動，現在當務之急，咱們是要把害小十八的人找出來。」顧一將顧十九拉住，雖然他現在也很難過，但是他至少還有些理智。

「還能有誰，肯定是反賊那邊的人！」顧十九紅著一雙眼忿忿道，不然誰會和他們過不去。

「不管是誰，咱們也要從長計議，先把小十八安葬了吧。」顧三也走過來安撫道。

顧小七捂了一下眼睛，然後才用比較平穩的聲音說道：「等到戰事一結束，咱們就帶小十八回家。」

現在戰事情況還不明確，屍體只有兩個選擇，一個是就地埋了，然後回去以後立衣冠塚；還有一個選擇，就是火化了，帶著骨灰回去。

不管是哪一個，他們心裡都有些難以接受。

「先將十八的身子安放三日，三日後，我們帶他回家。」顧靖翎沈著聲音說道。

顧靖翎原本還想和八王爺的人耗一下，看他能扛到什麼時候，但是現在，顧十八一死，顧靖翎覺得有股火氣上來了，而且，兄弟們也需要一個交代。

「好！」在場的近衛軍都一臉的血氣，勢必要幫顧十八報仇。

「你們不奇怪他留下的血字嗎？」阿秀見他們那些人現在只想著恨不得跑去敵營將敵人五馬分屍了，難道都沒有注意到顧十八一開始奇怪的表現，以及後面留下的字跡嗎？

在場的人聞言一下子都靜了下來，剛剛因為顧十八吐了一大灘血的緣故，他寫的字差點被完全遮蓋住，而且倒下的時候姿勢也有一部分的妨礙，所以很多人看來都只能看到一小部分，而且當時心中的悲傷讓他們一時想不起那麼多。

阿秀和他們不一樣的一點是，她雖然覺得心裡有些酸疼，但是她還沒有因為他的死亡而蒙蔽了自己的雙眼，而且她站的位置，正好能將字都看清楚。

「小十八只留了一個『二』字，這個根本就看不出什麼啊？」顧小七將那個血字仔仔細細地打量了一番，他覺得應該是只寫了一半，只是他要寫什麼，他根本就猜不到。

「他應該是要留什麼話，只是……」顧十九說到這，又要開始抹眼淚了。

「他會不會是想留凶手的名字？」阿秀引導道，難道他們都沒有懷疑過自己身邊的人嗎？這近衛軍的名字可都是數字啊！而且剛剛顧十八的神色變化那麼大，他們難道以為他只是臨死前的抽搐嗎？

「可是這個明顯是沒有寫完的字。」顧一皺著眉頭說道，他自然不會說看到一個「二」字就懷疑顧二，而且顧二今天一整天都和顧小七以及他在一起，根本就不會是顧二。

因為之前那張紙條的事情，他心裡多少有些懷疑，只是他覺得，那個叛徒就算會做出背叛大家的事情，應該也不會殺害自己朝夕相處那麼多年的兄弟。

阿秀回頭看了一眼顧三，他臉上並沒有什麼表情，眼中也和別的人一樣透著一股哀傷，這樣的顧三，讓阿秀都有些不忍心懷疑了。

「現在大家先都散了吧。」顧靖翎最後看了一眼顧十八，轉身離開了藥帳。

從小的時候，他就被父親教育，不能兒女情長，不能優柔寡斷，不能被感情蒙蔽了雙眼。他剛剛和阿秀一樣，意識到了顧十八的神情變化，雖然不願意相信，但是他心中還是決定先將那四個人列入懷疑的對象。

「顧一、顧七，你們跟我過來，顧二留下來處理後事，顧十九你繼續在藥帳待命，剩下的人都回到各自的位置上去。」

「是。」

「小十八的身子……」顧二猶豫了一下，還是沒能說出「屍體」兩個字。

「找一個空的營帳先存放起來吧。」唐大夫揮揮手，示意他們將人搬走，畢竟這裡是藥帳，總不能一直放著他，而且這裡人來人往的，也不好保存。

「多謝唐大夫了。」顧二衝著唐大夫抱拳了一下，這才和顧十九將人連著床板抬走了。

等人都散了，幾個大夫也回去休息了，唐大夫才看著阿秀，問道：「剛剛看懂沒？」

阿秀嘗試性地說了幾個穴位，她並不是很擅長這個。一是她是西醫出身，西醫不講究穴位；另外就是家中的醫書雖然有講到這個，但是都不是系統地教到，她也只懂得大概位置，真要她下針的話，她暫時還是不敢的。

唐大夫聞言微微點頭，雖然有幾個不對的地方，但是說的位置已經很靠近了，她這樣的年紀，能這麼一看就看出這麼多，已經很不容易了。

「以後有時間的話，可以多看看這本書。」唐大夫說著，從懷中掏出一本書，上面寫著《唐氏二十》。

這個是唐家的習慣，每個人只要從醫，都會有一本從自己從醫開始寫的醫案。《唐氏二十》是說唐家第二十代，下面一般會備注上自己的名字，只不過唐大夫經歷了大磨難，特意將下面屬於自己名字的那個地方撕毀了。

「啊。」阿秀愣了一下，不知道是該接還是不該接，要知道在這裡，這樣教授醫術，差不多就是意味著要收她為徒。

阿秀並不排斥唐大夫，而且她覺得他身上也的確有不少自己需要學習的地方。

就當她猶豫著要不要狠狠心跪下磕頭認師父的時候，唐大夫有些冷淡的聲音又傳了過來。「這本書不過是借妳罷了，等戰事結束便要歸還，看妳自己能學得多少。」

阿秀原本有些發軟的膝蓋一下子就挺直了。

「那就多謝唐大夫了。」她雖然有些小失落，不過馬上被收到醫書的喜悅掩蓋掉了。

「嗯，回去休息吧，明早可以遲點過來。」唐大夫說完，就自己率先走了。

阿秀覺得這個唐大夫真是一個面冷心熱的人，雖然表面上沒有給過她什麼好臉色，但是實際上卻還是很關心她的。

「您也早點去休息，最近病患不多，倒是可以多休息一下。」禮尚往來，阿秀也特意囑咐了他幾句。

唐大夫的腳步微微滯了一下，然後才用比之前更加快的速度離開了。

阿秀心中突然升起了一種「他好像在不好意思」的錯覺。

第三十八章　阿爹出現

既然顧靖翎都放下狠話了，三天內要和八王爺那邊決出一個勝負來，這邊自然也要時刻準備起來，就連不用上戰場的大夫們，也緊張地準備起足夠的傷藥。

「你現在還是在這裡待命？」阿秀瞥了一眼悶悶不樂的顧十九，雖然手中在幫忙搗藥，但是眼睛一直瞄著門口。

「嗯。」顧十九有氣無力地回道，雖然後營也很重要，但是他還是更加嚮往去和敵人決一勝負。讓他唯一比較欣慰的是，被留下來的不止他一個人，近衛軍中至少有一半人都被留下來了，包括顧一。

這讓大家都有些難以理解，顧一跟著顧靖翎的時間是最多的，兩個人也更加地有默契，但是他卻偏偏被留了下來。

「開飯了。」顧一端著兩個大食盒過來，他現在的任務就是這個，哪裡缺人他就去哪裡，價值連顧十九都不如。

顧十九看到顧一這副模樣，心裡忍不住稍微平衡了一小下。

「等一下吃了飯，將軍安排了我們去探路。」顧一說道。

顧十九一聽，頓時就激動起來，他在藥帳已經待了這麼多天，終於能幹點別的事情，他表示還有些小緊張呢！

「是我們幾個兄弟嗎？」

「嗯，我們幾個帶一個小隊。」只是相比較顧十九，顧一的態度顯得很是平靜，甚至說是有些沈默。

不過顧一原本就不是聒噪的人，顧十九也沒有覺得有什麼異常，歡歡喜喜地吃了兩碗飯。吃完了飯，顧十九就迫不及待地催著剩下的人趕快趕路了。

「等一下不要隨便出門。」顧一在走之前對著阿秀囑咐道。

「好。」阿秀雖然不知道原因，但是還是老老實實地答應了，她覺得顧一不會害她。

今天軍營的氣氛有些詭異，總覺得是要發生些什麼了。

特別是下午的時候，藥帳外面吵鬧了一下，有人想要出去看看，卻被門口的兩個將士攔住了，雖然以往藥帳也會有人把守，但是並不嚴格。

那個夥計默默地回來，嘴中還忍不住嘀咕了一聲。「外面好像又沒動靜了。」

阿秀忍不住掃了一眼門口，雖然被布遮擋著看不到外面到底發生了什麼，可是她已經嗅到了一股風雨欲來的味道。

「你說這外面發生什麼事情了啊？」袁大夫忍不住和旁邊的大夫說道，他們活了那麼大的歲數，沒有理由比阿秀還要遲鈍。

「不知道，我們只管待在裡面，至少在這邊還比較安全。」旁邊的宋大夫低聲說道：「而且你這話也不要說，免得那些小孩兒心慌。」

袁大夫點點頭，只是這搗藥的手明顯慢下來了。

「要是沒事的話，多看看醫書。」唐大夫見阿秀在關注他們的談話，便在旁邊清咳一聲。

「嗯。」阿秀回過神來，朝著唐大夫點點頭，心想他大概是怕自己被他們的對話影響。

而那些藥僮和夥計，多少也有被這樣的氣氛影響，整個藥帳一下子寂靜了下來。從下午到了傍晚，也沒有人給他們送飯，他們也不敢說什麼話。

「要是累了，就去休息吧。」唐大夫率先開口道。

因為長時間的神經緊繃，好些人已經面露疲色了，只是這大夫們都還沒有動，他們哪裡敢動；而且，這裡人多，待在一起也更加有安全感。

「要是不願意進去，就在這邊休息吧。」唐大夫繼續說道，相比較以前，他已經變得體貼了不少。

幾個大夫停下來了，藥僮們也慢慢放下了手中的活，直到最後，大家幾乎都只是呆坐在原地，卻沒有一個人開口，也沒有一個人想開口。

直到夜完全黑下來，阿秀都有些走神，冷不防聽到一聲吶喊。「將軍回來了！」

藥帳裡面所有的人一下子就精神了起來，幾乎同時都站了起來，這次他們要出去，就沒有人攔著他們了。

「怎麼了、怎麼了？」性子活潑的藥僮先跑出去打探消息。

那些將士明顯心情也很好，笑著回答道：「將軍將逆賊活捉回來了！」

頓時，藥帳裡面也一陣歡呼，這意味著什麼，這說明戰爭結束了，他們可以回家了。

袁小胖也是拉著袁大夫的衣角，眼中一片喜悅，他們出來都已經三個多月了，現在終於可以回去了。

反倒是唐大夫，神色之間有些複雜，好似並沒有多少的喜悅。

「將軍已經叫胖師傅準備晚飯，大家稍等片刻，到時就可以一起慶祝了！」那幾個將士也很是開心，眉眼間滿滿的都是笑意。

阿秀聞言，心中也很是歡喜，這樣她就可以回家去找阿爹了，雖然不知道他現在在哪裡，但是她相信總能找到的！

「小二十一，將軍說讓妳過去，記得帶上妳的藥箱子。」顧小七大步走過來，看到阿秀也站在外面，眼睛頓時一亮。

「有誰受傷了嗎？」阿秀有些好奇，但是手上卻沒有耽擱，快速揹起了藥箱子。

「妳過去一下就知道了。」顧小七並沒有直接說明，而是有些含糊地說道，表情也有一絲怪異，有歡喜，好似又帶了憂愁。

「好。」阿秀應了一聲，便馬不停蹄地往顧靖翎的營帳趕去。

等到了營帳，她才發現裡面的人比她想像的要多，幾乎所有的近衛軍都在了，但是最讓阿秀詫異的是，坐在顧靖翎旁邊的那個長著娃娃臉的男人。

如果她沒有看錯的話，那不就是自家那個不著調的阿爹嗎?!要不是她之前偷偷瞧過他的廬山真面目，她還不敢確定呢！

「妳怎麼了？」顧小七察覺到阿秀腳下一個踉蹌，連忙一把將人扶住。

「大概是沒吃晚飯，餓的。」阿秀掩飾性地笑笑，眼睛卻是一眨不眨地看著自家阿爹，只是讓她比較氣憤的是，他根本就連一個餘光都沒有給自己。

「這位是？」酒老爹問道。

「這是軍中的大夫，擅長外傷。」顧靖翎見阿秀已經過來了，便介紹道。

「不過皮外傷而已，不敢勞駕這位小兄弟。」酒老爹衝著阿秀笑笑，好似完全沒有認出她來，或者說好似根本就不認識她。

阿秀不知道為什麼他要一副不認識她的模樣，但是他既然要裝模作樣，那她也裝給他瞧瞧。她控制了一下自己的心情，也是一副第一次見到他，一臉茫然加有些好奇地問道：「這位是……」

「這是唐先生。」顧靖翎很鄭重地介紹，不光是和阿秀說，也和在場的近衛軍說。

「顧賢弟客氣了。」酒老爹一副愧不敢當的模樣。

阿秀聽著自家阿爹那麼自然地叫一個比自己大了不過四、五歲的男子「賢弟」，她的臉皮不自覺地抖了兩下。

他是不是太自我感覺良好了？他雖然是娃娃臉，但是最少也該有三十來歲了吧，這樣定位真的沒有問題嗎？

「這次多虧了唐先生，和我裡應外合，一邊幫我穩住八王爺那邊，一邊又遞消息出來，才能將反賊一舉抓獲。」顧靖翎說著眼睛冷冷地掃過跪在地上的兩人。

阿秀因為一開始看到酒老爹過於激動，所以根本沒有注意到地上的兩人，現在因為顧靖翎的舉動，才發現。

這兩人阿秀認識，是近衛軍中的兩個，但是具體叫什麼名字，她卻說不上來。

她在之前顧十八去世的那天，才第一次見到他們，其中有一個，阿秀記得他當時就站在顧三的旁邊。難道之前顧十八臨死前看到的人是他，所以才這麼激動？

「顧家養了你們這麼多年，你們就學會了對付自己的兄弟?!」顧靖翎冷哼一聲。他原本以為叛徒只有一個，萬萬沒有想到，最為信任的近衛軍中竟然有這樣兩個禍害。等看到他們的時候，他才醒悟過來，這顧十八死前留下一個「二」是為了告訴他們，叛徒有兩個。

跪在地上的兩個人並不說話，既然被抓出來了，他們也沒有打算會有好的下場，當時就是一時鬼迷心竅，才會選擇背叛自己的兄弟。

其實他們並沒有打算殺害顧十八的，只是他們在和對方接頭的時候，被他看到了，為了保護自己，顧十八必須死。

他們沒料到之前顧靖翎說好的三天竟然是騙人的，竟然在第二日的時候就進行了突襲，而他們兩個卻被支開了。因為被留下的人很多，近衛軍就有一半，他們雖然覺得奇怪，卻沒有想太多，沒想到只是一個疏忽，就變成了這樣；他們更加萬萬沒有想到的是，那個跟他們接過一次頭的軍師，竟然會是顧靖翎這邊的人！

「顧一，先將人帶下去，你們也都可以散了。」顧靖翎有些疲憊地揮揮手，手下的背叛，讓他心裡也很不是滋味；而且這麼多人站在營帳裡也沒有必要，那些審訊的事情，還是留到明日再說。

「是！」顧一說著，朝旁邊的幾個人使了一個眼色，馬上就有人上來將人帶走。

跪在地上的顧五、顧十三也完全沒有反抗的念頭，乖乖跟著他們走了，既然敢做背叛的事情，那麼老早就有了這樣的覺悟，只是他們的頭一直不敢抬起來，怕看到那些朝夕相處的兄弟們失望的模樣。

「阿秀，妳先幫唐先生看一下吧。」顧靖翎的營帳一下子就空了下來，裡面只剩下了顧靖翎、酒老爹和阿秀。

「傷哪兒了？」因為阿秀還記著他剛剛那副完全沒有把自己放眼裡的模樣，阿秀也故意做出一副很冷淡不在乎的樣子。

「左手臂。」酒老爹將衣服撩起來，果然衣服下面隱藏著一道傷口，不過已經簡單包紮過了，所以才沒有繼續往外滲血。

阿秀眼皮子跳了一下，面上卻沒有表現出什麼來，將布條剪開檢查了一下，傷口並不很深，而且已經止血了，說實在話，根本沒有什麼必要再包紮一遍。

阿秀估摸著這顧靖翎是想表現出自己重視他，所以才特意將她叫過來。

「唐先生想必本身就懂醫術，這用的藥都是極好的，根本不用再重新包紮一次。」阿秀找了一塊乾淨的布條，打算繼續將傷口包紮好就好了。

「妳不是會那個什麼縫針法嗎？」顧靖翎見阿秀這麼輕描淡寫地對待自己的貴客，眉頭微微皺了些，特意提醒了一句。難道她是怕自己不結帳不成！若不是考慮到她有特殊的手法治療外傷，他根本不會專門讓人去找她過來。

「這麼一點傷口，根本不用縫。」阿秀擺擺手，而且傷口都止住血了，這縫針又不是真的和縫豬皮一樣，病人也是會疼的，既然傷口沒有什麼大問題了，何必要再受這個苦。

阿秀心中雖然不爽自家阿爹不認自己，但是也捨不得這麼無緣無故地讓他再疼一回。

「這位小哥說的極是，本就不是什麼大傷，這樣就好了，回去我再自己上一下藥，不過幾日便好了。」酒老爹衝著阿秀盈盈一笑。

見慣了自家阿爹毛茸茸的臉，再看他這麼一張小白臉，還衝著自己笑得燦爛，阿秀就覺得全身都不舒服了。

「唐先生這麼厲害，不知今年貴庚？」阿秀故意問道，完全不去看顧靖翎的臉色。她現在這樣的地位，不管不顧地問他年紀，其實是相當不禮貌的行為。

顧靖翎自然也是看不過眼的，只是當眾呵斥的話未免太沒有風度，而用眼色示意的話，阿秀根本就沒有將目光放到他身上過。

「今年已經二十有二，不知小哥問這個，可是有何貴幹？」酒老爹笑咪咪地看著阿秀。他心裡也犯著嘀咕，這個小丫頭片子怎麼這麼不知道矜持，雖然他知道自己長得風流倜儻、英俊瀟灑，但是也不能一見面就問他年紀。

酒老爹心中肯定，阿秀是沒有見過他的廬山真面目的，所以才敢這麼肆無忌憚地隨便亂扯。

阿秀聽到酒老爹說自己只有二十二歲，心裡忍不住翻了一個白眼，就算自己臉長得嫩，但是也不能隨便把自己的年紀減掉十來歲啊，她都替他羞。要是真的只有二十二歲，那他豈不是九歲的時候就當爹了，還真是天賦異稟呢！

酒老爹總覺得阿秀看自己的眼神有些怪怪的，這讓他不免有些小心虛。

「不知唐先生家中可有妻妾？」阿秀繼續問道，等著看他什麼時候會露出馬腳。

「有一亡妻。」酒老爹回答道，他心中不免有些擔憂，她問得這麼仔細，難道是看上他了？

「阿秀，既然沒事，妳就先回去吧。」顧靖翎看阿秀問的問題越來越私密了，連忙開口趕人。這個唐先生可是他的大福星，萬萬不能讓阿秀將人給惹怒了。

其實顧靖翎也覺得有些詫異，他認識這個唐先生大概是在五天前，那個時候他自稱是留在八王爺那邊的內應來找他。他原本是不相信的，但是他將自家老爹的小名都說出來了，這讓他不相信都難；要知道除非是長輩或者很親近的人，否則不可能知道這個的。

而且他還拿出了一件東西，他曾經在自家老爹的書房見過，是半塊玉玨。

因為有了唐先生的存在，顧靖翎之前才有底氣在手下面前許下「三天返京」的豪言，也才知道叛徒在哪裡，讓顧一將人引開，輕輕鬆鬆地大獲全勝。

顧靖翎回想起八王爺看向唐先生的眼神，跟要吃了他似的，心中就一陣爽快。

「沒事沒事，這小哥挺合我眼緣的，等一下一起吃飯吧，這麼小小的年紀就有一身好醫術，實在難得。」酒老爹原本就是找女兒來的，自然不能讓他將人給趕走了，這大半個月不見，他現在還瞧不夠呢！

阿秀聽到自家阿爹這麼不含蓄地誇獎自己，說實在話，心裡還是有些觸動的。

「既然如此，妳便留下吧。」顧靖翎目光中帶著一絲疑惑，看看阿秀，又看看酒老爹，然後有些猶豫地說道：「你們兩人，長得倒是挺像的。」他一開始看到唐先生的時候，就覺得他和一個人有些像，但是一直沒有回想起來，現在看到阿秀，他一下子就想到了。

不光是臉型，還有眼睛、鼻子都很像，如果站在一起，和兩兄弟，哦不，兩兄妹差不多。

「大千世界，總有些人長得相似，不過這小哥說不定八百年前和我是一家！」酒老爹被顧靖翎這麼說，爽朗一笑。他這麼坦然，反而不會讓人懷疑他和阿秀是不是真的有關係；這可得瞞緊緊的，畢竟，有些事情不能讓別人知道，他可不想有人多心去調查呢！

「這位大哥說的極是，並不是說長得像就是有關係的。」阿秀聞言也是呵呵一笑。

酒老爹的臉色微微一變，心情頓時不是那麼美好了。

「將軍，慶功宴開始了。」顧一撩開簾子進來，雖然天色已經完全黑了，但是因為打了勝仗，大家的興致都很高。

這注定是一個不眠的夜晚。

「好，那咱們出去吧！」顧靖翎微微一笑，衝著酒老爹說道：「唐先生您先走。」

阿秀有些不解地看了顧靖翎一眼，自家阿爹到底是做了什麼，讓這個心高氣傲的男人變得這麼的謙遜。

酒老爹也不客氣，高高興興地站了起來，走的時候還不忘招呼上阿秀。

第三十九章　祖孫三人

一出營帳，阿秀就感覺到一股熱浪撲面而來，外面現在已經燃起了篝火，這火帶來的熱氣隨著風飄了過來。

「阿秀啊，妳在這兒呢，快點過來，兄弟們在烤羊腿呢！」顧十九看到阿秀，很是高興地想將人拉過去。剛剛他們雖然因為叛徒的事情心情不豫，但是這畢竟是打了勝仗，而且顧十九原本就是藏不住心事的人，轉個身也就忘記了。

「你們在哪兒呢？」阿秀問道，倒沒有急著跟過去。

「都在那邊呢，幾個大夫也在，妳快點過去，剛剛他們都還在找妳了呢，今天就由我顧十九伺候你們用膳！」

阿秀一聽是和大夫們坐在一起，心裡也多了一些期待，她現在雖然期待和自家阿爹說上話，但是她的身分並不適合和顧靖翎坐在一起，而這麼多人，也說不了什麼悄悄話。

「那我們快點過去吧。」阿秀說完就跟著顧十九直接跑遠了。

酒老爹看著自家閨女就這麼和一個漢子手拉手跑遠了，心中大急，但是又不好說什麼，夜色下，他原本白皙的臉一下子變得暗沈無比。阿秀那個傻孩子，難道穿著男裝就以為自己是男子了嗎，她是女孩子啊，難道不知道男女授受不親嗎？

「唐先生，這邊請。」顧靖翎看著顧十九和阿秀旁若無人地這麼走了，心中雖然有些不快，但是也沒有介意，今天是一個值得慶祝的日子，根本不需要在意這些細節，而且阿秀這次的功勞也不小，他自然不會虧待她。

「那邊月色正好，不如去那邊？」酒老爹指指阿秀他們隔壁那個圈子，那邊已經坐了不少的人。當然月色什麼的不是重點，離阿秀近一點，那才是他的目的。

既然是他主動提出來的，顧靖翎即使心中疑惑，也打算遂了他的意，只是他怎麼就沒有瞧出來，那邊的月色比這邊好呢？

「將軍，你們這邊坐。」那邊雖然原本就坐了不少的人，但是看到顧靖翎他們過來，紛紛都站起來讓座。

「你們吃自己的啊，不用管我。」顧靖翎衝他們擺擺手，示意他們自己坐下，隨後和酒老爹找了一個相對空的位置坐了下來。他在軍營待慣了，雖然身上還有一些京城子弟與生俱來的矜貴氣，卻還是算比較平易近人的。

「那些都是軍中的大夫嗎？」酒老爹伸手原本想要摸摸自己的鬍子，但是發現已經剃掉有一段時間了，很是自然地將手在下巴處摸了兩把就收了回去。

「是的，這些都是之前夜襲以後留下的大夫和藥僮，這次他們也有不小的功勞。」顧靖翎點頭稱讚道。

不得不說阿秀的作用還是很大的，之前那些精神狀態極差的大夫們因為她都恢復了過來，特別是唐大夫；而且因為有她在，整個藥帳裡面，充滿了幹勁。之前一下子去了那麼多的傷患，但是最後的死亡人數，他聽到以後很驚詫，遠比他想像的要少得多。

再說那唐大夫，顧靖翎其實並不是很清楚他的來歷，只知道他老爹千叮嚀、萬囑咐的，一定要照顧好他。以前這個唐大夫也是跟在他老爹的軍營中的，後來他帶軍了，他老爹放心不下，讓他也跟著來了，這個唐大夫的醫術的確是一等一的好。

「那位是？」酒老爹看到阿秀身邊的那個老人的時候，面色大變。剛剛他看背影並沒有察覺到什麼，但是看到那個熟悉的側面，他的眼睛一下子就模糊了。

「這是唐大夫，說起來還跟先生您是同一個姓氏呢。」顧靖翎笑著說道，只是眼睛在觸及到酒老爹的臉的時候，微微愣了下。「您怎麼哭了？」顧靖翎想破腦袋也想不通在他心目中那麼足智多謀的男人，怎麼一下子就掉起了眼淚？

「這邊煙正好都吹我眼睛裡了。」酒老爹用手擦了一下眼睛，穩住了心神。「讓你見笑了，我這人眼睛從小就不大好，見風容易流淚，你可不能把我這個事和別人說了，這男子漢大丈夫的，以後可是沒臉出門見人了。」

顧靖翎快速打量了一番，覺得他除了眼睛紅了些，好像是沒有什麼不對，也就相信了他的話。而且他的祖母因為年紀大了，也會時常因為風吹或者太陽光照掉眼淚，這麼一想，他就釋然了，這只是一種眼疾罷了。

「是我考慮不周，要不我們換一個地方坐吧，這邊風比較大。」

「不用了，大夥兒都坐好了，我們就坐這裡吧。」酒老爹笑盈盈地說道，一副很貼心的模樣。

既然他自己都這麼說了，顧靖翎自然也沒有什麼好說的，只是他總覺得有什麼地方被他忽略了。

「唐大夫，您嚐嚐這個。」阿秀將一小碟的燜茄子放到唐大夫面前。現在天氣轉冷，蔬菜都少見了很多，軍營裡除了米，最常見的反倒是肉了。當然蔬菜也有，但多是蘿蔔和大白菜，就算胖師傅手藝再好，吃多了這些菜，大家也不愛吃了。這個茄子還是胖師傅開小灶，給幾個比較重要的人留的。

「嗯。」唐大夫點點頭，挾了一筷子。

「那個小兄弟，和這些大夫年紀相差那麼大，關係倒是挺親昵的呢。」酒老爹狀似無意地說道。

「嗯。」顧靖翎點點頭，他倒是沒有聽說藥帳裡有什麼大的矛盾發生，他的關注點都放在如何對敵上面，所以酒老爹心裡想知道的，他根本就不知道。

而酒老爹，他現在只想知道，自家閨女怎麼會和自家老爹在一塊兒！

沒錯，那唐大夫正是酒老爹認為已經去世了十年的父親。

十年前，唐家大火，在大火之前，那邊就進行了一場大屠殺。他受了重傷才抱著阿秀逃離火海，他以為唐家所有的人都已經死了，他萬萬沒有想到，父親竟然還活著。

這絕對是一個意外的收穫。

「抱歉，這風又吹了眼睛。」酒老爹捂著眼睛，但是眼淚還是一直往下掉。饒是他自認為是頂天立地的大男人，但是冷不防看到自己以為已經過世多年的父親，還是忍不住掉了眼淚。

他不光是自己的父親，也是師父，雖然自己大部分的醫術都是爺爺親自教導的，但是啟蒙老師卻是父親。

小的時候，他對父親又敬又畏，成親以後，因為有了自己的妻女，慢慢忽略了父親，直到父親去世，他才意識到自己錯失了什麼；現在再次的遇見，他怎麼能不激動！

「這……」顧靖翎也不知道如何應對一個男人病理性的流淚，只不過心中多少是有些同情的。雖然平日裡看起來有勇有謀，但是一旦被風吹了眼睛，那氣勢一下子就沒有了，而且要是被別人瞧見了，這絕對是一個大污點。

「我去那邊稍微站一下，讓眼睛緩解一下。」酒老爹捂著眼睛衝著顧靖翎點點頭，便站了起來。雖然他心中已經認定了那個人就是自家老爹，但是他還是忍不住要去確認一番；或者說，他更加想近距離地去看一眼。

「沒事沒事，您快去吧。」顧靖翎的眼神中不自覺地就帶上了一絲同情，還好這天是黑的，不然要是被大家都瞧見了，哪裡還有威嚴啊！

酒老爹將臉快速一抹，然後換上平常的表情，往那邊快步走去，只是卻不敢真的走近，他突然又害怕起來，那個人其實不是自家老爹。自家老爹明明還是一個身材高大，滿臉嚴肅的中年男人，不過短短的十年工夫，他怎麼會蒼老成這個模樣？

「這不是唐先生嗎？」阿秀看到自家阿爹走過來，故意揶揄道。他不是表示不認識自己嗎，怎麼現在又湊過來了？

「小兄弟，剛剛還沒有謝謝『你』幫我瞧傷口呢。」酒老爹笑呵呵地說道，只是眼睛卻下意識地往旁邊的唐大夫身上瞄去，只是唐大夫一直低著頭，並沒有將頭抬起來。

「沒事，不過舉手之勞。」阿秀隨意地擺擺手，心中忍不住吐槽，就這樣的搭訕手法，呵呵！不過她要是知道他這是借著她來瞧她旁邊的唐大夫的，說不定心中連「呵呵」都呵不出來。

「這位老先生看著有些面善。」酒老爹見唐大夫一直不抬頭，只好故意說話引起他的注意。

「這位是唐大夫。」阿秀也察覺到不對勁了，自家阿爹這次過來，好似並不是為了她……而這個唐大夫，想起了當時她覺得的狗血橋段，現在兩個當事人都在，那……

「唐大夫，這是唐先生，顧將軍特別賞識他。」阿秀忍不住開口道，難得的，她的心裡也多了一絲緊張。

她也開始期待，他們到底有著什麼樣的關係？自己，又和唐大夫有什麼樣的關係？

只是唐大夫抬頭，在看到酒老爹的時候臉上並沒有什麼表情，只是輕描淡寫地說了一句。「哦。」

阿秀原本以為自己會見識到一場感人心脾的認親，結果她期待了半天，只聽到了這麼冷淡的一句。

就連酒老爹自己，也一下子懵了。他剛剛看到了唐大夫耳後的那顆小痣，他明明就是自己的老爹啊，可是他怎麼好似不認識自己一般？

「我有些累了，便先回去休息了。」唐大夫好似沒有看到這兩人的表情變化，只是用手指輕輕敲了碗面三下，便站起來，一個人慢慢往營帳走去。在這麼一片熱鬧的氛圍下，他的背影在夜色中顯得格外的寂寞。

「唐先生要不坐下吃點？」阿秀見自家阿爹臉上透著一絲失望，心中有些小心疼。雖然她多少還是有些埋怨他把自己當陌生人，但是卻又是最見不得他傷心難過。

「那就多謝小兄弟了。」酒老爹心中不光是失望，更多的是悲痛。那樣的期待一下子落空，因為過於失落，饒是他自認為自制力過人，那情緒也不能一下子平復下來，還好他恍神間又想到了父親走之前敲的那三下。

小的時候他老是被祖父罵，偏偏身為父親的他也是愛莫能助，如果是吃飯的時候，他就會在碗面上輕輕敲三下，等到他午休的時候，他就會帶著書去找父親，讓父親給自己講解，免得之後繼續挨罵。人人都道唐家出天才，天才哪裡是那麼好出的，那個天才的名號下面，是他從年幼時期就開始堆積起來的汗和淚。

這個小秘密，只有他們兩父子才知道，他可不認為這只是一個巧合。

想通了這點，酒老爹的心中一陣激動，臉上也多了一絲笑容。

「來，阿秀，咱們來喝一杯！」顧十九端著一大碗的酒過來，今天這麼好的一個日子，自然要喝酒。只是他剛剛已經和不少人喝了酒，現在腦子都有些不清楚了，所以直接就喊出了她的真名；這也就算了，他還讓一個女子喝酒，要是他是清醒的話，非得搧自己一個大耳光。

可惜，這邊知道阿秀是女子身分的人，都不在，自然也就沒人幫忙攔著這個醉鬼。

「我不喝酒。」阿秀皺著眉頭將酒碗推開了些。

「這麼好的日子裡，怎麼能不喝酒呢，來來，我餵妳啊，妳不要害羞啊！」顧十九說著就要往阿秀嘴巴裡面灌。

酒老爹原本想要站起來去找自家老爹，但是現在看到這狀況，哪裡還敢走，使了一個巧勁，讓那個酒碗一下子傾了半邊，裡面的酒直接都撒了出來。

「咦？」顧十九看看已經見底的碗，自言自語道：「妳酒量可真不錯啊！」說完人直接就栽倒了下來。

阿秀直接往旁邊一閃，就聽見「砰」的一聲，顧十九結結實實地砸在了地上。

阿秀根本就不會同情他，往旁邊更加坐過去了些。

酒老爹一看阿秀這副模樣，頓時就笑開了，不愧是他的閨女！

第四十章　左右夾擊

一夜的狂歡，阿秀至少還知道自己是姑娘家，看時間差不多就回了自己的營帳。中途和酒老爹眼神對上無數次，可惜他就是沒有說什麼，讓阿秀胸悶之際，也打定了主意，絕對要讓他到時候哭著求自己相認。她也是有脾氣的！

在走的時候，阿秀還看到顧十九正仰面睡在地上，臉上還帶著傻笑。

第二日清晨，阿秀難得地沒有聽見外面統一的訓練聲音。一出門，就瞧見那些人大部分都還七扭八歪地躺在地上，那戰況，真是，嘖嘖……

她走的時候至少大半的人都還在喝酒，就是那些平時文靜內斂的大夫們都不例外，現在紛紛躺在地上，睡得一塌糊塗。果然每個人心中都是有那麼瘋狂的一面。

「阿秀，妳起來了啊？」顧小七捂著腦袋，一臉痛苦地看著阿秀，一看就是宿醉的後果，關切地問道：「妳昨天沒喝酒吧，聽說小十九來灌妳酒了，妳沒事吧？」

他昨晚聽說之後再趕過來，顧十九已經躺在了地上，而阿秀也不見了蹤影，今天早上一看到她，連忙來問候。這小十九做事未免也太沒有分寸了，雖然這阿秀姑娘長得是平淡了些，但是也不能忘記人家是姑娘家啊，還好沒有出什麼事情。

幸好阿秀沒聽到他的心聲，還想著他至少還是個不錯的，便從袋中掏出兩粒小藥丸。

「這個是解酒的，你吃下去，等一下就會好受些。」

顧小七現在正被頭疼折磨得想死，冷不防聽到阿秀這麼說，感動得眼淚都要掉下來了，他覺得現在就是仙女，都不及阿秀美麗。

「這藥還有嗎？」顧小七快速吃掉了兩顆藥，不知道是不是心理作用，他覺得人一下子就沒有那麼難受了。他想起自家將軍昨日也喝了不少的酒，作為最貼心的小弟，他自然義不容辭，厚著臉皮繼續討藥。

「都拿去吧，你自己去分吧。」阿秀將小瓷瓶都給了顧小七，這個原本就是為了他們準備的，還省得她拿過去了。

「哎呀，謝謝阿秀，妳真是個好姑娘。」顧小七說著拿過小瓷瓶，屁顛屁顛地跑遠了。

阿秀癟癟嘴，並不將他的話放在心上。她打算先去胖師傅那邊找吃的，走過去的時候，就看到顧十九還躺在原地，嘴巴咂吧著，不知道是夢見了什麼好吃的。

到了胖師傅那邊，讓阿秀驚呆的是，自家阿爹竟然和唐大夫坐在一起。

就當她差不多已經覺得他們之間其實沒有什麼關係的時候，他們就這樣又「勾搭」在了一起，阿秀覺得自己對這個世界越來越看不懂了。

「唐大夫，唐先生。」阿秀弱弱地衝著他們揮揮手，她總覺得剛剛自家阿爹看著唐大夫的眼神過於諂媚，讓她有些不忍直視。

「妳過來了啊！」唐大夫看到阿秀，眼睛一亮，很是親切地招呼阿秀過去。

阿秀頓時覺得整個人都不好了，這到底昨晚發生了什麼她不知道的事情，這唐大夫對自己的態度怎麼一下子好了這麼多？讓她直接越過了受寵若驚跳到了驚悚那一塊！

「你們起得真早啊。」阿秀呵呵一笑，努力讓自己看起來比較正常些。

「年紀大了，到了時辰就睡不著了，妳快過來坐吧，胖師傅已經在煮粥了。」唐大夫看向阿秀的眼神更加柔和了些。

昨兒個晚上，自己那不成器的兒子至少還知道來找自己。可惜他現在瞧見兒子都覺得糟心，不過讓他比較欣慰的是，他確定了阿秀真的是他的寶貝孫女，他的乖囡囡。之前雖然有些猜測，但在完全確認之後，有種塵埃落定的踏實感。

「好。」阿秀瞅了阿爹一眼，見他有些哀怨地看著唐大夫，心裡有些怪怪地坐下了。

「二十一啊，你也起了啊，昨兒沒有被灌酒吧！」胖師傅端著一瓦罐的粥過來，看到阿秀的時候，眼睛笑得瞇成了一條線。

「沒呢，我年紀小，沒人為難我。」阿秀看到胖師傅，原本有些奇怪的心情因為食物的到來一下子消失殆盡。「胖哥你怎麼也這麼早起了啊？」

「我這不是得負責早飯嘛，那些小崽子可不敢隨便灌我。」胖師傅得意一笑。「不然他們今兒個就得喝西北風去了，趁著時辰還早，他們還沒過來，我先給你去弄幾個雞蛋餅。」

「謝謝胖哥。」阿秀笑盈盈地看著他又轉身回去，再回頭，就看到唐大夫一臉不贊同地看著自己，忍不住問道：「唐大夫，怎麼了？」自己身上有什麼不對的地方嗎？

「妳覺得這個小胖子怎麼樣？」唐大夫皺著眉頭問道。雖然這胖師傅人品還可以，但要配得上自家寶貝孫女，那還是不夠格的；在他看來，就是那顧將軍也還不夠成熟。

「胖哥人很好啊，還老是給我開小灶。」阿秀說著，整個人都有些喜孜孜的，果然先和軍營裡的掌廚搞好關係，是最好不過的選擇。
只是阿秀這樣的表情在唐大夫看來，卻覺得是喜上眉梢，情竇初開的小女孩情懷，他頓時狠狠地瞪了酒老爹一眼！
酒老爹表示自己很冤枉，雖然他也瞧不上這個胖子，但是相比較當年鄰居家的阿牛，他已經算是上了不止一個檔次了。
只是他們倆誰都沒有發現，阿秀這只是對美食的愛，而不是對胖師傅的愛。
唐大夫張張嘴，想著應該說幾句，告訴她，唐家的姑娘眼界不能這麼低，但是又不知道怎麼開口，他怕自己說話太凶，嚇到了她。
唐大夫索性直接將這個問題丟給了酒老爹，對他使了一個眼色，自己則高高興興地喝起了阿秀給他盛的粥，果然自家寶貝囡囡盛的粥，都顯得特別的好喝。
大概是分開了太久，酒老爹覺得自己現在已經不能完全理解自家老爹的心意了，他剛剛那一眼，到底其中包含了怎樣的涵義？
「耶？」酒老爹看阿秀和唐大夫兩人都開始喝粥了，低頭一看，自己面前還是一只空碗，阿秀竟然只給他們兩個盛了，完全忽略了他。
酒老爹想起以往，自己的飯哪次不是她盛的，頓時一種心酸湧上心頭；特別是好不容易找到了自家老爹，但是他對自己還是愛理不理的，心中的憂傷更是如滔滔江水一般。
阿秀喝了一口粥，才笑咪咪地說道：「唐先生記得自己盛粥啊，這唐大夫是長輩，盛粥自然是由我這個小輩來代勞，不過唐先生正是年輕力壯的時候，又和我是同輩，那我就不多這個手了。」這話明顯是在諷刺他昨天偽裝二十出頭的小年輕的行為。

果然，這酒老爹聽到這話，臉色一下子就變了。

而坐在一邊的唐大夫聞言，更是直接「呵呵」一聲，其中的嘲諷意味顯露無疑。都三十好幾的人了，也虧得他好意思這麼說，而且還是當著自己閨女的面！唐大夫自己都覺得替他臊得慌，要不是他像了亡妻那不顯年紀的娃娃臉，看他怎麼裝嫩！

酒老爹被自家老爹這麼「呵呵」一下，面上就有些掛不住，但他又不好在阿秀面前表現出來，現在還不是認回女兒的時候；至少得等他把鬍子長出來，或是準備好了假鬍子再說。

他就怕阿秀到時候追問起來，自己說不出什麼好的理由，有些真相被掩藏得太久，他都不知道該怎麼把它挖出來；即使當年那個對自己家族最有威脅的人已經不在了，但是這並不代表事情已經過去了。

「這粥的味道倒是不錯。」酒老爹沒話找話地說道，他總覺得現在自家老爹和閨女的眼神都過於犀利了。

他覺得自己應該隱藏得很好啊，雖然老爹那邊已經說破了，但是他也和老爹說了緣由，不能將這件事情和阿秀說，自家老爹也不是不知輕重的人，也就是說，阿秀對於他們的關係，或者是說對於他的身分，應該是不清楚的。

可是為什麼她看向自己的眼神是那麼的熟悉，這讓他有種感覺，她現在看在眼裡的，就是當初那個鬍子拉碴的酒老爹。

見沒人搭理自己剛剛的話，酒老爹為了讓自己心安一點，故意問道：「不知小兄弟家中還有什麼人嗎？」

阿秀聞言還愣了一下，他這是裝傻裝出感覺來了，竟然還問這樣一個問題？

「家中還有個極不懂事、只會喝酒的阿爹，聽說他最近還離家了，真是不讓人省心。」

頓時，酒老爹的臉色就更加詭異了，他下意識地看向唐大夫。父親之前並不知道自己以前的情況，現在被阿秀這麼一說破……果然，酒老爹看到自家老爹看向自己的眼神一下子變得凌厲起來。他現在恨不得先抽自己一嘴巴，叫你嘴快！

「呵呵，那還真是挺不懂事的……」酒老爹默默端起碗，喝了一大口粥，那粥燙得他眼淚都要飆下來了。

吃完了早飯，阿秀和唐大夫回了藥帳，酒老爹原本想跟著，無奈兩人嫌棄的眼神過於直白，他只好灰溜溜地滾回了顧靖翎那邊，至少在他那邊，自己還是有些存在感的。

經歷了昨日的狂歡，今天就該將那些事情理一理了，特別是對那兩個叛徒的審問。

顧五和顧十三在近衛軍中屬於性格普通，長相普通，特長也普通的人，總而言之，就是不出挑。和他們一樣不出挑的還有顧三，只是顧三脾氣好，年紀又比較大，所以很受下面的弟弟們喜歡，相比較之下，他們就顯得更加渺小了。

所以他們才會想在殺害了顧十八以後，將罪名推到顧三身上，可惜他們佈置出來的那些，只有阿秀注意到了，別的人，根本就沒有多想。

他們原本也沒有想過要背叛和自己生活了那麼久的兄弟，只是面對著誘惑，每個人的選擇不一樣。

這次審訊，因為考慮到有些人心智還不夠成熟，所以近衛軍中只留了顧一和顧二。饒是他倆，聽到他們說到殺害顧十八，然後準備嫁禍給顧三的時候，那臉上的表情也是一陣猙獰。

「將情報出賣給對方，又殺害自己的兄弟，不用我說，你們也應該知道會有什麼下場。」顧靖翎寒著臉問道。

「屬下……」顧五頓了一下，他現在的身分，已經沒有自稱「屬下」的資格了。

「看在你們也跟著我出生入死這麼些年，就給你們留個全屍吧。」顧靖翎揮揮手，不願再去看他們。

「多謝將軍。」顧五和顧十三默默朝著顧靖翎磕了一個頭，咬碎了口中的藥丸，沒有一會兒，就七竅流血，然後停止了呼吸。

近衛軍在某種程度上也可以看成是顧靖翎的死士，他們在執行任務之前會在牙齒中藏好藥丸，免得到時候被抓，還要接受嚴刑拷打，受多餘的罪過。兩人沒有在一開始被發現的時候就咬碎，也是出於一種愧疚心理。他們害死了無辜的顧十八，那麼至少在他們死之前，將事情都說了，也算是稍微對得起他一點，雖然他們知道，他們罪無可逭。

「將人拉下去，找個地方埋了吧。」雖然同為近衛軍，但是顧十八還能屍身完整，重回故里。而他們，卻只能被草草埋在此處。

「是。」一旁邊的將士領命，找了一塊布，將人一裹就抬了出去。

「等一會兒，將八王爺帶過來吧。」顧靖翎說道。

顧一領了命，沒一會兒就帶回了一個狼狽的人，雖然他以前身分崇高，但是自從他開始背叛當今聖上以後，他就只是一個逆賊。

「你個王八羔子，本王可是待你不薄啊，你就這樣對我！」八王爺瞧見酒老爹的時候，恨不得衝他吐幾口唾沫，當然他也是這樣做了，可惜離得太遠，根本吐不到。

「八王爺您這是說的什麼話，既然您能買通這邊的人，他們自然也是能放人進你那啊！」酒老爹呵呵一笑，用手摸摸下巴，完全不覺得理虧。自從他的鬍子被剃掉以後，他就多了一個摸下巴的習慣。

八王爺被酒老爹這番話噎了一下。他不懂，怎麼會有一個人偽裝得這麼好？第一次瞧見他的時候，他還是一個鄉野村夫，當時他正好用武力徒手殺死了一隻野豬，讓他心中頗為欣賞，便打算招他入帳；而且他的穿著打扮，完全就像是久居深山老林的那種世外隱士，雖然詫異於他鬍子下面的模樣，但是更加驚異的是他的才學，才會破例讓他當了軍師，萬萬沒有想到，這竟然是引狼入室。

要說酒老爹，年輕的時候在京城雖然名氣比較大，但時隔那麼多年，還能有多少人記得他這號人物；而當年八王爺一直是在自己的封地裡，根本就沒正正經經地見過他。

「成王敗寇，要殺要剮，悉聽尊便。」八王爺將頭一撇，不願再多說什麼。

「你有這樣的覺悟就好！」

第四十一章　將門嫡女

阿秀忙完後出了藥帳，就看到一個少女從她面前跑過，一時還以為是自己看錯了。如果她沒有記錯的話，這裡是軍營吧，而那個姑娘胸前的擺動，讓人無法將她放在男子這邊，即使她現在身上也著一件軟甲。

「喂，這位小兄弟，你知道顧一在哪兒嗎？」那個女子又一下子跑了回來，拉住阿秀問道。她看阿秀眉清目秀的，看著還算順眼，便特意回來問一聲。

「妳是？」阿秀忍不住視線往下滑去，胸前那明顯的隆起讓她一陣羨慕嫉妒恨。瞧她的長相，阿秀估摸著她年紀比自己大不了兩、三歲，但是這身材，果然是人比人氣死人，難道她就只能和男人比了嗎，那未免也太悲哀了！

「你往哪兒看呢！」少女正是敏感的年紀，再加上阿秀的神情並沒有掩飾，那種羨慕的眼神立馬被理解成了猥瑣。她直接將手一甩，原本以為他看著比較坦蕩，沒有想到竟然是個好色的。

「呃……」阿秀下意識往後退了一步，這個少女身上的憤怒過於強烈，讓她一下子意識到了，她現在假裝的是個男子。這讓她更加的憂傷，人家那身材想要假裝男人肯定不行，不像她，連束胸都不用……

「顧一應該在將軍的營帳中。」阿秀連忙說道，她怕被人當成流氓看。

事實上，她已經被這樣認為了。

「哼！」那少女輕哼一聲，白了阿秀一眼便直接跑了，等她找到她家表哥，再來收拾他。這個小淫賊！

阿秀接收到那個白眼，頓時有些無辜地眨巴眨巴眼睛，自己剛剛沒有做什麼事啊，頂多就是多瞧了幾眼她的胸前嘛！

就在阿秀還在猜測她是誰的時候，她又回來了，這次還帶上了顧一。顧一被她拽著，明顯有些不自在，當他在看到阿秀的時候，臉上的表情就更加不自在了。

「顧大哥，你們這是……」阿秀看看那個少女，又看看顧一，看他們的樣子，關係好像還不一般呢！

裴胭原本是想著拽上顧一找阿秀來算帳，但是她還沒有說話，就聽到阿秀叫顧一一聲「顧大哥」，她頓時有些傻眼了。難道這個小個子，和顧一的關係還不一般？

「表哥，就是他，剛剛色迷迷地看著我。」不過不管怎麼樣，自己是他的未婚妻，他作為一個男人，怎麼說都要為自己討回公道。

顧一在聽到裴胭這麼說以後，表情就更加怪異了。要是說別人也就算了，這阿秀自己就是女孩子啊，不管怎麼看，也不會是色迷迷啊！

「胭兒，妳不要胡鬧，二十一不是這樣的人。」因為周圍還有不少巡邏的將士走來走去，顧一自然不好直接叫阿秀的名字。

既然之前已經說了她是「顧二十一」，那就讓她保持這個身分一直到離開吧。

「二十一？」裴胭聽到這個名字，忍不住問道：「他也是近衛軍裡面的嗎？」可是她要是沒有記錯的話，近衛軍一共不過十九人，哪裡來的二十一，而且近衛軍的人她哪個不認識，但是眼前這個，她確定自己以前根本就沒有見過。

「嗯，這是小二十一。」顧一並不是一個會說謊的人，所以言語間帶著一絲含糊。

還好裴胭沒有就著這個問題繼續追問，衝著阿秀說道：「我可是你大哥的未婚妻，朋友妻不可欺，以後不要再那樣看我了，不然我可對你不客氣。」

阿秀雖然猜到這個少女和顧一的關係應該很親近，但是萬萬沒有想到，她竟然是顧一的未婚妻；而且她忍不住想起當年顧一在她家的時候，她問過的那個問題。

「顧大哥，你不是說你喜歡身材纖細點的嗎？」阿秀忍不住脫口而出。當年她還因為這個懷疑過他是不是有戀童癖呢，而這個裴胭，雖然個子嬌小，但是身材相當有料，不管從哪個角度看，都稱不上纖細。

裴胭沒有料到她會說出這樣的話來，都說男人之間更加容易說真話，大小姐也是這麼和她說的，她以前只當顧一和她在一起就會不自在是因為害羞，現在被她這麼一說……

難道他真的其實是不喜歡自己的嗎？

裴胭抓著顧一胳膊的手一下子就鬆了開來，眼睛紅得嚇人，眼淚跟不要錢似地往外面冒。

阿秀被她這麼戲劇化的變化直接嚇得愣在原地。她說的那句話，殺傷力有那麼大嗎？

「胭兒，妳怎麼哭了？」作為反應遲鈍的男人，顧一根本不懂，原本還盛氣凌人的她，怎麼一下子就掉起了眼淚？他都還在回想是什麼時候和阿秀說過自己喜歡纖細的女子的。

「嗚……」裴胭捂著臉直接跑了，畢竟是小姑娘，這樣的情況下，第一個選擇就是找小姊妹傾訴去，只留下阿秀和顧一在原地面面相覷。

阿秀吃午飯的時候才知道原來這次是鎮國大將軍，也就是顧靖翎老爹的嫡女過來了，押解著軍糧，和過冬的棉衣。

原本他們都以為，這個戰事要延續到年後，只不過突然間多了酒老爹這個未知因素，事情一下子就這麼輕鬆地給解決了，意外之餘，這些糧草和衣物只能都再帶回去。

「那來的那位小姐是將軍的姊姊還是妹妹啊？」阿秀忍不住八卦道，要是是顧靖翎的姊姊，那說明年紀比顧靖翎還要大，這樣的年紀，還沒有嫁人，那不就是老姑娘了？如果是妹妹的話，那年紀小小就身兼重任，真真是巾幗不讓鬚眉，虎門出將女。

「是姊姊，不過是將軍的雙生姊姊，就比將軍大了半個時辰。」胖師傅一邊給阿秀上菜，一邊和她八卦著。

這鎮國將軍府大小姐的威名，全京城誰人不知，她及笄前就發下豪言，夫婿不准納妾，不准有通房，甚至不准去喝花酒，這樣的條件，就算她長得天香國色的，也沒人敢要啊！

而且這顧大小姐自小跟著鎮國大將軍一起習武，一般的男人哪裡降得住。也不是沒有藝高膽大者去求親，可惜都被刁難著趕出來了，自那以後，這顧大小姐的耳根子算是徹底清靜下來了。

再加上這顧靖翎剋妻的名聲在外，整個京城，媒婆最不願意去的地方，這鎮國將軍府絕對占一處。

虧得這鎮國大將軍和夫人兩個人心寬體胖的，沒當回事，要是一般人家的話，不要說流言蜚語，就是眼睜睜瞧著自家兒女年紀越來越大，也非急瘋了不可。

阿秀「嘖嘖」了兩聲，在古代當剩女，那可比在現代的時候更加需要勇氣。

「大小姐，您來了啊！」正說話間，胖師傅就瞧見顧瑾容進來，便迎了過去。

「胖師傅。」顧瑾容衝著他點點頭，視線慢慢鎖定了阿秀。

剛剛她一交代完事情，就看到裴胭哭著來找她，說是被人欺負了。這裴胭說起來只是她的近侍，但是兩個人年紀相仿，又是一塊兒長大，關係和小姊妹一般。

裴胭雖然有些嬌氣，但是卻不是會隨便哭哭啼啼的人，而且問她具體原因她又不願說。她第一個想法就是，哪個不長眼的調戲了她，畢竟這是軍營，平日裡都是沒有女子的，難得見到一個女子，說不定就沒注意，冒犯了她。

只是當顧瑾容看到吃得一臉滿足的阿秀的時候，心中就忍不住有了一絲懷疑，就這樣一個小不點，真的會去調戲裴胭？說不定連情竇都沒開呢！

「大小姐要吃什麼，我給您做去。」胖師傅笑得跟彌勒佛似的。

這顧家大小姐，雖然在外面被傳得不像話，但是胖師傅還是挺欣賞的，有自己的目標，而且也不像一般大家閨秀扭扭捏捏的；相比較那些大家小姐，她好的不是一點、兩點，只可惜這京城的紈袴子弟沒有一個有這樣的眼光。

「隨便炒幾個小菜就好，就他碗裡的那個。」顧瑾容指指阿秀面前的那碗水煮魚。

這次顧瑾容從京城帶來的糧草中有不少辣椒，當時想的是，冬天多吃點，能禦寒些，現在，倒是便宜了阿秀。

這次她和胖師傅一塊兒做的水煮魚倒是很成功，她一個人吃一大碗絕對沒有問題。

「這個菜有些麻煩，要不晚上我再做一份？」之前阿秀那份是胖師傅第一次做，還不夠熟練，而且還要去抓魚、片魚，就是速度再快，那也得大半個時辰。

跟在一邊的裴胭不高興地指著阿秀的碗說道：「那為什麼他就有？」要說她平日裡也沒有這麼咄咄逼人，就是阿秀之前盯了她的胸，還說了那樣傷人的「實話」，她心裡有些記仇罷了。

只是她這麼一說，被為難的其實是胖師傅。

「這……」胖師傅總不能說唯一的一條魚已經被顧二十一吃掉了吧，這樣說不定會讓「他」就這麼得罪了顧瑾容。

「沒事，你隨便做些拿手的吧。」顧瑾容解圍道，她只不過是因為沒有吃過那個菜，所以有些好奇，既然有些為難，那不吃也不是什麼大不了的事。

「是，是，我馬上就去。」見顧瑾容讓步了，胖師傅連忙閃進了廚房，免得又有了什麼新花樣。

阿秀在他們說話的時候其實就已經注意到了，只是一直沒有回頭去看，畢竟剛剛那個裴胭姑娘還在她面前哭著跑掉了，她就怕自己這麼往槍口上撞，反而連累了胖師傅。

「我們就坐這吧。」顧瑾容直接坐到了阿秀對面。

現在這個時辰，在吃飯的人倒不是很多。阿秀一般都是提前或者延遲來，畢竟她是吃小灶的人，要是在眾目睽睽之下，被人嫉恨了可不好。

「聽說你叫顧二十一，可我怎麼沒有見過你？」顧瑾容開門見山地說道。顧家的近衛軍，她這個顧家大小姐還能不曉得。

「叫二十一並不代表就是近衛軍的人，也難怪大小姐沒有見過。」阿秀第一眼看到顧瑾容就覺得滿有好感的。

顧瑾容整個人顯得很俐落，修長的身材，穿著一套銀白色的軟甲，長長的秀髮全部束在腦後。因為和顧靖翎是雙生子，兩個人的長相也比較相似，不過他們是異卵雙胞胎，所以雖然相似，卻沒有到那種讓人分不清的地步。

「那倒也是。」顧瑾容深以為然地點點頭，雖然一般人聽到這個名字都會往近衛軍那邊想，而顧一他們原本也的確就是這麼為她設定的。

「這個又是什麼？」顧瑾容指指她面前的那道水煮魚，香味實在太濃郁了，害得她都有些饞了。

「這個叫辣子魚。」阿秀順便給它換了一個名字，畢竟直接說水煮魚的話，人家就會問，這明明裡面都是油啊，為什麼會叫這個名字呢！而她也的確不知道是為什麼。

「這個菜我以前都沒有見過，是你自己想出來的嗎？」顧瑾容很是好奇地問道。她在看到阿秀第一眼的時候，就覺得這個人不會是那麼好色的，不管是她的面容，還是眼神，顧瑾容都覺得她不會是那種猥瑣小人。

「算是吧，我比較喜歡辣一點的菜。」阿秀笑著說道，她難得遇見一個第一印象那麼好的同性，便忍不住邀請道：「要是妳不介意的話，也可以嚐一下。」

顧瑾容一聽，眼睛頓時一亮。「那我就不客氣了。」說著阿秀就感覺眼前一閃，她已經拿了筷子挾了一塊魚肉放到了嘴巴裡。「好燙！」顧瑾容忍不住捂住嘴巴，這魚明明沒有一點熱氣，怎麼吃進去會這麼燙？

「妳稍微慢點，這魚別看沒有熱氣，這熱度都藏在下面呢。」阿秀連忙倒了一杯茶給她，被裴胭中途截去，還狠狠地瞪了她一眼。阿秀有些無辜，自己又惹到她什麼了嗎？

「胭兒，妳也不要站著，快點坐下，這魚好吃得緊。」顧瑾容笑呵呵地招呼裴胭坐下來。裴胭心中一陣委屈，自己明明是來找碴的，現在倒好，她的後援和要聲討的人打成了一片，而且是在她都還沒來得及反應過來的情況下。

「好了好了，不要委屈了，這二十一一看就不是那種小人，肯定是有誤會。」顧瑾容安撫道。

這麼一說，裴胭只覺得心裡更加難受了，小姐寧可相信第一次見到的人，都不相信她說的話了。

阿秀這才意識到，她們之前可能是來找碴的，只不過自己這麼一道水煮魚就將人收服了，果然吃貨的世界是最單純的。

「之前的事情是我不好，我向妳道歉。」阿秀態度很坦誠，如果她現在是男子的身分，那樣盯著一個少女的隱私部位，的確是很流氓的行為，也難怪對方看到自己就惱怒。

裴胭見阿秀的態度那麼好，心裡雖然還有些計較，但是也不好再那麼生氣了，臉上的神色也緩解了不少。

「裴姑娘要是不介意，也嚐一下這個辣子魚，只是不知道妳吃不吃得慣。」阿秀主動上前友好地表示道。要是平常時候，她才捨不得將美食分給別人，她自己還吃不夠呢！

「那我嚐嚐。」阿秀的態度都那麼好了，裴胭自然不會打笑臉人，拿著筷子有些戰戰兢兢地挾起一塊魚肉。

剛剛因為有顧瑾容的表現在前，裴胭在吃的時候還不忘使勁吹了好幾下。她自小是跟著顧瑾容的，別看她長得嬌滴滴的，那功夫也是不錯的，而且口味和顧瑾容很是相近。

一口將魚肉吃下去，裴胭眼睛頓時大亮。「這魚肉真嫩！」特別是配上辣椒，味道太棒了，之前在京城都沒有見人這麼吃，這樣的菜真是太美味了。

等胖師傅將第一道菜端出來的時候，就發現阿秀和她們兩個已經相處得很融洽了，他忍不住鬆了一口氣，還好沒有發生什麼事。

「這個是辣子炒野雞，這野雞還是前幾日捉來的，大小姐您嚐嚐。」胖師傅將一大盤的菜放到她們面前。

阿秀估摸著這道菜還真的是放了一整隻雞。

「麻煩你了。」顧瑾容衝著胖師傅點點頭，用筷子挾了一塊肉，肉質鮮美，口感入味。

「我就說自從你跟著阿翎出戰了，家裡吃飯總覺得少了什麼，還是你做的菜最好吃啊！」

胖師傅被這麼一誇，心裡明顯也很是受用。「那我再去做幾個菜，你們慢點吃！」

其實這鎮國大將軍府裡面什麼樣的廚子沒有，就是御廚也被賞了好幾個，只不過這將軍府的人都是在外打仗慣了的人，口味相比較一般的富貴人家顯得更加粗獷些，就連家中的女眷也不例外。

顧瑾容剛剛那麼說雖然有些誇張，但是大半還是實話。

「二十一你也嚐嚐，這個雞肉的味道著實不錯。」顧瑾容示意她自己挾菜。

阿秀也不是什麼客氣的人，高高興興挾了一筷子，果然味道極其美味。

「小姐。」裴胭拉拉顧瑾容的衣袖子，示意她看門口。

顧瑾容和阿秀同時往那邊看去，就看到酒老爹和唐大夫兩個人一起過來。

這個唐大夫，顧瑾容也是知道的，只要她爹出征，他肯定會帶著唐大夫，而平日在家的時候，除非是幾個親近之人，一般人都不曉得她家的偏僻處還住了這麼一個人。

她小時候就聽父母講過，要是遇上這個唐大夫的話，要有禮貌，但是他具體的身分，她和顧靖翎一樣，並不清楚。而他身邊的那個年輕人，顧瑾容今天見過一面，聽說是這次的大功臣，這次能這麼快解決了八王爺，全是他的功勞。

而他們兩個都姓唐，是有什麼關係嗎？

「小兄弟，你也在呢！」酒老爹一眼就看到了自家閨女，就屁顛屁顛地湊上來了。

他以為自家老爹不願意認他只是暫時的，但是剛剛一接觸，他還是分外冷淡，這讓酒老爹那顆玻璃心分外的受傷，就想著到自家閨女這邊獲取一些溫暖，可是他似乎忘記了，他也沒有認阿秀呢！

果然，阿秀聽到酒老爹的聲音，眼皮子都不抬一下，而是笑呵呵地衝著唐大夫說道：「唐大夫，一起吃飯吧。」至於酒老爹，誰管他呢，他臉皮那麼厚，肯定會自己坐下的。

果不其然，酒老爹發現阿秀不搭理他，便故作自然地坐到一邊，和顧瑾容搭訕道：「妳就是將軍的姊姊吧。」其實他剛剛根本就沒有見到她。

「在下顧瑾容。」大概是顧老將軍的教育方式，顧瑾容在說話的時候，語氣還是爽快豁達。

「久聞顧大小姐生性豁達，果不其然。」酒老爹一邊和顧瑾容隨便聊著，一邊注意力都放在阿秀和唐大夫身上，可惜這兩個人根本就沒有注意他，而是歡歡喜喜地在吃飯。

「唐大夫能吃辣嗎，可以嚐嚐這個魚肉，這個大白菜味道也很不錯。」阿秀示意唐大夫多吃點。

「好，好。」唐大夫笑呵呵地應著，相比較以前行屍走肉一般的日子，他現在的生活已經好得太多，雖然兒子不成器，但是至少也找到了，還見到了他最寶貝的孫女，他活著能見到這一幕，已經無憾了。

十年前，他原本以為自己必死無疑，但是偏偏被當年的顧將軍救起藏匿在自家府中。這整個唐家，不過只有他一人，他當時根本沒有活下去的慾望，還是唐老夫人特意勸慰了他，而且他心中還抱著一絲幻想，囡囡還沒有死。

只是這等了十年，他也累了，那次遇襲，他本不會受這麼重的傷，只是當時他想著就這樣去了吧，至少下面還有老婆子等著他。

但是他萬萬沒有想到，因為一次受傷，他竟然就這樣等到了他的囡囡，這讓他又覺得活下去有了意義，至於那不孝子，該待哪兒待哪兒去。

「唐大夫，我再給您去盛一碗飯吧。」阿秀見他不知不覺中就吃完了一碗飯，頓時殷勤地接過他的碗，迅速給他又去盛了一碗。

可憐酒老爹，到現在飯都還沒有吃上一口，只是一臉羨慕地看著唐大夫。

「這個菜不合口味嗎？」顧瑾容問道，她見他根本沒有怎麼動筷子。她哪裡曉得，這個酒老爹心中一直是期待著阿秀給他挾菜的，可惜……

「挺好吃的。」酒老爹故作堅強地衝著顧瑾容點點頭，自己挾起一筷子魚肉，然後嚷道：「哇，好辣！」

他並不常吃辣，以前阿秀也偶爾會在菜裡面加點這個玩意兒，但是哪有像這道魚裡面放那麼多，而且阿秀做菜的水準放在那邊，最後的味道差不多都那樣。冷不防吃到這麼辣的菜，他的臉一下子都燒了起來，而且讓他更加不能接受的是，在座的四個人都一臉詫異地看著他，明明這菜這麼辣，為什麼他們都是吃得一臉的淡定？

特別是自家老爹，自己可是記得他以前也是不吃辣的啊！

但是他不曉得的是，這唐大夫常年隨軍，口味老早就變了。

這辣子，軍隊裡並不少見，特別是冬天的時候，和酒一樣是能讓人保暖的。

唐大夫就算一開始不能接受，但這都十年過去了，還有什麼不能接受的呢！

「要是不能吃的話，就吃點清淡的。」阿秀在旁邊指指那碗大白菜。

要是只是這麼說的話，酒老爹還能當作她是在關心自己，但是偏偏阿秀還在最後加了「嘖嘖」兩聲，這其中的意味……

酒老爹覺得自己被女兒鄙視了，作為一個當爹的，這絕對不能忍啊！

「我怎麼不能吃，就是開始沒注意。」酒老爹有些逞強地說道，不過卻不敢再朝著魚下筷子了，而是挾了一筷子的辣子炒野雞。這道菜比魚稍微好些，但是酒老爹吃得胃中也是一陣火氣上來，為了一個當爹的尊嚴，就算他現在恨不得喝下一缸子水，但是面上也不能顯露半分。

「美味！」酒老爹還不忘昧著良心說道。

「胭兒，既然唐先生喜歡，讓胖師傅再做幾道辣點的菜吧。」顧瑾容說道。

裴胭領命就去找胖師傅了。

酒老爹的模樣騙得了別人，還能騙得了阿秀和唐大夫嗎，他們同時搖搖頭，心中嘆了一口氣，一致想著——都這把年紀了，怎麼性子還和小孩兒一般！

顧瑾容看到他們的模樣，忍不住說道：「這唐大夫和二十一很是相像呢。」雖然外表不像，但是那種感覺和神情，如出一轍。

酒老爹一聽，心中一涼，就外貌來講的話，明明他和阿秀更加像啊，特別是那張娃娃臉，跟一個模子裡刻出來一般。

而唐大夫聽到這話，眉眼間的笑意深了些。「我也覺得挺有緣的。」言外之意就是贊同了顧瑾容的那句話。

顧瑾容倒是驚詫萬分，這個唐大夫她也是有接觸過的，說實話她小時候特別怕他，臉上永遠都是死氣沈沈的，當年才五歲的胭兒還被嚇哭過，但是現在的他，就像是一個普通的和藹老人。

顧瑾容忍不住將目光放到了阿秀身上，這個胃口極好的少年，竟然有這樣的魅力嗎？

裴胭出來的時候手裡還端著一盤菜，特別體貼地放到酒老爹面前。「這原本是紅燒肉，不過胖師傅聽說唐先生喜歡吃辣，又加了不少的辣椒呢。」

酒老爹覺得自己這完全是在搬起石頭砸自己的腳啊！但是說出去的話，就像潑出去的水，再辣也只能往肚子裡面嚥下去。

好不容易吃完了飯，酒老爹等不及唐大夫和阿秀一道，就一個人匆匆地走了，他現在急需要可以降胃裡的火的藥。

「那個……」裴胭趁著顧瑾容在和唐大夫閒話，就悄悄拉拉阿秀的衣服。

「怎麼了？」

「你剛剛說表哥喜歡纖細的女孩子，是真的嗎？」她心裡還是很介意這點，但是又不能去問顧一，只能問「他」了，雖然這樣的問題由一個女孩子問出來，實在羞人得很。

「他以前有說過一次，但是到底是不是，我也不清楚。」阿秀實話實說。

「哦。」裴胭點點頭，心中暗暗下了一個決心。

第四十二章　試探考驗

因為戰事差不多結束了，軍隊也要準備回京覆命，只不過其間發現還有八王爺的一小股勢力在外逃竄，便又耽擱了下來。

顧靖翎打算拿八王爺當誘餌，將剩下的人一網打盡，永絕後患。

這麼一來，阿秀自然也不能走了；不過既然自家老爹就在這邊，她也的確沒有走的必要了。

倒是顧一，心中各種愧疚，覺得又耽誤了人家姑娘尋父的工夫，特別是之前將軍府又來信了，他現在覺得和阿秀對視都需要勇氣。

「最近藥帳裡忙嗎？」顧一有些沒話找話，他總是把自己放在大哥的位置上，覺得又要延期，阿秀心裡肯定很難過，所以總琢磨著要安慰她一番，可惜偏偏心裡又是各種發虛，所以才磨磨蹭蹭等了幾天。

「還可以，怎麼了？」阿秀放下手中的藥材，抬頭去看顧一。最近這顧一、顧二、顧小七和顧十九對她的態度都有些奇怪呢！

「沒怎麼，就是隨便問問。」顧一眼神有些閃躲。

「哦。」阿秀有些疑惑，不過她馬上就反應過來了，他難道是在愧疚？其實這個事情和他還真的沒有多大的關係，這樣倒也解釋了剩下那三個人最近看到自己也總是一臉心虛的模樣。

「二十一，你在嗎？」裴胭一進來就看到顧一和阿秀兩個人正站在一處說話，眼睛微微閃了閃。

「胭兒？」顧一看了一眼裴胭，不過幾日的工夫，他怎麼覺得她變了不少，但是具體又說不上來。

「表哥。」裴胭瞧了一眼顧一，卻沒有像以前那樣往他身邊貼，反而往後面退了一步。

顧一雖然以前有些受不了裴胭的黏人勁，但是這是他認定的媳婦兒，自然也算是樂在其中；但是她現在的態度，讓他心中忍不住多想，她是不是嫌棄自己太木訥了？而且她剛剛叫阿秀的時候還很是親密的模樣，顧一心中頓時有了一種不好的念頭，她難道是看上阿秀了？

「二十一，小姐叫你過去一下。」裴胭說道，眼睛很是隱蔽地掃了顧一幾眼，心中更是堅定了幾分，為了她心愛的表哥，她肯定會瘦下來的，在瘦下來之前，她要先和他保持距離，不能讓他一下子就瞧出來了。

「那我馬上過去。」阿秀將衣服拍打了幾下，讓上面的藥屑掉下來。

「那顧大哥，我們先走了。」阿秀走之前還不忘和顧一說一聲，倒是裴胭，走得比阿秀還快。

顧一心中的那種不確定就更加明顯了。原本他覺得裴胭那麼漂亮的姑娘能看上自己，已經算是上輩子積的福了，現在，如果她瞧上了別人，只能說他上輩子積的福還不夠多。顧一這個糙漢子第一次感覺到胸口悶悶的。

「你說表哥應該沒有發現吧。」裴胭有些擔憂地問道，她覺得自己最近穿衣稍微鬆了些，但是也只有一點點。

「他那麼遲鈍，肯定不會發現的啦！」阿秀剛開始知道裴胭因為自己的話要減肥的時候還勸過她，但是女為悅己者容，她認定了顧一喜歡的是瘦美人，不管阿秀和顧瑾容再怎麼說，那也是沒有用的。

「表哥才不遲鈍，他就是比較耿直而已。」裴胭不贊同地說道，在她眼裡，顧一是世界上最完美的人。

阿秀知道戀愛中的女人是最盲目的，也不願去和她爭什麼。

「顧小姐叫我是有什麼事情嗎？」

「我也不清楚，你去了就知道了。」

等到了顧瑾容的營帳，阿秀才發現裡面只有她一個人。

顧瑾容看到阿秀還衝她高興地揮揮手。「你過來了啊。」說著將手中的書先放到一邊。

「妳叫我來是……」阿秀並不清楚此次的目的。

「你一邊坐吧，其實也不是什麼重要的事，就是剛剛下面送了幾個梨子過來，想讓你也來嚐嚐。」顧瑾容說著從一旁拿起一個梨子直接丟給阿秀。

要知道在軍營，一般的將士都是能吃飽就很好了，像阿秀的要求也只是肉夠吃。

用衣袖隨便擦了兩下，阿秀便不客氣地大口咬了下去，雖然有些酸酸的，但是味道很是清新。

「謝謝顧小姐。」阿秀估摸著，這個梨子應該是下面的人發現了野生梨樹，便帶回來孝敬給了顧瑾容；要是她自己的話，肯定沒有這個福氣吃到。

「不客氣，要是喜歡的話，到時候再拿幾個走。」顧瑾容倒是沒有將這幾個梨子放在眼中，她從小錦衣玉食的，就算到了這邊，也還沒有到稀罕梨子的分上。

「那我就不客氣了。」阿秀想著到時候拿回去還能分給自家阿爹和唐大夫呢。

「對了，我聽說你是被阿翎專門請進來的？」顧瑾容狀似無意地問道。

阿秀就知道，自己被專門請過來，不可能只是為了幾個梨子。既然都吃了人家的東西，那自然是要認真一點回答問題的，吃人家的嘴軟，拿人家的手短嘛。

「確切地說應該是被綁回來的。」阿秀可不打算幫顧靖翎說好話。

「這是怎麼一回事？」顧瑾容有些意外，這個倒是沒有人和她講，身子下意識地往阿秀那邊前傾了些。

「之前藥帳被襲，亟需軍中大夫，顧將軍便找人去找大夫，正好找到我那邊，這三更半夜的，就直接把我敲暈帶回來了。」阿秀現在回想起那一下，還覺得脖子有些疼。

「這實在是太魯莽了。」顧瑾容皺著眉頭說道，自己那弟弟做事也越發不守規矩了。

而站在一邊的裴胭，聽到這兒，心中難免對阿秀多了一絲同情。

「不過事情都已經過去了，而且我也是拿俸祿做事的。」阿秀笑著說道，就她自己現在的估計，她至少救治了有上百人，再根據不同的病情，最起碼已經小賺了快八百兩銀子了。

這可不是一筆小數目啊！

如果有這筆錢，她可以輕輕鬆鬆在原本的鎮上買下一個大宅子，還能衣食無憂好長一段時間。

「你不介意了就好。」顧瑾容點點頭，對阿秀的印象又好了幾分，就她這樣的年紀，回答問題不卑不亢，又不記仇，已經是相當的難得了。她哪裡曉得，阿秀是最最記仇的，只是不表現出來而已。

「聽說之前胖師傅身上染疾，便是你醫好的？」顧瑾容繼續問道，她可沒有忘記自己這次叫阿秀過來的最終目的。

「是的。」阿秀老老實實點頭。「不過具體是什麼病症，我不好透露。」

聽到阿秀這麼說，顧瑾容眼睛微微一亮，她沒有想到，她年紀小小，竟然還有這樣的品行，那她又可以放心些了。

「你幾時開始學醫的？」顧瑾容用手指劃過面前的幾張紙，不知心中在思慮些什麼，梳得有些隨意的頭髮飄下來一縷，遮住了一小片面孔，原本英氣十足的人，這個時候竟然顯得有些溫柔。

「自打記事起便開始看醫書了。」

「看你這年紀，也不過十一、二三，竟然有這樣的醫術，倒是難得得很。」顧瑾容微微抬頭，衝著阿秀一笑。「想必這天賦必定是超於常人。」

「顧小姐妳過譽了。」阿秀覺得自己脖子後面那一小片汗毛都豎了起來，她總覺得自己要被算計了。

「我這兒有一些醫案，想要請你診斷一番，不知可否。」顧瑾容雖然用的是疑問句，但是態度卻是肯定的。

阿秀有些無奈地嘆了一口氣，說道：「那妳便問吧。」這顧瑾容的意思阿秀實在弄不懂，現在只能走一步看一步了。

「有一男子，年過三旬，於孟冬得腿疼症。稟賦素弱，下焦常畏寒涼，一日因出門寢於寒涼屋中，且鋪蓋甚薄，晨起遂病腿疼。」顧瑾容微微頓了下，看了一眼阿秀，見她正聽得仔細，才繼續說道：「初疼時猶不甚劇，數延醫服藥無效，後因服豬頭肉其痛陡然加劇，兩腿不能任地，夜則疼不能寐，其脈左右皆弦細無力，兩尺尤甚，至數稍遲，你覺得是何病症？」

阿秀一邊聽著，一邊將這些文謅謅的詞句轉換成自己聽起來比較容易的白話文，等顧瑾容講完，她差不多也理解好了。

「此症因下焦相火虛衰，是以易為寒侵，更兼氣虛不能充體，不能達於四肢以運化藥力，是以所服之藥縱對症亦不易見效。此當助其相火祛其外寒，而更加補益氣分之藥，使氣分壯旺自能運行藥力以勝病。」阿秀搖頭晃腦，一副老學究的模樣，既然她和自己拽文，那自己也要禮尚往來一番不是。阿秀真該慶幸自己文言文學得還算不錯。

顧瑾容臉上多了一絲笑意。「那不知有何處方可治療？」

「這個病症比較麻煩，單一的藥方並不能治好。」阿秀想了一下說道。

「那你可有什麼法子嗎？」顧瑾容原本聽到她說比較麻煩的時候，心裡還有些小失望，不過隨即也釋然了，畢竟她的年紀放在這裡，才十歲出頭，即使再有實力，也比不上京城的薛行衣。而這個病症，就是薛行衣，也要思量一番。

可是阿秀又讓顧瑾容吃驚了，因為她後面說的半句話，這意味著，其實她知道治療的法子……

「野黨參六錢，當歸五錢，懷牛膝五錢，胡桃仁五錢，烏附子四錢，補骨脂三錢，再加滴乳香三錢，明沒藥三錢，威靈仙半錢；其中補骨脂得先炒搗一番，而明沒藥則是不炒，共煎湯一大盅，溫服，連服五劑。」阿秀一一說道，有些要注意的地方也說明了。

顧瑾容眼睛微微掃了一眼案上的紙問道：「那這五劑以後呢？」

「五劑以後，腿之疼痛覺輕而仍不能任地，脈象應較之前更有力，當用性溫熱質重之品，方能引諸藥之力下行以達病所。」

阿秀不等她追問，便自己主動說道：「應用野黨參五錢，懷牛膝五錢，胡桃仁五錢，烏附子四錢，白朮三錢，補骨脂三錢，滴乳香三錢，明沒藥三錢，研細的生硫黃一錢；其中白朮要炒過，補骨脂和明沒藥的要求和上一個方子中的一樣，一個要炒搗過，一個不炒。」說到這，阿秀頓了一下，清咳一聲，一下子說了太多的話，喉嚨都有些乾了。

站在一旁的裴胭很有眼力勁地馬上給她遞上了一杯茶水。

「謝謝裴姑娘了。」阿秀衝她點點頭。

「這樣就可以了嗎？」顧瑾容見阿秀開始慢條斯理地喝起茶水來，便又忍不住問道，如果到這裡就停止了，那這個病她也不過只治了一半。雖然就她這個年紀來講的話已經很不錯了，但是顧瑾容想要的，這還遠遠不夠。

「這個方子在服用的時候，要比較注意，因為它和一般的藥不大一樣，須將前八味藥煎湯一大盅，送服硫黃末五分，至煎渣再服時，又送服所餘五分，這樣連服八劑，腿疼應大見減輕。」

默默地喝了一口茶水，阿秀繼續說道：「此時，病患可扶杖行走，脈象已調和無病，待心中微覺發熱，停止服湯藥，每日服生懷山藥細末七、八錢許，煮作茶湯，送服青蛾丸三錢，或一次或兩次皆可，後服至月餘，兩腿便分毫不疼，步履如常人。」

啪啪啪！顧瑾容等阿秀講完，直接鼓起掌來，她倒是沒有想到，阿秀竟然有這本事。這個醫案是她特意在京城的時候找太醫院提點寫的，這個病例比較繁複，用藥上面講究也頗多，她以為阿秀至少會漏掉一些，沒有想到，她講的比那提點寫在紙上的還要再細緻幾分。

這讓她忍不住想起了薛行衣，薛家和顧家細細說起來，也是有幾分親屬關係在裡面的，平時就有來往，再加上近幾年，老太君年邁，身體漸差，薛行衣來顧家的次數也多了不少。只不過那個少年醫術雖然精湛，卻不通人情，讓人親近不得；而面前這個小少年，年紀比之薛行衣還要小上幾分，但是這醫術，卻是難較高低。

顧瑾容覺得這次算是撿到寶了，也難怪她之前和顧靖翎說起找民間大夫的事情，他並不著急，原來寶貝就在這裡呢；要不是她和司家那個小子閒聊起來，她還不知道呢！

她忍不住在心中責怪了顧靖翎一番，她哪裡曉得，顧靖翎就是還在猶豫，這才遲遲沒有將這件事情提出來。

「那我最後再問一個，這豬肉本是尋常服食之物，何以因豬頭肉而腿疼加劇？」顧瑾容笑著問道，直覺告訴她，這並難不倒她。

「答對有獎勵嗎？」阿秀眼睛亮亮地看著顧瑾容，她看得出顧瑾容叫她過來，純粹是為了考驗她；只是，讓阿秀比較疑惑的是，顧瑾容最終的目的是什麼？

「啊？」顧瑾容冷不防聽到這話，愣了一下以後便「哈哈」一笑。「你想要什麼？」她倒是沒有料到，這小傢伙可比自己想的要機靈得多呢！不過並不讓人覺得討厭。

「我暫時也沒有想到，要不先欠著？」阿秀笑著說道，鎮國大將軍的嫡長女的一個要求，這個可不是一般人可以求來的。

裴胭在旁邊聽著，原本心裡還有些同情阿秀，但是聽到她這麼沒皮沒臉地說這樣的話，頓時先惱了起來。

「你一個男子……」這要是問顧瑾容要了貼身事物，那她的名聲該怎麼辦？

阿秀被她這麼一說，頓時意識到自己得意之際忘記了這個事情，心中也有些汗顏，自己剛剛的行為放在一個男子身上，著實是有些孟浪了。

「是我太忘形了。」阿秀主動道歉，雖然心中覺得有些可惜，但也沒有別的辦法。

「沒事，那我就先欠著，等到你自己想到了再問我來拿吧。」顧瑾容倒是不在意，她生性豁達，而且她相信自己的眼光。

「那我就先謝過顧小姐了。」阿秀難得裝模作樣地朝她作了一個彆扭的揖。倒是裴胭，一直噘著嘴，看阿秀很是不爽。

「那現在，你可以回答那個問題了嗎？」顧瑾容說道。

「豬肉原有苦寒有毒之說，曾見於各家本草。究之其肉非苦寒，亦非有毒，而豬頭之肉實具有鹹寒開破之性，豬嘴能起土破溝，故有開破之性，是以善通大便燥結，其鹹寒與開破皆與腿之虛寒作疼者不宜。」阿秀娓娓說道。

其實這種因為食物加重了病情的醫案並不少見，但是也不多見。阿秀還得感謝之前唐大夫給她的那本書，那本書上面寫了好多病例以及治療方式。一樣的案例雖然沒有，但是阿秀本身就聰明，知道舉一反三，靈活運用，所以才能這麼快想出應對的法子來。

「我一直以為你擅長外傷，萬萬沒有想到你連這些都很精通。」顧瑾容一臉讚嘆，對於有學識的人，她一向是打心眼兒裡佩服。

「顧小姐妳過獎了，我不過略懂一二罷了。」在中醫上面，阿秀是萬萬不敢口出狂言，說自己十分精通。

顧瑾容擺擺手，示意她不要謙虛。「那你可有想過為朝廷效勞，或者進宮為那些貴人治病？」一個大夫，最高的追求應該就是進太醫院吧。

顧瑾容下意識地就覺得，阿秀應該是有這樣的想法的，即使她年紀還小。只可惜，她還真的想錯了，阿秀最大的追求就是每頓有美味的肉吃，以及和自己的親人在一起。

「二十一不過黃毛團兒，哪敢有這樣的想法。」阿秀心中一驚，人都下意識地往後退縮了些。也許別人覺得給宮裡的人看病是無上的榮耀，但是在她看來卻是一件極其可怕的事情。

都說這伴君如伴虎，那些上位者多少是有些喜怒無常的，她看病是為了醫治別人，她不想醫好了別人，自己卻掉了腦袋，而且那深宮大院最是規矩多，她可受不了。

當然最最重要的一點是，她是姑娘家啊，這個朝代雖然女性地位沒有那麼低，但是也是沒有資格當官。

雖然阿秀態度堅定，但是在顧瑾容看來，這不過是謙虛罷了，哪個男子不好名利！

「男兒自當建功立業，不然怎麼讓自己的妻兒過上好日子。」裴胭在一旁不甚贊同地說道。她自小在將軍府長大，自然是覺得男人要先立業再成家，所以顧一即使再讓她等幾年，她都是會等的。

「人各有志，二十一想必是有自己的想法。」顧瑾容衝著裴胭微微點頭，示意她不要再說什麼了。

「多謝顧小姐體諒。」阿秀雖然面上一片淡然，但是心中卻是一陣苦笑。

即使這是她自己的人生，但是還要強笑著感激別人，這讓她心中更加厭煩了去那些權貴聚集之地。自己這麼一個沒身分、沒地位的小丫頭，到那樣的地方，還不是沒幾分鐘就被直接吃乾抹淨了。

第四十三章　去京城吧

「顧將軍。」阿秀主動進了他的營帳，平時她除了換藥，基本上和顧靖翎沒有多少的接觸，畢竟他是將軍，也不是她一個小嘍囉隨便能見到的。

而且她這個小嘍囉平時也忙得很，根本沒有那個時間去見他。

「妳來得正好，我有事情找妳。」顧靖翎正在紙上寫些什麼，看到阿秀進來，便將筆先放下了。

「什麼事情？」阿秀見顧靖翎的模樣，不知道為什麼，心中有了一種不祥的預感。

「聽顧二的調查，妳阿爹往京城那個位置去了，等這裡的事情結束，我們就回京城了，妳要不和我們一起？」顧靖翎一臉淡然，完全看不出他說這話完全是在扯淡。

阿秀下意識地看了一眼坐在一邊的酒老爹，發現他臉上也有些詫異，正往顧靖翎那邊看去……他也是萬萬沒想到！

「你確定？」阿秀忍不住問道，這根本就是睜著眼睛說瞎話嘛，她開始以為這顧靖翎還算是一條摳門漢子，沒想到他竟然是這樣的人。

「我並沒有理由騙妳。」顧靖翎微微皺著眉說道。

這個的確是顧二調查出來的，當初酒老爹也是有打算去京城，只是才走了不過半日，便又扭頭回來了。他覺得京城那邊的人擄走阿秀的機率小一些，最有可能的就是被逼到這邊的八王爺擄走，所以他又潛了回來，暗中混進了八王爺的營中。

只可惜他獲得了八王爺的信任以後也沒有找到阿秀，當他以為自己預想錯了，順手解決了八王爺的問題以後，竟然就這麼陰錯陽差地找到了女兒和老爹。

至於顧二沒有查到酒老爹回來的消息，是因為他中途刮掉了鬍子，饒是他本人現在站在他們面前，也沒有人能認出來，這足以證明，鬍子對於一個人來講是多麼的重要。

而顧靖翎正是因為顧二查到了這樣的消息，才會順水推舟和阿秀這麼說。

「那唐先生你覺得呢？」阿秀將臉一轉，問起酒老爹來，她倒是想看看，他這個當事人是怎麼想的，面對有人這麼堂而皇之地杜撰他的消息，他會說什麼。

「我覺得，這也不失為一個好法子，這小兄弟要去找阿爹的話，一個人年紀小小，畢竟不安全，跟著大部隊走，至少人身安全有保障。」酒老爹摸摸下巴，覺得等到了京城，自己一定要找機會恢復酒老爹的身分，不然這光禿禿的下巴，摸著怪沒勁的。

阿秀聞言，有那麼一瞬間，她甚至都懷疑是不是自己認錯人了，可是他對自己的態度以及長相都不可能欺騙她。

「要不，我在家等著我阿爹來找我吧……」阿秀雖然話是對著顧靖翎講的，但是眼睛卻是有意無意地看著自家阿爹，不知道為什麼，她就是打心眼兒裡有些排斥那個地方。

「妳之前不是很急著找妳阿爹嗎？」顧靖翎手指下意識地叩了一下桌面，他沒有想到，阿秀會退縮。

在他看來，她是有些天不怕地不怕的，在他面前也敢耍小心眼，而且她之前那麼急切地想要回去找她爹，現在有了消息反而退卻了。

但是這麼一來，顧靖翎心中反而覺得，這樣會懦弱的阿秀，更加像一個正常的姑娘。他的心中難得忘記了她在他這邊剝削了那麼多的銀兩，有了一點淡淡的憐惜。

「可是……」阿秀雙手無意識地攪動了幾下，她不知道那種想要逃離的心情是因為什麼？阿秀皺著眉頭，酒老爹的表情讓她有些不好掌握，他好似是挺贊成自己去京城的，可是他以前卻帶著自己在鄉下住了足足十年，到底是什麼讓他改變了想法？而且還有唐大夫……

想到唐大夫，阿秀就有些釋然了，也許阿爹只是單純的為了唐大夫。

這唐大夫作為軍醫，肯定得隨軍回去。如果她沒有猜錯的話，他們之間的關係，讓酒老爹不可能就這麼離開，這麼一想，她的心莫名地就平靜了些。

「如此，那麼就多謝顧將軍了。」阿秀說道，還難得地衝他行了一個禮。

顧靖翎原本還想著用什麼樣的話將她勸服，畢竟他並不是擅長言說的人，沒有想到她竟然這麼快就同意了。

「嗯，妳過來原本是想要和我說什麼事情？」顧靖翎很是和顏悅色地問道，畢竟剛剛她的回答算是讓他解決了一個難題。

「呃，就是想問一下，什麼時候啟程……」阿秀原本想問的問題已經被他先堵了回去，只好臨時想了一個無關緊要的。

「約莫再三日，妳可以先行收拾起來，至於那些治療費用……」顧靖翎原本想說等到了京城便給她的。

可惜，阿秀不等他說完便直接接上。「我相信顧將軍肯定不會忘記的。」難得還算融洽的氛圍，她總有辦法一句話破壞掉。

顧靖翎比較詫異的是，自己竟然已經習慣了她這麼殺風景的口吻。

他微微嘆了一口氣。「這上千兩的銀子妳可搬不動，等到了京城，我給妳銀票吧，各大錢莊都是可以兌換的。」

「那我先謝謝顧將軍了。」阿秀聽到錢，心中終於好過了不少。「沒事的話，我就先走了，藥帳還有不少病人等著我呢，為了報答顧將軍送我去京城，我決定之後那些患者都不收錢了。」阿秀很是大方地衝著顧靖翎揮揮手便跑了。

酒老爹眼中閃過一絲溺愛的笑容，雖然有些挫敗，但是看到自家閨女在沒有自己的情況下還能混得如魚得水，他應該感到欣慰。雖然這麼一來，他這個作爹的存在感就更加低了些。

其實，酒老爹在阿秀失蹤前就有考慮過要不要回京城，畢竟，那才是自己土生土長的地方；可是他在那邊已經沒有了至親，再回去也不過是傷心地，而且阿秀在這邊也過得好好的，考慮所有的因素，他便放下了這個心思。

但是現在，他遇到了自己的父親，雖然女兒重要，但是父親也不能捨棄，所以他剛剛才會站在顧靖翎這邊。

「唐先生，這將逆賊一網打盡指日可待，聽聞先生是京城人士，不知日後有何安排。」顧靖翎問道。

這唐先生的京城口音很明顯，不用他說，都可以聽出來。顧靖翎心中是很欣賞他的，一直想將他招入麾下，只是，就他這樣的才智，甘心只做一個軍師嗎？

「在下無心朝政，到了京城便打算去尋親。」酒老爹說道，他已經厭惡了這樣的生活，他只想和自己的老爹、女兒安安穩穩地過日子。

「如果不介意的話，可以先住在將軍府中。」顧靖翎道，他並沒有放棄剛剛那個納他入麾下的想法。

「到時便麻煩將軍了。」酒老爹自然能理解顧靖翎的想法，可惜他心不在此處，到時候鬍子一長，看誰還認得出他來。

再說阿秀，想著藥帳中已經沒有什麼事情了，便打算將自己為數不多的一些東西收拾起來，正巧路上碰到顧十九，顧十九順口問了一句去幹麼。

「去收拾東西，打算去京城。」

顧十九聞言，雙腿一軟，他忍不住驚道：「將軍和妳說什麼了？」

之前不是說了等事情結束就放阿秀去找爹嗎？因為他從自家兄弟那邊聽到了將軍的想法，所以有段時間不敢出現在阿秀面前，沒有想到，不過幾日工夫，她竟然也知道了。

而且他還很清楚地記得，自己當初的允諾，要是將軍不放她去尋父的話，他就跪在將軍面前求到他答應為止。這跪將軍，顧十九倒是沒覺得什麼大不了的，又不是第一次跪；但是這要改變將軍的意願，顧十九覺得就算自己跪死了，也有些難啊！

「妳不是要去找爹嗎？」顧十九戰戰兢兢地問道，難道將軍用了什麼手段，比如，美色……顧十九覺得自己最近想得有些多了。

「對啊，不是顧二說的嗎，我阿爹往京城那邊走了？」阿秀的語氣中帶了一絲嘲諷，明明本人就在這裡，也不知道他們是怎麼昧著良心說的。

其實阿秀還真的冤枉了顧二和顧靖翎，顧靖翎雖然之前對她比較摳門，但是為人正直，根本沒有必要為了她撒謊，要是真沒有理由的話，他寧可選擇一掌將人打暈了帶走。

而顧二，那就更加不會撒謊了，他為人憨直，之前為了幫阿秀找爹，曾多次出營尋找，後來發現的線索，就指向了京城的道路，所以他才會這麼和顧靖翎說。

如果不是阿秀見到了酒老爹本人，她肯定也是會選擇相信的。

顧十九微微鬆了一口氣，這是不是意味著自己不用去跪了……只能說千算萬算，算不到酒老爹剃掉鬍子是美男！

不過兩日的工夫，最後的一夥八王爺的黨羽也被抓獲了，慶祝了一番以後，顧靖翎便開始讓下面的人著手準備，打算班師回朝了，現在回去的話，正好能趕上臘八。

「阿秀，這是將軍讓我給妳的衣服，等過兩個時辰就該出發了。」顧一拿著一個包袱，臉上帶著一絲可疑的紅暈。

「哦，謝謝顧大哥。」阿秀倒是沒把衣服當回事，之前她的衣服也都是顧一給她的，怎麼獨獨這次紅了臉？

「那我先出去了。」顧一說完，臉色又紅了些，頗有些落荒而逃的感覺。

阿秀將包袱打開，裡面赫然是一套女裝，還是鵝黃色的厚棉襖裙，阿秀摸了摸布料，很軟。自從到了軍營，她再也沒有穿過女裝，看到這套衣服她都有些不大適應了。

讓她比較欣慰的是，這個衣服一看就是新的，既然顧靖翎讓顧一將這套衣服送過來，那是不是意味著，她可以恢復女兒身了？

她有些壞心眼地想著，那些原本熟識的人看到她現在的模樣會不會大吃一驚？

將衣服抖一抖，一塊布料輕飄飄地掉了下來，阿秀撿起來一看，才發現竟然是一件肚兜……她因為之前一直穿著男裝，又不用束胸，根本忘記了自己原本還要穿這玩意兒。

她現在似乎能理解了，為什麼那顧一剛剛臉會紅成那樣。

既然要換新衣服，阿秀還心情頗好地洗了一個澡，意外地發現在胖師傅的努力餵食下，她胸前竟然有了一絲變化。

待她穿好衣服出去，就瞧見守營帳的兩位將士一副眼珠子要瞪出來的模樣。

阿秀雖然換了女裝，但是臉可沒有變，他們一眼就能瞧出來這個就是之前藥帳裡面下手最犀利的二十一大夫。而且就她那手縫皮的技術，就算不用別人宣傳，大家也都知道了，整個軍營，只要去過藥帳的，誰人不知顧二十一；但是他們萬萬沒有想到，那個二十一大夫竟然是個姑娘，還是一個小姑娘。

如果說原本的她只讓人家覺得天賦奇高，藝高人膽大，現在變成了女孩子，他們只覺得心裡有些慌慌的。這姑娘家下手都這麼狠，誰敢娶啊，這大半夜醒過來要是發現自己的左手和右手背縫在一起了，那該怎麼辦！

微笑著看著他們一臉的驚詫，阿秀很是滿意地點點頭，打算去藥帳晃晃。

不過還沒有到藥帳，阿秀就看到了對著自己欲言又止的裴胭。

「妳是二十一……」裴胭有些難以置信，那顧二十一不是男人嗎，為什麼一下子變成姑娘了？而且讓她最為在意的是，她的身材，正好是瘦瘦小小的，雖然個子不是很高，但是因為人長得比較瘦，整體意外顯得有些修長。

「我本名阿秀，之前女扮男裝是將軍要求，我也不得不從。」阿秀一副很是為難的模樣，也很順手地將責任都推到了顧靖翎身上。

其實顧靖翎也是故意的，這阿秀如果是男子，雖然年紀小些，但是被藥帳裡的大夫排斥的機率也小些；要是年紀小，又是姑娘家，有些腦袋迂腐的，肯定不願意讓她插手。

事實證明，他的觀點是正確的。

「那……那妳……」裴胭結巴了一下，才終於將話說溜了。「那妳和我表哥是怎麼認識的？」如果她原本是男子的話，裴胭當然不會介意，但是她現在是姑娘，作為顧一的未婚妻，她覺得自己有必要瞭解一下。

「之前踏浪受傷，我幫牠治好了傷，顧一大哥那時正好負責照顧踏浪。」吃醋的女人是很可怕的，阿秀是萬萬不敢說，這顧一還在自己家裡住了幾天，不然她這小身板，還不夠人家撕兩下呢！

「踏浪？是將軍的愛馬嗎？」裴胭有些疑惑，這阿秀不是治病的大夫嗎，怎麼治馬去了啊？

「嗯，我對馬也有一些法子。」阿秀實在不好意思當著裴胭的面說自己當初的主業就是治牲畜，這讓被她治好的人情何以堪。

「阿秀姑娘倒是多才多藝呢。」既然阿秀這麼說，裴胭心中雖然還有些介意，但是她還是選擇相信阿秀，畢竟她在說起顧一的時候，神色間並不見愛慕。

「多謝讚賞。」阿秀有些尷尬，她原本就想著去嚇嚇那些老大夫們，沒有想到倒是先讓裴胭看了個正著，還好裴胭本身也不是小肚雞腸的人，不會揪著這件事不放。

「那既然妳是女子，妳回京的時候，就和我們一輛馬車吧，那些男人們趕起路來可不管咱們！」裴胭很是親切地挽住阿秀的胳膊。

既然阿秀是姑娘，之前那些誤會自然也就沒有存在的意義了，再加上她也有自己的小心思，要是阿秀和自己一輛車子，那自然也就不能和顧一私下有什麼交流了。

「不會打擾妳和顧小姐嗎？」阿秀心中多少有些不適應，她從小並沒有幾個同齡的玩伴，更不用說是女孩子，現在被裴胭拉著手，她心裡總覺得各種不自在。

「沒事沒事，小姐就喜歡熱鬧，而且妳懂那麼多，小姐肯定很樂意和妳聊天。」

在裴胭半邀請、半強勢下，阿秀最後還是答應了下來。

進了藥帳，阿秀很是自然地坐到自己的位置上，打算開始幫忙進行最後的打包。

等一下吃了飯，大家就該出發去京城了。

「欸，妳……」袁小胖原本看到一個小姑娘坐到了二十一大夫的位置上就想阻止，但是在看到她的長相的時候，一下子驚叫了一聲，將所有人的注意力都吸引了過來。

「妳、妳是二十一大夫！」袁小胖說完還不忘倒吸一口氣，人連連往後退了兩步。

「喲，小胖眼睛很亮嘛！」阿秀笑呵呵地說道，又順便將自己介紹了番。「我本名阿秀，無奈才扮作男兒裝。」

那些大夫臉上的表情千奇百怪，但是唯一相似的是，都帶了一絲難以置信。這個世道，一個十歲出頭的女娃娃都有這樣的醫術，讓他們這些老大夫怎麼活啊！

「大家不要愣著嘛，幹活吧，等一下吃完飯就該走了！」阿秀揮揮手，讓他們回過神來。

那些大夫臉上多少有些苦澀，原本藥帳忙碌的氛圍也蕩然無存。

阿秀知道，還要給他們時間適應，其實自己是男是女，和自己的醫術，根本沒有多大的關係啊！

只是這重男輕女自古就有，阿秀要是男子，那些大夫只當是名師出高徒，但是阿秀是姑娘，他們一時之間只覺得臉面都沒處放了。

只有唐大夫，有些怔怔地看著阿秀，真像啊，和自己那老婆子……

「唐大夫，您也快點收拾吧，等一下該有人來叫吃飯了。」今兒個所有的營帳都撤了，差不多只留下了廚房，等吃完這一頓，大家就可以回家了。

因為有了期待，整個軍營裡都是一片歡聲笑語。

「好好。」唐大夫連連點頭，只是餘光還是時不時地掃向阿秀。唐大夫眼睛慢慢濕潤了，他覺得自己又有了動力活下去，他要為囡囡找一個世上最好的夫婿！

袁小胖到現在還有些難以置信，為什麼他原本的奮鬥目標，一下子變成了姑娘，這讓他有點無所適從。

「小胖，還不過來給為師使個勁！」袁大夫見袁小胖傻愣愣的模樣，衝他吼了一句。

「來了來了。」袁小胖連忙跑了過去。

在尷尬的氛圍中，阿秀努力吃了三碗飯，便摸著肚子上了顧瑾容的馬車。

顧瑾容之前也只是聽裴胭說了這回事而已，現在當面瞧見，心裡多少還是有些詫異，不過更多的還是佩服。

作為一個女子，顧瑾容更加明白一個女子在這社會要有一些成就遠比一個男子要難得多，特別是阿秀這樣的年紀，能有這樣沈穩的性子和能力，肯定是受了不少的苦的；再加上她那小身板，這讓顧瑾容心中一陣憐惜。

阿秀一上車，顧瑾容就牽著她的手噓寒問暖，讓阿秀心中一陣惶恐。

而裴胭因為之前聽顧瑾容那麼說過，心裡對阿秀也完全沒有了戒備。她本來因為年紀比顧瑾容小，又長得嬌滴滴的，一直是被當妹妹對待的，但是現在有了一個比她更加小，看起來更加嬌弱的阿秀，她覺得自己的母愛都要氾濫了。

第四十四章　眼光問題

阿秀在離開軍營以前，根本不會料到，自己竟然會暈馬車，而且還暈得那麼厲害，蜜餞、梅子完全不能緩解她現在難受欲死的心情，也無法拯救她於水深火熱之中。

最後解救了阿秀的東西是乾辣椒，一旦想吐了就嚼上一大口，那股酸意就被壓下去了，雖然滿口的辣椒味，以及嚥下去之後胃裡感覺火辣辣的，但是至少也比一直想吐要來得強。

而顧瑾容和裴胭則都是一臉驚恐地看著阿秀以飛快的速度解決了一碟又一碟的乾辣椒。

「阿秀，妳不覺得很辣嗎？」裴胭小心翼翼地看著阿秀，實在是她現在看著辣椒的眼神就跟看殺父仇人一般，那咬牙切齒的模樣，實在是有些瘮人。

「辣！」阿秀冷著臉說道，她都快被辣哭了，但是相較之下，辣哭也比吐死好啊！

「阿秀，妳好些沒？」顧一又端著一碟乾辣椒進來。「要是還不行就出來和我們一起騎馬吧。」

裴胭知道顧一關心阿秀是因為她身子不舒服，可是心裡多少還是有些難受，但是她又怕讓顧一看到她嫉妒的那一面，便努力笑著說道：「對啊，我們一塊兒下去跑一下吧，正好也該紮營做飯了。」

「胭兒騎術精湛，妳們兩個一塊兒的話肯定不會有事。」顧一勸說道，阿秀因為暈車，原本白裡透紅的小臉現在一片蠟黃，這讓責任感爆表的顧一心中愧疚萬分。

「那就麻煩裴姊姊了。」因為恢復了女兒身，阿秀對裴胭的稱呼也親近了不少。她已經吃了那麼多的乾辣椒了，要是再吃下去，那胃裡非著火不可。

而裴胭因為顧一的讚揚，忍不住羞紅了一張俏臉。

「那我現在給妳們找兩匹馬過來。」顧一見阿秀答應了，便很是主動地去尋馬了。

裴胭是有自己的坐騎的，倒是阿秀，她根本沒有騎過馬，要在軍營裡面找一匹溫順而且比較矮小的馬，就比較麻煩了。

「阿秀妹妹，妳覺得我表哥人怎麼樣？」裴胭故意問道，她看到自家小姐正對著她露出促狹的眼神，雖然有些不好意思，但是她還是需要確認一下，即使關係再好，她也不允許別人覬覦她的男人！

「顧大哥人很好，一直像哥哥一樣照顧我。」阿秀就算再遲鈍，也不會犯這種低級錯誤。

她雖然最早的時候覺得顧一是個經濟適用男，很適合居家過日子，但是這也不過只是當時的一個念頭；再加上她知道顧一和裴胭是有婚約在身的，她就更加不可能去插上一腳了，所以她特意和顧一拉開了距離，就怕裴胭吃味。

裴胭一開始心中還有些緊張，就怕阿秀也瞧上了顧一。阿秀雖然相貌不如自己，但是她那身本事，讓裴胭心裡有些羨慕和自卑。現在聽到阿秀這麼講，她頓時就放心了。

裴胭親親熱熱地挽住阿秀的胳膊，笑著道：「阿秀妹妹這麼招人喜歡，我也是恨不得有妳這麼優秀的一個妹妹。」

阿秀在心裡鬆了一口氣，還好裴胭心眼兒比較大，換個心眼小些的，說不定就老揪著這個事了。

「妳們出來吧。」顧一在外面喊了一聲，畢竟是女孩子的馬車，他也不好直接撩簾布。

阿秀一出去，就看到自家蠢驢正對著自己「嘶」地叫了一聲，好似在鄙視她怎麼就這麼的弱。

「為什麼我的坐騎會是驢……」阿秀指著灰灰，手有些在顫抖，果然是之前吐太多次了，身子都有些發虛了。

「這個是唐先生說的，軍中馬匹都比較高大，而且聽說這頭驢子腳力非常。」顧一說道，言外之意就是說——阿秀妳個子小，爬不上駿馬，就騎驢子算了。

「哦。」阿秀還算有自知之明，雖然心裡有些淡淡的惆悵，但是連繫自己現在手軟腳軟的狀態，騎驢才是最明智的選擇。

等阿秀剛坐到了灰灰的背上，人還沒有適應，牠就開始跟發癲一般，瘋狂地跑到了酒老爹的身邊，阿秀覺得自己整個人更加不好了，她知道牠喜歡自家阿爹，但是有必要這麼迫不及待嗎？阿秀第一次有了一種暈驢的感覺。

「氣色怎麼這麼差？」酒老爹看到阿秀的模樣，詫異以後便是滿滿的心疼。

以前在家裡吃得差的時候，她的臉色也沒有這麼難看過。他之前只聽說她暈馬車，特意讓人送去了防暈車的藥丸，可惜都沒有效果，他還想著過去瞧瞧，但是因為男女有別，也不好做得太明顯。

而且他之後又聽說她吃辣椒就不暈了，心也慢慢放下了，只是萬萬沒有料到，這情況比自己想像的要嚴重得多，這蠟黃蠟黃的小臉，讓他看著都一陣不忍。他想著要是等一下吃飯的時候，讓自家老爹瞧見阿秀這副模樣，不會把自己打死吧……

「我緩一緩就好。」阿秀深深將胸中的一口濁氣吐出來，她畢竟不是一般的小姑娘，沒有必要讓長輩為自己擔心。

「那妳自己注意些。」顧大將軍就在一邊，酒老爹自然不好表現得太明顯了，他還想著到時候要隱姓埋名回來的。

「阿秀妹妹。」裴胭也趕了過來，她剛剛一時間被灰灰的動作給弄懵了，待她騎上馬過來，灰灰都直接跑到酒老爹身邊了。

「這驢子果真不同凡響。」裴胭忍不住想要去摸一把灰灰。

可惜同性相斥這點也可以用在人和動物上面，灰灰根本就不正眼瞧這個大美人一眼，往旁邊走了一步，讓裴胭的手一下子落了空。

對於自家灰灰的脾氣，阿秀一直都不敢小瞧。

「這倒是一頭好驢呢。」裴胭第一次被一頭驢拒絕，心裡有些怪怪的。

而旁邊的踏浪，聽到裴胭在誇獎灰灰，很是興奮地號了一聲，比誇獎自己好像還要歡喜上幾分。

裴胭自然不會往與有榮焉那方面想，以為踏浪是因為看到她這個熟人感到開心，她要是知道自己還比不過一頭驢，不知道心裡是何感想。

「我們往那邊去吧。」裴胭指著一側人比較少的地方說道，這邊都是軍中地位極高的人物，裴胭自然有些不好意思也待在這兒，而且她出來多少是抱著要和顧一多說幾句話的想法，在這兒根本沒有機會了。

「嗯嗯。」阿秀點點頭，打算讓灰灰往那邊走，可惜人家依戀著酒老爹，根本不願意動，好不容易動了兩下，原本安安分分在走路的踏浪也忍不住跟著牠過來了。

到最後就看到相當搞笑的一幕，阿秀吆喝著灰灰，灰灰看著酒老爹，踏浪脖子一直往灰灰這邊靠，顧靖翎則是一臉的無奈。

「踏浪這不會是瞧上這匹小母驢了吧。」在一旁的鄧副將開玩笑說道，誰人不知顧靖翎的坐騎和他人一樣，高貴冷豔得很，怎麼可能瞧上一頭樣貌普通的母驢呢！

偏偏顧靖翎聞言卻是臉色一變，這是他極其不願意承認的一件事。

鄧副將看到顧靖翎的臉色都變差了，心中忍不住驚詫，這麼一匹難得的寶馬難不成真瞧上一頭驢子了？都說坐騎的品味一般都像主人的，鄧副將突然開始期待起來，將來這顧靖翎會瞧上什麼樣的女子。

顧靖翎如今年紀已經不小了，這次回京，不管是鎮國將軍府，抑或是皇上那邊，肯定都會有所打算。顧家身分又比較敏感，這顧靖翎的婚事基本上是得由上面訂了，尤其是他如今又立了大功。他們這樣的身分，最好是不要喜歡上姑娘，因為婚事都不是自己能作主的，免得結果傷心又傷身。

他年少些的時候也曾經喜歡過一個姑娘，只是她的身分不過是母親身邊的一個一等丫鬟罷了，大概是知子莫若母，他的心思很快被母親知曉了，那個姑娘也很快被賣出了府。鄧副將想過要和母親爭論一番，但是最後卻什麼都沒有做，在他那樣的家族，他其實很早就有這樣的覺悟了。

鄧副將忍不住拍拍顧靖翎的肩膀，嘆了一口氣便往另一邊走了幾步。

顧靖翎微微皺著眉，瞧了鄧副將一眼，他又是怎麼了?!

因為有女眷以及相對身體比較虛弱的後勤人員，一路上走走停停，足足花了整整二十天才回到京城，等他們到的時候天上都已經開始下雪了。

阿秀不管是上輩子還是這輩子都是居住在南方，第一次看到這麼厚的雪，心裡忍不住有些小激動，只不過那點小激動被寒風一吹，立馬就消失得無影無蹤了。

京城的百姓一早就接到了消息，等顧靖翎的軍隊進了城門，就發現大批大批的百姓冒著風雪站在路邊歡迎他們。

「京城的百姓真熱情。」阿秀往外面看了一眼馬上又縮了回來，因為準備不充分，她根本沒有幾件厚的衣服，現在身上穿的還是裴胭的舊衣服。

裴胭輕輕掀開一個小角，指著一處說道：「阿秀妹妹，妳不看一下嗎？妳看那邊地上的雪都掃掉了，有機會出來的話，這邊一片都是賣小玩意兒和小吃的。」

「等天氣暖一點再說吧，裴姊姊妳快把簾布拉上。」阿秀一邊說著，一邊又將自己的衣服扯緊了些。

「妳要是有機會的話，每天早上跟著大小姐打一會兒拳，身子立馬就啵兒棒，這點寒風怕什麼！」裴胭笑著說道。別看她長得嬌滴滴的，但是因為從小習武，這種天氣，還只穿了一條紅色的襖裙；而阿秀，已經裡三層、外三層地將自己裹得嚴嚴實實了。

「快到將軍府了。」顧一在外面說道，待裡面應了以後，便又騎著馬走開了。

「少爺，您終於回來了。」到了岔口，幾位將領都各自回家了，顧靖翎則是帶著自己的近衛和阿秀幾人回了鎮國將軍府。

「爹娘都在屋裡嗎？」顧靖翎下馬，將踏浪交給小廝。

「老爺、夫人都在屋裡等您呢，就連老太君今兒也起了一個大早。」管家笑呵呵地說道，之前因為少爺、小姐都不在家，府裡一下子就沈悶了下來，現在知道他們要回來，這廚房、後院從三天前就開始忙活起來了。

「奶奶也在嗎？」馬車裡面的顧瑾容一聽到老太君也在，立馬跳了下來，之後跟下來的便是裴胭和阿秀。

顧管家在看到顧瑾容和裴胭的時候並沒有太在意，他是知道她們押解糧草去的，只是跟在她們後面的那個圓球又是誰？

「老太君已經在暖閣等了一陣子了，讓您到了馬上過去。」顧管家雖然眼睛一直瞄著阿秀，但是絲毫不影響他回答顧瑾容的問題。

「那我先過去了，胭兒，妳帶著阿秀換個衣服。」顧瑾容說完便一下子跑遠了。

鎮國大將軍和夫人感情極好，兩人一共只有三個孩子，兩男一女，顧瑾容是長女；在顧瑾容和顧靖翎下面，還有一個比他們小了十五歲的顧小寶，今年不過三歲，長得白白胖胖的，是顧家人的小寶貝。

因為他們兩夫妻都想著自己的長子、長女已經為了國家犧牲頗多，這個小兒子，就這樣嬌養著，就連名字，都沒有根據輩分排。

而鎮國大將軍府中並沒有多餘的女眷，鎮國大將軍愛妻如命，早年又是一個打仗狂人，根本也沒有別的心思。

老太君早些時候還遺憾府中小孩兒太少，琢磨著給鎮國大將軍收一個暖床的，多生幾個讓她熱鬧熱鬧，但是因為他們態度堅決，她也不是咄咄逼人的性格，就這麼作罷了。而且孫子優秀，孫女貼心，她也算滿足了，現在又多了一個小孫子每天會在她面前撒嬌，她更是欣慰了。

這整個鎮國將軍府的人都是不拘小節的，也難怪顧靖翎兩姊弟都那麼淡定地面對自己如今未嫁、未娶的境況。

「阿秀妹妹，妳跟我來吧。」裴胭撐起一把油紙傘，讓阿秀躲在下面，看她冷得瑟瑟發抖的模樣，越看越像是一隻讓人憐愛的小兔子。

阿秀一下馬車，就意識到大部分人都不見了，特別是自家老爹和唐大夫，都不見了蹤影，她的心中多了一絲不安，只是現在卻不知道能問誰。

跟著裴胭到了她的屋子，因為他們今天要回來，屋子裡面一早就燃上了炭，整個屋子裡面暖洋洋的。

阿秀在裡面站了一會兒，覺得整個人又活過來了，剛剛還覺得有些壓抑的心情也好了不少，反正她人在這兒，她就不相信自家阿爹會這麼跑了！

「這還不到臘八，妳現在就這麼怕冷，以後可怎麼辦呢？」裴胭看著阿秀也有些發愁，她到時候是要進宮給那貴人看病的，裹得跟個粽子似的多失禮啊。

「那就不出門。」阿秀拍拍衣服，稍微活動了一下身子，果然她還是適合待在那個鄉下地方的，至少冬天的時候不會把自己凍成一顆球。

裴胭嘆了一口氣，只當她是說小孩子話，並不放在心上。

「這幾套衣服都是新的，妳先將就著穿，等一下吃了飯再招繡娘過來給妳做幾件合適的。」裴胭說著拿出好幾套衣服要送給阿秀，其中不乏有她自己喜愛的。

「我拿一套就好了，裴姊姊把衣服都給我了，自己不就沒有新衣服穿了嗎？」阿秀只挑了一件最為普通的青色襖裙。

裴胭最適合的是紅色，她平時穿的衣服顏色也是偏豔麗，這種清清淡淡的顏色，多半是她不大喜歡的。

看阿秀挑了自己最不喜歡的那條裙子，裴胭心裡就覺得更加過意不去了，好像是把自己不喜歡的塞給了別人。

「這套不好，妳試試這條。」裴胭給她挑了一件粉色的，這個是她初春的時候做的，就是沒來得及穿，而且這衣服顏色鮮嫩，很適合阿秀這樣的年紀。

「那好吧。」雖然粉色讓阿秀覺得有些不大適應，但是裴胭那麼熱情，她也不好拒絕。

只是她的衣服對於阿秀來講還是大了不少，特別是長度，裙子都拖地上了，原本一條漂亮的裙子，被阿秀一穿，因為不合身，就完全變了味兒。

裴胭一看阿秀穿好的模樣，頓時就皺起了眉頭，果然還是太大了，特別是胸口那一塊，這空蕩蕩的……

「要是妳不介意的話，我娘那邊還有我十歲時候的衣服，我瞧著妳穿正好……」裴胭有些猶豫，畢竟那些都是舊衣服，可這些新衣服，偏偏又都不合身。

「沒事沒事，裴姊姊能把衣服借給我穿就很好了。」阿秀笑得一臉燦爛，她自然是不介意這些。

「那妳等著我，我去拿衣服。」裴胭說著便匆匆地跑了出去。

第四十五章 似曾相識

裴胭走了沒有一會兒，房門就被打開了，阿秀瞧見一顆小團子滾了進來。

「妳是誰，胭兒姊姊呢？」

「你又是誰？」阿秀看到他被裹得嚴嚴實實的模樣，突然可以想像自己剛剛的樣子了。

「我是顧小寶，胭兒姊姊呢？」小團子堅持不懈地問道。

因為鎮國將軍府裡面姓顧的人實在不少，阿秀也沒有多想。

「裴姊姊出去了，你要不過來坐著等？」阿秀柔聲說道，這小團子白白胖胖的，讓人看著怪想捏一把的。

「妳為什麼偷穿胭兒姊姊的裙子？」小傢伙眼睛倒是亮，一看阿秀身上的衣服就知道不是她的。

「是她借給我穿的。」

「妳穿真醜！」小團子毫不客氣地說出真相。

「……」其實阿秀皮膚很白，只是因為暈車食慾不正常，而且一直吃辣椒，有些發黃的小臉上面還冒了兩顆痘痘，和裴胭這樣的大美人比起來，自然是醜的。

顧小寶原本以為她肯定會反駁個幾句，沒有想到她根本沒有說話，氣氛一下子就僵了……

裴胭進門的時候，就看到一副詭異的場景。

「快將衣服換上吧，剛剛我在路上遇到吳嬤嬤，說是夫人要見妳。」裴胭將手中的衣服交給阿秀，順便又一把摟住顧小寶。「小少爺快跟我到那邊去，她要換衣服了啊！」雖說顧小寶不過三歲，但還是要避諱些的。

阿秀這也才知道，這個小團子竟然是顧瑾容的弟弟，可能是還沒有長開，阿秀倒是沒有看出他們之間有什麼相似之處。

「那胭兒姊姊妳等一下要給我肉丸子湯吃。」顧小寶走之前還不忘講條件。

「好好好，就依你的。」

等兩人走了，阿秀才端詳起手中的衣服，面料很柔軟，款式也比自己平日穿的要好看不少。她雖然不懂布料，但是也曉得這布料應該不便宜，而且衣服很新，幾乎看不出有穿過，想必裴胭心裡還是在意讓她穿舊的，所以特意挑過了。

將衣服換上，阿秀開始還想著會不會小，但是事實證明，她現在的身材，就和裴胭十歲的時候差不多，這套衣服穿在身上，正好合身。

阿秀心裡嘆了一口氣，自己要加油長大了啊！

雖然穿越了有十年餘，但是因為家中沒有女性長輩，阿秀根本就不會梳頭髮，以往在鄉下的時候，隨便紮兩根麻花辮就可以了，要是嫌麻煩，紮個馬尾也沒有人來說妳，但是現在到了人家家中，如果再這樣的打扮就有些失禮了。

阿秀雖然不願意去巴結他們，但是也不願意讓自己太無禮。

「我來幫妳梳頭吧。」裴胭進來就瞧見她正散著頭髮，有些不知所措。在她認識阿秀這段時間，她一直表現得都是比較自信的，特別是面對病症的時候，看她現在這副模樣，裴胭心中多了一絲憐惜。

之前她有聽顧一說過阿秀以前過得不容易，爹爹不著家，娘親也沒有出現過，估計也不在了；不過因著阿秀平時的表現，讓她總是忽略這個事實。

「謝謝裴姊姊。」阿秀鬆了一口氣，任由裴胭在她頭上穿來穿去。

裴胭的手很巧，不過三兩下的工夫，就編好了一個雙環髻。

將阿秀細細打量了一番，以往她的衣服都是偏灰暗色，再加上髮型裝飾都很隨意，裴胭竟然也沒有發現，這阿秀遠比她想像的要清秀得多；特別是她將頭髮都梳了起來，配上她現在穿在身上的桃粉色襖裙，整個人一下子就亮了起來。

「妳長著一雙好眼。」裴胭說道，這雙眼睛尾端微微上翹，卻不顯得輕浮，也不像丹鳳眼妖嬈，雖然不是很大，但是配在這張小臉上卻是恰到好處；特別是她的眼神，根本不像十三歲的小姑娘，透著無法撼動的淡然。

裴胭實在難以相信，這樣一個獨特的少女，竟然是一直被養在鄉下的。

「胭兒，好了沒啊？」外面傳來一個女人的聲音。

「吳嬷嬷，我們馬上就來了。」裴胭說話間連忙招呼阿秀起來。

這個吳嬷嬷是顧夫人身邊的大紅人，當年她是和裴胭的母親一起進來的，只不過後來裴胭的母親嫁人了，但是她卻守著顧夫人一直沒有嫁人。

吳嬤嬤因為自己沒有孩子，更是將裴胭當成自己的孩子一樣對待。

「這就是那個女孩啊？」吳嬤嬤看到阿秀出來，還特意打量了幾眼，初初一看倒是不覺得有什麼特殊，但是再仔細瞧上一眼，就覺得她身上的氣質，和一般的姑娘家有些不同，總覺得是少了一些活潑勁，多了一股沈穩。

「吳嬤嬤好，我是阿秀。」阿秀衝著吳嬤嬤行了一個不大標準的禮。

「那我就不客氣地叫妳阿秀了啊，今兒個我們老太君也在，說話萬萬不得失禮了。」吳嬤嬤在一旁敲打道，倒不是給阿秀下馬威，反而是看在裴胭的面上好心提醒她。她剛剛也聽說了，這姑娘是養在鄉下的，而且一看她剛剛行禮的模樣，吳嬤嬤心裡也差不多有了底。

「多謝嬤嬤提醒。」阿秀低眉說道。

「不過咱們老太君是個和藹的，妳也不用太緊張了。」

「吳嬤嬤，剛剛不是說是夫人叫阿秀過去的嗎，老太君怎麼也在啊？」裴胭在一旁笑嘻嘻地問道，這下人一般是不能打聽主人家的事情，但是這裴胭身分不大一樣，再加上吳嬤嬤和她的關係也不一般。

吳嬤嬤便抬眼睨了她一眼。「這老太君自然是想著多瞧瞧大小姐，剛剛小少爺我也叫人抱過去了，這大少爺好不容易回來，老太君身子骨兒沒有以前好了，但也想享天倫之樂的。」

阿秀一直微微垂著眼，不過吳嬤嬤這話她是聽進去了，她得出幾個結論，一個是這老太君平日裡不主事，府裡應該是顧夫人作主；還有一個就是這老太君身體不好，卻是個疼惜孩子的，人多半也不難相處。

話雖是這麼說，但是阿秀心中還是打定了主意，還是盡快告辭，反正她現在也算是有一千多兩銀子的大戶了。

走之前要先問問唐大夫身處何處，就她之前的觀察，那顧靖翎對唐大夫很尊敬，所以他應該不是賣身於唐家，說不定能慫恿他和自己一塊兒自立門戶，這樣到時候自家阿爹和他們會合也容易得多。

腦袋裡面胡亂想著，便隨著吳嬤嬤到了一間屋子，阿秀還沒進門就感受到了一陣暖氣撲面而來，她想起之前聽到的，估摸這裡就是那個「暖閣」了，果然很貼切。

「是裴丫頭來了吧，快進來吧。」阿秀聽到一個蒼老的聲音，不過中氣倒是挺足的。

「老太君您果然是順風耳，胭兒都還沒出聲呢，您就猜到了！」裴胭說笑間，一把將阿秀也拉了進去。

等到了屋子裡面，阿秀才發現，裡面雖然不透風，卻意外的亮堂，坐在正中央的正是一個滿頭銀絲的老太太。

「妳這丫頭，跟著容兒出門吃苦了吧，這小身板都瘦了不少。」老太君雖然是笑著在和裴胭說話，但是眼睛卻停留在了阿秀的身上。

裴胭聞言，臉卻是慢慢紅了。她哪裡是受苦瘦的啊，分明是她為了讓自己看起來纖細，餓了好幾天的成果。

「妳就是那個給阿翎幫了不少忙的阿秀姑娘吧。」老太君說著衝著阿秀點點頭，目光柔和，嘴角含著一絲笑。

果然和吳嬤嬤說的一樣，很和藹。

「是將軍過譽了。」阿秀故作羞澀地低下了頭，雖然她心裡想的是他說的也沒錯。

「阿翎從來不說假話，他既然這麼說了，那肯定是真的，妳年紀小小，倒是有這麼一身本事，實在不易。」老太君笑咪咪地說道，她瞧著這個阿秀很是親近，雖然是第一次見面，卻很有好感。

「謝老太君誇獎。」阿秀福了福身，姿勢還是很僵硬，一看就是平時沒有這樣的習慣。

「雖然第一次見，不過我瞧著妳很是眼熟，不知道是不是上輩子就在的緣分。」老太君忍不住招手讓阿秀走近些。

在座的顧夫人幾人聞言心中都詫異不止。老太君為人和善，卻不易親近，她平時吃齋唸佛一直住在自己的院落裡，而且因為近年來，她忘性大了不少，以前的事情都不大記得了。

一般除了幾個親近之人，她根本不見外人，就是有人來拜訪，也都是拒絕的。

這次因為知道這姑娘是靖翎的救命恩人，再加上今兒個心情比較好，她才會破例說見見阿秀；他們原本以為她頂多誇幾句，但是她對阿秀的親近卻是他們始料未及的。

「這眼兒長得可真好。」老太君伸手摸摸阿秀的腦袋。「一看就是一個好孩子。」

即使是對顧小寶，她也頂多只是摸摸腦袋，這讓在場的人都有些面面相覷，老太君的反應也太反常了。

倒是阿秀，因為老太君的動作，整個人一下子都僵在了原地，她很少和人這麼親近，就連自家阿爹，她也沒有這麼親近過。雖然這樣被觸碰，她並不覺得反感，反倒是有一種被長輩關懷的感覺。

「娘。」顧夫人見老太君一直摸著阿秀的腦袋不放手，忍不住出聲道。

「唉，我剛剛好像想起了什麼事情，但是又記不起啦，這年紀大了，真真是不頂用了。」老太君將手從阿秀的頭上拿開來，但是卻又拉住了她。「來來，妳就坐這兒吧，聽說妳還治好了阿翎，不知道妳是師承何處啊，比薛家老頭兒教出來的孫子還要厲害上幾分了。」老太君拉著阿秀的手，笑得一臉的和善。

阿秀雖然不知道那薛家老頭兒是誰，但是卻知道他孫子多半是那薛行衣了，沒有想到她再次聽到了他的名字，難得對這個人多了一些好奇。

「娘，您說她醫術高我倒是相信，但是要比行衣厲害，我可不贊成！」坐在一旁的鎮國大將軍毫不客氣地說道。那薛行衣可是他活了這麼大把年紀，所見過在醫術上面最有天賦的人了，即使是當年唐家的那人，他覺得也頂多就是打個平手。

「你曉得什麼！」老太君眼睛一瞪，另外那隻手抓著枴杖往地上敲打了兩下。

一聽到那個聲音，顧老將軍的身子就下意識地往後面縮了縮，以前小的時候，這個就是挨打的前奏，雖然他現在年紀大了，但是心中還是有陰影的。

「您說的是。」顧老將軍很是憋屈地說道。反正打從幾年前自家老娘大病了一場，他做這樣的事也已經做慣了，可是為什麼每次受傷的都是他！

「不行，老大，你快去薛府將那小子叫過來。」老太君很是不爽快地說道，她看中的人，怎麼會比不上那個臭小子。

顧老將軍和顧夫人兩人對視了一眼，就知道她估摸又是犯病了。

平日裡老太君一個人待在院子裡，情況已經很穩定了，但是一旦出來，只要發生些什麼特殊的事情，她就會變成這樣子，很是任性，還喜歡發號命令，指使他們幹這幹那，但是偏偏她作為長輩，也沒有人敢忤逆她。

老太君清醒以後雖然不記得事情了，但是多少也有些知道自己的情況，就更加少出來了。

這顧家和薛家也算是世交了，就當是請他們來替顧靖翎接風洗塵。

「好好好，那我馬上就找人去叫行衣，您要不先吃點點心，我叫廚房再加點菜。」顧夫人起身走到老太君這邊，用手拍拍她的手，餘光則掃向坐在一邊的阿秀，她倒是坦然，面上一片淡定；只是就外貌，雖然有些清秀，但是也稱不上美貌，她實在不懂，老太君怎麼會這麼激動。

「那妳叫人上些桂花水晶糕，我要和晨妹妹一起吃。」老太君一臉期待，看著阿秀笑得燦爛。

阿秀心中估摸著這老太君是有些輕微老年癡呆症的，所以並沒有將她的話放心上。

但是顧夫人聽著卻是臉色大變，這所謂的晨妹妹，是當年唐家的老夫人，閨名中帶了一個「晨」字。她未出嫁以前和老太君關係最好，兩家之間的交往也很頻繁，後來兩個人各自嫁人，也是經常來往。

顧夫人進門以後也有幸見過她，是個很溫和的女子，總是掛著淡淡的笑容，和老太君那麼剛烈的性子正好成了一個對比，不過兩個人的相處倒是和諧得緊，她就是和自己的同母妹妹，感情也沒有這麼好的。要不是那唐老夫人沒有生出女兒，現在這個將軍府可沒有她的位置。

「娘，這裡可沒有什麼晨妹妹，您瞧，坐在您身邊的可是阿秀姑娘。」顧夫人笑著說道，畢竟唐家在這裡也算是一個比較敏感的存在，雖然現在新帝登基，顧夫人也不敢冒這個險。

「什麼阿秀，這個明明就是晨妹妹。」老太君很是不高興地掃了顧夫人一眼，要知道她當年可是跟著已逝的老將軍上過戰場的，這麼一眼，其中的氣勢不言而喻。

顧夫人努力讓自己的臉色看起來沒有什麼異樣。

「嫣紅，妳怎麼還不下去，讓晨妹妹餓著了，我可不饒妳！」老太君又不客氣地說了一句。

「是，是，媳婦兒這就去。」顧夫人嘆了一口氣。

這嫣紅哪裡是她的名字，那是老太君原本身邊貼身丫鬟的名字，一個奼紫，一個嫣紅，只不過兩人因為年紀的緣故都已經出府養老了。

聽說前些日子，那個嫣紅已經過世了，她的孫子還給將軍府送了帖子，不過老太君近年來身子骨兒差得厲害，便沒有告訴老太君，只是封了銀子送過去。

「這嫣紅是在說什麼傻話呢，叫什麼媳婦兒啊。」老太君還在身後嘀咕著，雖然看著糊塗，但又好像不糊塗。

「晨妹妹，妳今兒怎麼有時間來看我，妳娘不是在讓妳學管帳嗎？」老太君一臉新奇地瞧著阿秀，已經完全進入了自己的回憶裡。

她滿頭銀絲再配上這麼少女的表情，怎麼看都是奇怪的。

「今兒個我娘答應了讓我出來的。」阿秀腦子倒是轉得快，從善如流地說道。

在旁邊看著的幾個人紛紛鬆了一口氣，他們就怕阿秀不知道事情，一個不小心將事情說破了。以前也有不知情的，結果老太君事後大病了一場，所以剛剛顧夫人只敢稍微提醒一下，不敢再繼續說下去。

這其中的緣由就是太醫院的提點大人也說不上來，只能讓他們在她犯病的時候多讓著她些，免得又刺激到了。

「妳娘這次怎麼這麼好說話，就不怕我再把妳帶壞了，她就曉得說什麼出嫁從夫的，千篇一律地聽得我耳朵都起繭子了，也就妳脾氣好。」老太君在說道那「晨妹妹」的娘的時候，表情很是不屑，明顯就不認同她的待人處世。

「反正我喜歡和妳玩兒就好。」阿秀笑著說道，她原本想要叫一聲「姊姊」，可惜不知道這老太君閨名是什麼，便暫時作罷。

顧老將軍原本還心中擔憂著，現在瞧著阿秀應對如此輕鬆，忍不住讚嘆了一下，就這點，他承認這個阿秀姑娘是比薛行衣要強。

「我就喜歡妳這點，那等一下我們就去騎馬，我上次教妳的妳還記得不？」老太君很是興致勃勃地將阿秀拉起來，放在一邊的枴杖也不管了，整個人好似真的年輕了幾十歲。

一聽到老太君要去騎馬，原本坐著的幾個人一下子都跳了起來，就老太君現在的身體狀況，哪裡能去騎馬。

顧老將軍連忙阻攔道：「小姐，這外頭正下著雪呢，您身子還沒有好，過段時間再出去吧。」他至少還記得不能叫「娘」。

顧瑾容和顧靖翎也是站在一旁，就等著要是顧老將軍的話不管用就他們上。

「張伯，你去做你的事去，不要管我。」老太君衝他揮揮手，示意他讓開。

顧老將軍真的是要哭了，以往老太君發病的時候也沒有這樣啊，還給他們都想好了身分。這張伯他也曉得，是他外祖家的老管家，不過去世很多年了。

「小姐！」顧瑾容和顧靖翎看自家老爹敗下陣來，連忙上前一步，他們和顧老將軍一樣，都不敢隨便叫她原本的稱呼。

「姃紫，小木頭，你們都讓開，不然我的拳頭可不饒人！」老太君年輕的時候武力值可是不低，所以才能和當年的顧將軍看對眼。

顧瑾容聽到自己的稱呼，心裡還有些複雜，至少把她和她娘配成了一對，姃紫嫣紅，她應該覺得欣慰嗎？至少相比較那個張伯和小木頭而言。

阿秀看著他們幾個滿頭大汗的模樣，終於大發慈悲，開口說道：「我覺得有些餓呢，咱們等吃了飯再說吧。」

「那也行吧，妳看著身子就嬌弱，還是等吃飽了再說。」老太君一聽阿秀這麼說，馬上又坐了回去。

顧家父子三人都鬆了一口氣，但是卻有些小小的失落，他們這麼努力，都還比不上一個陌生人的一句話。

「姺紫，妳去瞧瞧，這嫣紅去做了什麼，怎麼這麼久還不過來，晨妹妹都餓了。」

「我這就去瞧瞧。」顧瑾容一聽，連忙領命找顧夫人去了。

這桂花水晶糕，老太君年輕的時候是喜歡吃，特別是唐夫人來做客，必然是要備上一些的。

以前將軍府還有一個專門擅長做這個糕點的江南師傅，但是自從唐夫人去世以後，這家裡再也不准做這個糕點，那個師傅也離開了。現在她冷不防就要吃，顧夫人就是有三頭六臂，那也變不出來，只能讓廚房的師傅趕緊做起來。

顧瑾容到了廚房，就瞧見自家娘親正指揮著大廚們在努力，可惜現在才進展到揉麵那一步。老太君還真是為他們出了一個難題，他們唯一覺得比較欣慰的是，這麼一來，老太君至少忘記了薛行衣這個話茬兒！

可惜還沒有等她們母女鬆一口氣，就看到顧靖翎一臉怪色地過來。「祖母說，讓我去請薛家公子。」

如果就她現在的模式，那個薛家公子，說的應該是薛行衣的爺爺……

第四十六章　薛家祖孫

因為是顧靖翎親自去請，薛行衣自然也不好不來。

倒是顧靖翎剛剛到家，馬上就去薛家登門拜訪，這讓那些圍觀的人心中忍不住多了一絲猜想，這顧家難道是想和薛家結親？

只是這薛家，能配得上顧家的也就薛行衣這一脈，偏偏薛行衣的姊姊們都已經出嫁，現在還沒有成親但是到了適婚年齡的就只有他一個。

大家都不禁猜想到，難不成是顧瑾容要嫁給薛行衣？這顧家大小姐可不是一般男人可以承受的，那些好事者心中忍不住都替薛行衣嘆了一口氣，就薛行衣那個小身板，想必是一個拳頭都挨不住吧。

果然長得好看也不都是好事，要是一個不小心被一個女霸王瞧上了，嘖嘖……

等他們瞧見是薛家的老太爺和薛行衣一起出來，他們心中就更加認定了剛剛的那個猜測，要不是兩家有意願結親，何必要老爺子出馬。

要知道這薛老爺子自幾年前起就專心研究醫學，平時都是足不出戶，除非是一些重大節日，不然連後輩們也不見；這要不是為了薛行衣的婚事，還能有什麼事情需要他來插手，估摸也是如今顧家得天家盛寵，薛家以表重視。

因此，這「顧瑾容要和薛行衣成親」的八卦，在他們前腳坐上馬車以後，就以飛快的速度傳遍了大街小巷，等到了晚上，這個消息都傳進了皇宮。

太后原本正陪著小皇帝用晚膳，聽到這個，都忍不住笑出了聲，這薛行衣和顧瑾容，要是真成了一對，那事情可就好玩了。

再說薛老太爺，他原本也不樂意這麼冷的天氣出門，近年來他的身子骨兒越發得差了；可是誰叫出事的是顧家那個老太太，他們五、六十年的交情在裡面，怎麼能不去。

只是等到了顧家，那個場景還是讓他詫異萬分。

一進門他就瞧見鎮國將軍端著個盆子站在一邊，顧夫人和顧瑾容兩個左右站在老太君身邊，唯二坐著的就是老太君本人，和一個不認識的小姑娘。

「白家妹妹？」薛老太爺在路上聽顧靖翎說了一些病症，便特意用她出嫁前的稱呼叫她。

老太君抬眼，瞧見薛老太爺便慢慢站了起來。

「薛爺爺，您怎麼來了？」她一邊行禮，一邊還很不滿地瞪了顧靖翎一眼，只讓他去找薛家小子，怎麼將老爺子也找來了？

薛老太爺聽到這個稱呼，眼睛瞪得老大，一時間還反應不過來。他之前是聽說她記不清人了，但是既然還記得名字，那也還好，可是現在……

薛老太爺想起當年，那個肆意歡笑、敢愛敢恨的女子，如今竟然變成了這副模樣，眼睛一酸，老淚差點就下來了。

當年他們那麼要好的一群人，現在死的死、傷的傷，還有些是到死都不願意見自己，原本身體最硬朗的她也變成了這樣，這讓薛老太爺心中一陣蕭瑟，再過幾年，不知道會不會就這麼陰陽兩隔，再也見不著了。

「我……」薛老太爺不知怎的，說起話來竟是一陣哽咽。

老太君嘆了一口氣。「您這是在薛子清那邊受氣了吧，他那性子您還不曉得。」

這薛子清正好是薛老太爺的名諱，但是在老太君眼中，應該是站在一旁的薛行衣。

「唉。」薛老太爺嘆了一口氣，最終還是沒有說什麼，默默出了門。

顧夫人連忙叫人去一旁伺候著。

等薛老太爺走了，老太君終於高興了，衝著薛行衣揮揮手。「來來，你快過來，和我說說你又做什麼事了。」話語間還帶著一絲期待。

薛行衣雖然和年輕時候的薛老太爺樣貌上有五分相似，但是他們的性子卻是完全不同的。薛老太爺年輕的時候和一般京城的紈袴子弟沒有什麼不同，喜歡玩，性子又活潑，根本就坐不住，不過因為天賦好，所以頗受家中長輩的喜愛。可惜他偏偏又喜歡折騰，老惹那些長輩生氣，他以前身邊常常跟著一個能幹的書僮，給他收拾各種爛攤子，後來成親了，人倒是懂事了不少。

而薛行衣，他從小到大就是這麼一副波瀾不驚的模樣，別說哭，就是笑，也沒有幾個人瞧見過。

「沒什麼事。」薛行衣面無表情地往老太君這邊走了兩步。

「沒事你怎麼板著一張棺材臉啊！」老太君根本不相信，這薛子清的性子她還能不曉得，他喜歡晨妹妹也不是一天、兩天的事了，估摸著是想在她面前表現得沈穩些。但是大家都是一塊兒長大，一個書院出來的，還能不清楚他的本性！也虧得晨妹妹脾氣好，不去揭穿他。雖然她和薛子清關係更加好，但是她也還是覺得，那唐嵩文雖然性子沈悶了些，但是瞧著可比他靠譜多了。

而薛行衣聽到老太君這麼說，一下子就沒了話，他平日裡都是這樣的表情……

「小姐，要不先吃飯吧，都這個時辰了。」顧夫人在一旁見氣氛都僵了，連忙出來打圓場。那薛行衣的性子，你要指望他能說什麼話，和天方夜譚一般。

「晨妹妹，妳餓了沒，那咱們先去吃飯吧，吃完飯去騎馬。」老太君到現在都還沒有忘記騎馬這回事。

阿秀見顧家幾個人都在朝她使眼色，便笑著說道：「都聽姊姊的。」

老太君明顯很喜歡這個稱呼，拉著阿秀高高興興地往大廳走去。

雖然鎮國將軍府的格局和當年白家的格局不一樣，但是老太君並沒有察覺出異樣，畢竟她在這裡也已經生活了四十多年了。

「今兒個的菜是誰做的？」老太君一看這菜色，立馬就皺了眉頭，這滿桌的雞鴨魚肉，難道不知道晨妹妹的喜好嗎？

「我馬上叫人再做。」顧夫人被這麼一問，這才想起當年唐夫人是茹素的。

只是她去世了十幾年，再加上今兒個兩個孩子回來，所以她才以他們的口味為主。

哪裡想到這老太君會突然犯病。

「嫣紅，妳跟著我也不是一日、兩日了，這點事都做不好嗎？」老太君很是不滿地說道。

「我下次不敢了。」顧夫人嘴巴動了下，最終也沒有說出「奴婢」兩個字。

「姊姊妳不要生氣，我就喜歡吃這些，這天兒這麼冷，等一會兒就涼了，快點吃飯吧。」阿秀看到那滿滿當當的餐桌，眼睛都亮了，連忙勸著老太君快點吃飯。

「好好，既然晨妹妹喜歡，那就不換了。」老太君拉著阿秀先坐了下去。

顧夫人聞言鬆了一口氣，有些感激地看了阿秀一眼。

這孩子們好不容易回來，硬是被折騰得現在都還沒有吃飯呢！

「子清，你也坐下。」老太君示意薛行衣坐下。

「奼紫、嫣紅，妳們可以布菜了。」老太君再次皺了眉頭，今兒是怎麼了，這奼紫、嫣紅比平日木訥了不止一點點。

顧夫人剛嫁進來的時候，也不是沒有給作為婆婆的老太君布過菜，可是現在她還要給小輩布菜……

「姊姊，今兒我難得出來，妳就不要為難奼紫、嫣紅了，叫他們都坐下一塊兒吃飯吧，這菜這麼多，我們幾個也吃不完。」阿秀見顧夫人面色難看，怕事後遷怒到自己，連忙來救場。

「這下人怎麼能上桌？」老太君難得對阿秀帶了一些負面情緒。

「這不是難得嘛！」阿秀努力勸慰道，她原本就不擅長說這些，要是再不行的話，她就只能自己也不吃了，總不能為了一頓飯，將鎮國將軍這麼大的一家子都得罪了，那也太不划算了。

「既然妳這麼說了，那便坐下吧。」老太君最終還是妥協了。

在她看來，晨妹妹來找她本來就比較難得，而且前些日子，家裡已經開始為她說親了，等嫁了人，以後見面肯定就更加不容易了，現在既然她這麼說了，那她就順著她。

顧夫人坐下前，先招手將自己身邊的嬤嬤叫來，讓她去伺候顧小寶以及薛老太爺吃飯。那個嬤嬤也是顧夫人的親信，自然曉得現在的情況比較複雜，領了命就下去了。

整個大廳現在就只剩下了顧家一家子以及阿秀和薛行衣，一頓飯下來，也就老太君在說話。

好不容易吃完了飯，大家又開始心驚膽戰，就怕老太君說要去騎馬，還好飯後她說有些睏了，拉著阿秀去睡午覺了。

顧夫人他們算是暫時鬆了一口氣。

趁著老太君睡著了，阿秀連忙偷偷溜了出來。一出來，就發現門口圍滿了人，難得的，她剛剛在裡面，都沒有聽到一絲動靜。

「娘睡著了嗎？」鎮國將軍這麼一個大老粗，在說話的時候也是將聲音壓得極低，就怕將人給吵醒了。

「已經睡下了。」阿秀輕聲說道。

「剛剛麻煩姑娘了。」鎮國將軍衝著阿秀抱抱拳。

阿秀微微搖頭。

「有什麼話到屋子裡再說吧，這大冷天的。」顧夫人在一旁說道，對於阿秀剛剛的表現，她還是比較滿意的。之前她聽人說她不過是個鄉下丫頭，沒有想到進退還是很有禮數的，這讓顧夫人在驚訝之餘，也有些好奇她的出身，如果真的只是單純的鄉下姑娘，不可能有這樣的氣質。

「顧將軍。」阿秀見顧靖翎要走，便連忙出聲，只是這麼一個稱呼，讓鎮國將軍和顧靖翎都同時回過頭來。

一般在軍營，兩個人要是都在的話，那下面的將士就會叫「老顧將軍」和「小顧將軍」。

「請問唐大夫身在何處？」阿秀問道，自家老爹的蹤影，阿秀估摸著顧靖翎也不會知道，但是這唐大夫的，他應該不會不知道。

一聽到唐大夫，顧夫人和顧老將軍的面色都快速閃過一絲訝色，不過都被很好地掩飾起來。

「妳找他有何事？」顧靖翎餘光掃過自家父母，並沒有直接回答。

「之前他有借我一本醫書，我還沒有來得及還給他。」阿秀找了一個藉口。

只是阿秀這麼一說，顧家夫妻就更加詫異了。唐大夫在將軍府裡住了十年有餘了，每天都是冷著一張臉，也不說話，平時就待在自己的屋子裡。只是他們每月都會去看看他，這十來年過去了，他們之間說的話，兩隻手也能數得過來。

「唐大夫就在西苑，等一下我讓顧一帶妳過去吧。」顧靖翎說道，衝著鎮國將軍和顧夫人點點頭便快步走了。

顧夫人心中雖然有些想法，但是也知道顧靖翎的性子，要是這個阿秀不可信的話，他也不會答應得這麼爽快。

「吳嬤嬤，帶阿秀姑娘去休息吧，這大冷天的，別凍著了。」顧夫人雖然有些話想要問阿秀，但是又有些無從問起，索性就讓她先去休息了，反正來日方長。

「是。」吳嬤嬤應聲道。

「若是老太君病情沒有好轉，等一下還得再麻煩妳一番。」顧夫人說道，這老太君的病來得突然，去得也突然，但是現在她也不確定，這病情會持續多久。

「顧夫人客氣了。」

等顧夫人幾人都走了，阿秀便跟著吳嬤嬤去自己的屋子，這大冷天的，剛剛才在外面說了幾句話，她就覺得渾身都要凍僵了，要不是怕太失禮，她都恨不得裹緊了外套再抖上兩抖。

「阿秀小姐，您跟我往這邊來。」吳嬤嬤對阿秀的態度尊敬了不少。

「麻煩吳嬤嬤了。」阿秀雖然也意識到她的態度變化，但是卻沒有輕飄飄起來。這面子是別人給的，當然也能收回去，要看準自己的地位，不要忘其所以了，不然最後丟臉的還是自己。

吳嬤嬤見阿秀還是這副不卑不亢的模樣，心中忍不住讚許了一下。

「祖父說想要和妳談一下。」

阿秀聽到聲音，剛剛抬起的腳又落了回來，她這才意識到，薛行衣竟然沒有離開。

「薛少爺。」吳嬤嬤有些為難，這顧夫人下了命令，讓她將人送到屋裡去的。

「沒關係，我會和顧夫人解釋，一會兒工夫就夠了。」薛行衣只是淡淡地掃了吳嬤嬤一眼。

吳嬤嬤就覺得自己全身上下都有些涼颼颼的，應了一聲便跑了。

這薛行衣之前就到了，但是當時阿秀的注意力都在老太君身上，並沒有花太多的時間去看他，當時第一眼只覺得這個男人真俊美。而現在再細細一瞧，阿秀只覺得他不光只是俊美，完美的五官，白得有些透明的皮膚，相比較當年那個如女子般美麗的沈東籬，薛行衣身上又多了一絲不食人間煙火的感覺。

用比較惡俗的形容詞，那便是像神仙哥哥一般美好，特別是他身上正穿著一身青白色的長衫，明明是大冬天，但是他的打扮飄逸到讓阿秀各種羨慕嫉妒恨。

他這是真的不怕冷，還是只要風度不要溫度？

「往這邊走吧。」薛行衣指指左邊的走廊。

阿秀卻沒有動作，只是默默地看著他。

「怎了？」薛行衣的臉上並沒有絲毫的變化，靜靜地看了阿秀一眼。

「你穿這點衣服，真的不冷？」阿秀原本不想這麼八卦，但是她又想到這薛家是杏林世家，說不定有什麼補藥，吃了能不怕冷，她就厚著臉皮討要幾副，也免得出門那麼狼狽。

「不冷。」薛行衣搖搖頭，眼中難得閃過一絲疑惑，她就是為了問這個？

「你是有吃什麼補藥嗎？」阿秀努力讓自己的期待不要表現得那麼外在。

「無。」薛行衣再次搖頭。他是大夫，自然知曉「是藥三分毒」，沒事何必吃補藥呢，而且他並不認為自己虛弱到需要吃藥。這麼一想，薛行衣心中就有些怪異，她問自己是因為覺得自己看起來很虛嗎？

「哦。」阿秀很是失望地嘆了一口氣。「你祖父在哪兒，咱們快點去吧。」

薛老太爺在看到阿秀的時候，人一下子站了起來，繞著她足足來回走了三圈。「太像了，真的太像了。」

「像誰？」阿秀說道：「是老太君口中的晨妹妹嗎？」如果自己和那個晨妹妹沒有一絲相像的話，老太君也不會認錯人。

「不錯不錯，只是這性子……」薛老太爺摸著鬍子微微搖搖頭。

阿秀聞言，臉色微微下沈，她並不排斥被說成和誰像，但是她卻不喜歡薛老太爺現在的態度，好似自己的性格糟蹋了這張臉似的。

「妳家中還有何人？」剛剛他已經私下打聽過了，一般的情況他也已經知曉了。

「還有一個阿爹。」阿秀微微皺了一下眉頭，為什麼最近老是有人要問她家裡還有什麼人呢？難道她運氣那麼好，這一到京城，就遇到了知道自己身世的人？

「妳姓什麼？」薛老太爺繼續問道。

「我沒有姓，就叫阿秀。」阿秀答道，她倒是不會因為這個而自卑，沒有姓也不是什麼大不了的事情。

「聽說妳也懂醫，我也沒有什麼值錢的玩意兒，這個就送給妳吧。」薛老太爺有些失望，但是更多的卻是鬆了一口氣，從懷中掏出一張絹布，上面密密麻麻寫了字。

阿秀接過以後才發現是一個方子，也不是什麼治大病的，只是養身子的。

阿秀想著這薛老太爺大約也不是很相信自己的醫術，所以才選了這麼一個平穩的方子送給自己。她心中呵呵一笑，也不解釋，謝過了他便將方子收了起來；雖然這方子她並不大稀罕，但是這上面薛老太爺的印章可是值錢得很呢！

薛家第一人的印章……阿秀覺得自己的小金庫又要擴充了些。

薛行衣見薛老太爺一副若有所思的模樣，便輕聲道：「祖父？」這雪下得越發大了，再不回去，馬車要難行了。

「走吧，等過段時間再來看看吧。」薛老太爺嘆了一口氣，慢慢站起來，近年來，他的身子也不大行了。

「嗯。」

第四十七章　閨中密友

告別了薛家祖孫，阿秀拿著價值不菲的藥方便高高興興地出了門，她打算先去找顧一，讓他帶自己去找唐大夫。

鎮國將軍府比阿秀想像的要大得多，還好她找對了人，一問就問到了顧一在哪裡。

只不過她剛一進去，就瞧見裴胭也在裡頭，兩個人正在說著什麼話，她還眼尖地瞧見顧一的耳朵都泛紅了。

「顧大哥。」阿秀硬著頭皮喊了一聲，這種時候打擾人家好像有些不大厚道。

顧一瞧見阿秀來了，耳朵那處又紅了幾分。

「阿秀妹妹，妳怎麼來了？」裴胭倒是比顧一淡定不少，臉上根本沒有一絲不自在。

阿秀猜想著，難道剛剛裴胭是在調戲顧一，而且還不是第一次了？不愧是將軍府出來的女子啊！

「剛剛顧將軍讓我找顧大哥帶我去唐大夫那兒，我要拿書去還給他。」阿秀笑著和裴胭說道。雖然她現在和裴胭的關係不錯，但是也不能讓她覺得自己對顧一有什麼不該有的想法。

裴胭一聽，便笑著說道：「我曉得唐大夫住在哪兒，我帶妳去吧。」這將軍府人多嘴雜的，要是顧一和阿秀單獨從這邊走到將軍府的那頭，說不定明兒會被傳成什麼樣。

「那好，麻煩裴姊姊了。」只要有人能帶她過去，阿秀根本不在意這個人到底是顧一還是裴胭。

「這雪下這麼大……」顧一瞧了一眼裴胭，兩個小姑娘走這麼遠的路可不安全。

「也是，這雪下得越發大了，妹妹要不到我屋裡坐坐，等雪小了再去？」裴胭道，這唐大夫的院落實在是太偏僻了，現在去的話，等到了，鞋子都該濕了。

阿秀這才注意到外面的雪已經積得老厚，她因為剛剛走的是走廊，所以感覺還不明顯，頓時心中有些愧疚地道：「那就聽姊姊的，還書也不急在一時。」

「不如我送妳們過去。」顧一心裡想著要和裴胭多相處一會兒，但是單獨相處的時候，只要她離自己近點，他就忍不住面紅耳赤，要是有旁人在的話，就會好不少。

裴胭笑著睨了他一眼。

去的路上，裴胭好奇地問道：「阿秀妹妹，妳難道不覺得唐大夫老板著一張臉的模樣怪嚇人的嗎？」她小時候都被嚇哭過，就算現在年紀大了，也不敢去親近。之前她以為阿秀是男子，只當是她膽子特別大。

「沒有啊，我覺得唐大夫挺和藹可親的。」阿秀抬頭看了裴胭一眼，唐大夫怎麼說五官長得也是很不錯的，按阿秀的眼光看來也算是一個老年帥哥了。

雖然有些時候，唐大夫臉上的表情少了一些，但是在他的眼神中，卻讓阿秀感受到了善意；即便是最初他不願意搭理自己的時候，阿秀也沒有覺得他凶。當然，這也可能是因為潛在的血緣關係。

裴胭聽到這話，臉上閃過一絲難以置信。

從小到大，她覺得最嚇人的就是唐大夫了，特別是他盯著你的時候，裴胭覺得就是當年還沒有去世的顧老太爺，都比他和藹得多；可能是小時候被嚇哭有陰影，她現在看到唐大夫還覺得心裡發慌。

因為廚房高嬤嬤的囑託，阿秀和裴胭又往顧瑾容的屋子繞了一下。

她們進去的時候，顧瑾容正在練字，她的字和性格一樣，很是堅韌，字跡中透著一絲鋒利。

「小姐，這是高嬤嬤讓我送過來的燕窩粥，您快趁熱喝了。」裴胭將食盒放下，她和顧瑾容說話間透著一絲隨意和親昵，兩個人的感情明顯很好。

「妳先放一邊，我把這張字寫好。」顧瑾容並沒有抬頭，而是繼續寫著自己的字。

「小姐這字越發的好了。」裴胭一邊將燕窩粥拿出來，一邊用餘光掃著顧瑾容書桌上的紙。

「爹說我的字，太銳利了。」顧瑾容寫完最後一個字，慢慢放下筆。這樣的評論，對於一個女子來講，並非是讚揚。

「我倒是覺得挺好的。」裴胭在一旁說道，小姐不論是字或是能力，都不輸於男兒，相比較那些柔柔弱弱的閨中小姐，小姐要活得比她們精彩得多。

「妳呀！」顧瑾容忍不住輕笑一聲，又衝著站在一旁的阿秀點點頭。

「阿秀，聽說妳寫的一手梅花小篆，不知是臨得誰的字帖。」顧瑾容擦了一下手，一邊喝粥一邊隨口問道。

這阿秀的字，顧瑾容瞧見過一、兩次，是在顧靖翎的藥方中，當時只覺得那些字透著一股瀟灑勁兒。她一直覺得自己的字寫得比較隨意，特別是相比較於那些閨秀的中規中矩，但是這阿秀的字，裡面有著一種讓人無法模仿的自在。

「我阿爹隨便找來的字帖，我也不清楚是哪位。」阿秀估摸著那個字帖是自家阿爹自己做的。

阿秀畢竟不是真的孩童，在臨字帖的時候還是會帶上一些自己的性子，等到後來時間久了，也就演化成現在這樣了。她覺得，只要別人能看得懂，寫得好些還是不好些都無所謂。

「是嘛。」顧瑾容微微一笑，也沒有再追問。

都說這個阿秀出自鄉野，但是不管是學識還是談吐，都不像，偏偏近衛的調查是不會騙人的，這讓顧瑾容對阿秀的身世充滿了好奇。

而且字如其人，一個人的字可以反映一個人的內心，這個阿秀，她的內心可比自己要寬廣自由得多啊！

顧瑾容突然覺得有些羞愧，她一直以為自己活得很自在，不在乎別人是怎麼看的，現在想來，也不過是讓別人看她活得自在，心裡其實還是有諸多束縛……

大概睡了快兩個時辰，老太君這才幽幽轉醒。

在旁邊候著的是一直跟在她身邊的老人，碧嬤嬤，她是當年的陪嫁丫鬟之一，只不過她命不好，嫁的丈夫是個短命的，不過半年就守了寡；還好這鎮國將軍府也不嫌她晦氣，讓她繼續跟著老太君，因為沒有孩子，她便一心一意地服侍老太君。

「晨妹妹……」老太君慢悠悠地睜開眼睛，眼角有一滴濁淚慢慢滑下。

碧嬤嬤在一旁瞧著連忙朝站在旁邊的丫鬟使了一個眼色，示意她們快去將那個姑娘再找回來。

「小姐。」碧嬤嬤有些忐忑地喊道。這個稱呼是沒有錯，但是自己現在變得那麼蒼老，要是老太君還沒有緩過來的話，說不定也記不住她。

「是阿碧啊。」老太君用手輕輕把眼角的那滴淚擦掉，悠悠地嘆了一口氣。「我剛剛作夢夢見晨妹妹了。」

「宋小姐在天之靈知道小姐您這麼念著她，也會開心的。」碧嬤嬤上前將老太君扶坐起來，給她在背後放了一個枕頭，免得她不舒服。

「在夢裡，晨妹妹還是那麼年輕，可惜我已經老了，我們還說好了一塊兒去騎馬。」老太君再次嘆了一口氣。

自從宋玥晨去世以後，她已經很長一段時間沒有夢到她了。不知道為什麼今兒偏偏就夢到了，而且還那麼的真切，好似她一直都沒有走，笑咪咪地看著自己，叫著自己「白姊姊，姊姊……」

她自己不是沒有妹妹，嫡親的，或者是庶妹，但是沒有一個讓她這麼在意，她對自己也是真的好。

自己女紅極差，當年她們是同一年成親，晨妹妹怕自己繡不好嫁衣，就每天過來陪她一起繡，就怕她坐不住。而且還要從旁教自己怎麼繡，因為出來時間太長，晨妹妹還被宋夫人罵了好幾次，晨妹妹那麼嬌柔的一個女孩子，卻從來沒有因為這件事情哭過。

後來，她的嫁衣反倒比晨妹妹的先繡好。

她知道嫁衣對一個女子的重要性，晨妹妹從來沒有想過幫她繡，卻一直在旁邊安撫她當年容易暴躁的心，要是自己扎到了手，晨妹妹總會比自己還要難過幾分。

當她穿上那身嫁衣的時候，她的親娘都覺得有些難以置信，原本都打算讓繡娘在旁幫忙了。

只是這麼一個美好的女子，卻早早離世了，自她去世，她便厭了那些交際，寧可在自己的屋子裡吃齋唸佛，就當是為了她的晨妹妹。

「必然是日有所思，夜有所夢，不如等天氣好了，我陪著小姐去清靈寺上個香？」這個清靈寺並不是京城最大的寺廟，但是香火極旺。

老太君當年特意在那裡給宋玥晨安了一個長生牌，每月都會找時間去看看。

「如此，也好。」老太君撫了一下胸口，之前因為身體原因，也有一陣子沒有去了。

「外面雪也停了，奴婢給您去摘枝梅花來吧，放屋子裡染點香味。」碧嬤嬤笑著說道，她見老太君因為夢見了當年的宋小姐，一副神傷的模樣，心中也是感慨萬分，這小姊妹感情這麼深的，也就獨獨這一對了。

「也好，對了，我記得阿翎回來了吧，那老倔頭是不是也回來了，聽說之前還受傷了，妳等一下去瞧瞧。」老太君道。

「是。」碧嬤嬤應道。

這老倔頭說的便是宋小姐的夫君唐嵩文，也就是唐大夫。當年唐家大火，因著是「那人」下的命令，大家心中惋惜，卻沒人敢插手；只有老太君，當時逼著鎮國將軍從唐家的地道進去救人，只是也就救下了一個唐大夫。

因為宋小姐的緣故，老太君對著唐大夫也是多番寬容；再加上這唐大夫也是一個癡情種子，當年宋小姐去世，旁人勸他續弦，他就是不答應，抱著宋小姐的牌位過日子。後來，因著唐家遭了難，這唐大夫整個人都消沈起來。

碧嬤嬤心中又長嘆了一聲，也是個可憐人。

「娘，您醒了？」顧夫人和鎮國將軍走了進來，他們剛剛聽下人說老太君一醒來就念叨著「晨妹妹」連忙趕了過來，不過瞧著她現在的模樣，並不像發病。

「你們來了啊，阿翎呢？」老太君瞧了一眼，有些失望，這孫子回家，也不曉得先來瞧瞧她這個祖母。

「娘您忘了嗎，阿翎進宮覆命去了。」顧夫人一邊回答著，一邊暗暗鬆了一口氣，瞧這架勢，應該是緩過來了。

「哦，我不大記得了。」老太君用手捏了一下眉心，她對這事完全沒有印象。她只記得之前他們還說著阿翎要回來了，她想著也有一陣子沒有出去了，便打算去見見孫子，可是這一覺醒來，怎麼他就進宮去了？

「小姐，您這午覺啊，睡得太久了。」碧嬤嬤從一旁給老太君按摩起穴位來。

「午覺？」老太君更是疑惑。「現在不是早上嗎？」看外面的天色，也像是剛剛泛白。

「娘，現在都快申時了，過一會兒阿翎就該回來了。」顧夫人在一旁笑著說道。

「都這麼遲了？我睡了有多久啊？」老太君有些難以置信，自己就是睡午覺，一般也不過小半個時辰，怎麼一覺醒來就這麼晚了？

「您今兒睡了快兩個時辰，奴婢還想著您要是再睡下去說不定就能直接用晚膳了。」碧嬤嬤一邊說笑著，一邊手下放輕了一些力道。

「原來睡了那麼久啊。」老太君好似也回想起了一些事情。「我剛剛好像和阿翎一起用了午膳。」

顧夫人笑著點點頭，但是眉眼間卻帶著一絲緊張，不知老太君會不會想起一起用膳的那個和唐夫人長得極像的姑娘？

「我怎麼記得我……」老太君說到一半，卻沒有再說下去，和晨妹妹吃飯，那想必只是夢吧，可是為什麼卻那麼的真實？

「奶奶。」顧瑾容帶著裴胭和阿秀匆匆趕來，她也是聽了下人的傳話，連忙將阿秀拉上了。

老太君笑盈盈地看向顧瑾容，但是目光在觸及到阿秀的面容的時候，整個表情都僵在了臉上。

「晨妹妹……」她喃喃道。

在場的人都一臉緊張地看著老太君，就怕她又犯病了。

「妳叫什麼名兒？」老太君在經歷了最初的震撼以後，心情也慢慢平復了下來。她比任何人都清楚，宋玥晨已經去世那麼多年了，這個人不可能是她……

只是這個年紀，難道她是晨妹妹的轉世嗎？

「回老太君，我叫阿秀。」阿秀輕聲說道。她並不是很意外，老太君忘記了自己，畢竟她年紀那麼大了，還有老年癡呆……

「今年幾歲了？」老太君很是和顏悅色地問道，還不忘招呼她走過來。

越是走近，老太君就越是覺得她和宋玥晨像，如果說粗看是五分相似，但是細看的話，足足有八分像，那雙眼睛，那個鼻子，都跟她的晨妹妹如一個模子裡刻出來一般。

阿秀長得像酒老爹，而酒老爹又長得像唐夫人……所以當時她一到藥帳，就被生病的唐大夫拽著手不放了。

「剛剛十三歲。」阿秀老實回答道。

「長得怪招人喜歡的。」老太君用手摸摸她的腦袋，她一開始以為阿秀才十一歲，沒有想到已經有十三歲了。她的晨妹妹去世已經快十五年了，這麼一算，老太君越發肯定了，這個姑娘就是宋玥晨的轉世，她出現在這裡，肯定是因為老天知道她念著晨妹妹。

顧夫人見老太君這麼喜歡阿秀，便笑著說道：「娘您別看這阿秀年紀小，她還是阿翎的救命恩人呢！」她說這話，也不過是順水推舟罷了。

「小小年紀就有這樣的能力，真是難得。」老太君因為認定了她是宋玥晨的轉世，對她怎麼看怎麼順眼，特別是她耳尖的那顆小紅痣，讓老太君更加確信了自己的想法。

「老太君謬讚了。」阿秀用餘光看了一下顧夫人，不知她為什麼要在老太君面前這麼誇自己。

其實顧夫人也不過是希望老太君能安度一個晚年，既然她喜歡阿秀，那自己就順著她多誇誇阿秀。

第四十八章　突然一刀

因為有老太君的寵愛，阿秀一日之內就變成了將軍府的新貴，就是那碧嬤嬤看到阿秀，也都是笑盈盈的。

顧夫人更是直接下令下去，這阿秀姑娘日常的用度就參照大小姐的，這是何等的厚愛！阿秀反倒是有些不自在了。

還好她平日裡都跑去找唐大夫，唐大夫住在將軍府最為偏遠的院落裡，那邊只有唐大夫和一個啞僕。這唐大夫平時話又少得可憐，整個院落好似沒有住人一般，所以阿秀一躲到那邊，就少了很多打擾。

她和唐大夫關係那麼好，那些下人看她的眼神也有些怪怪的了，總透著一絲敬畏。

這些日子指導阿秀，唐大夫會先說個病症，讓阿秀寫方子，然後他再修改。

「妳可聽說，太皇太后生病的事？」唐大夫用筆將阿秀寫的方子稍微改動了一處，狀似無意地說道。其實他得知顧靖翎要將阿秀帶回來的時候，他心裡就知道是什麼原因了。

太皇太后的毛病不是一天、兩天了，他十五年前就知道她會有現在這麼一天，只是那個時候她的病他能治，但是病情發展到了現在，他也沒有法子了。

雖說現在朝廷都在秘密尋找神醫，只是這薛家人都治不好的毛病，一般的民間大夫哪裡能治得好，他不想阿秀踏入這個漩渦中。

「不知道。」阿秀搖搖頭，她原本就生活在鄉下，資訊封閉，再加上她在軍營那麼久，就更加不可能知道了。

「這次顧靖翎會將妳帶到京城來，估摸是為了這件事情，妳最好先想好理由拒絕。」唐大夫說道。

雖然是關心人的話，但是他就是有本事將話說得硬邦邦的，不知道的，還以為他是在威脅人呢！

還好阿秀知道他是個面冷心熱的，面僵也不是他所願。

「這其中有什麼玄機嗎？」阿秀有些好奇地問道。

她之前就想著這顧靖翎這麼熱情地邀請她一起上路，說不定是有什麼目的，但是之後也沒見他提起來，只當是自己以小人之心度君子之腹了。果然，她是沒有看錯他啊！

「當今聖上不過黃口小兒，滿朝文武真心臣服能有幾人。」

阿秀點點頭，她知道這小皇帝是今年剛剛登基的。

只是這唐大夫這麼說當今聖上，未免也太無禮了吧……

不過她也聽懂了他話語中的深意，這太皇太后地位不一般，如今她生病了，不管是誰去醫治，都要承擔不小的風險。她就知道這顧靖翎不是什麼好玩意兒！

「唐大夫，您這地方也怪冷清的，要不您跟著我一塊兒出府得了，反正您也算是我半個師父了，而且我也有不少的私房錢，足夠我們吃飯生活。」阿秀開著玩笑說道。

雖然她語氣比較輕鬆，但是話卻是真的，她想帶著唐大夫離開。

唐大夫微微一愣，鼻子頓時一酸，卻沒有馬上點頭答應。

「有些事情還沒有解決，我還不能走。」這顧家也算是自己的救命恩人，他不能就這麼離開，而且他之前和那不孝子說好了，在將軍府等他半個月。

「那好吧。」阿秀有些失望，那是不是意味著她還得在這兒再待一段時間。倒不是說她討厭這顧家人，也是因為這老太君對她太好，她怕自己到時候對這裡真有了感情。

「有些事情，上天都已經做好了安排。」唐大夫輕輕拍拍阿秀的腦袋，就好比十年後，他們還會相遇……

在唐大夫那邊又待到天色漸黑，阿秀這才慢吞吞地走了出去，果然已經有僕人候在了那邊，就等著她出來，請她去用晚膳。

對於阿秀喜歡親近唐大夫，老太君是喜聞樂見，而且老太君也聽說了這唐大夫對阿秀的態度不一般，心中就更加認定了她就是宋玥晨的轉世，對她越發親切。

大概是心情比較愉悅，她這段日子倒是一直都沒有發病。

因為有阿秀的存在，老太君這段時間很是難得的，每日都和家裡人一塊用膳。

「阿秀啊，妳有時間不要老窩在那老倔頭那邊，小姑娘要多出去玩玩。」老太君說著朝顧瑾容使了一個眼色。

這阿秀到京城都有四、五日了，連一次都沒有出去過，雖然現在天冷，但京城也有不少可以去的地方，每天悶在將軍府裡，要是悶出病來可怎麼著。

顧瑾容接收到老太君的眼神，笑著說道：「奶奶說的對，阿秀，明兒我帶妳出去瞧瞧吧，咱們去外面吃早飯，妳肯定沒有見過那早市。」

「那就麻煩顧姊姊了。」阿秀輕聲說道。

之前她叫顧瑾容還是叫顧小姐，但是因為老太君喜歡她，就讓她改口叫了顧姊姊，不然，可不是什麼人都能隨便叫顧瑾容一聲姊姊的。

「那明早我叫胭兒來找妳，咱們一早就出門。」顧瑾容原本以為還要費點口舌，沒有想到阿秀竟然這麼好說話，這實在是有些出乎她的意料。

其實她一直有些摸不準阿秀的脾氣，要說她不愛金錢，但是她又處處和阿翎計較醫藥費；要說她不愛攀附權貴，但是哄起老太君來，不過是三、兩句話的工夫。這讓顧瑾容有些茫然，這阿秀的本性，到底是怎麼樣的？

「那等一下去帳房支二千兩銀子，明兒喜歡什麼就買下來啊，容兒，妳帶著阿秀去做幾套好看的衣服，這老穿妳們的舊衣服像什麼樣子。」老太君說道。

「奶奶，阿秀也是我的朋友，我要招待自己的朋友，怎麼能用您的錢。」顧瑾容不依道，而且這二千兩，也未免太多了些，要知道她這個將軍府嫡親大小姐，每個月的月例也不過十兩銀子……這老太君對阿秀如此大方，顧瑾容心裡都有些小小的吃味了。

「好好好，那就當是奶奶補貼妳們的，妳看中什麼也只管買。」老太君笑呵呵地說道。

「前幾日就專門找了繡娘給阿秀量了身材，明後日那衣服就該送過來了，這外面的店哪有府中繡娘的手藝好，要我說，不若買些樣式好看的成衣，隨便穿穿，不喜歡了就直接丟了。」顧夫人笑著插話道。這小姑娘都是要好看的，那繡娘雖然繡工好，但是衣服的樣式遠遠比不上外面那些成衣店的。

「這個倒是不錯，我當年也喜歡穿成衣店裡面的衣服，樣式好看多了，不像家裡做的，做來做去都是那一些樣式，一點兒新意都沒有，難怪那些成衣店的生意越來越好了。」老太君在一旁贊同道。

她年輕的時候就喜歡和晨妹妹去買那些好看的成衣，要不是那些衣服布料登不得檯面，哪裡還有那些繡娘的用武之地。

「這天兒冷得快，容兒等一下再去庫房給阿秀領一個圍脖，就是去年阿翎獵來的白狐皮毛，我記得有做一個圍脖還有一對護手，妳到時候就去拿那個，比較保暖，阿秀是南方來的，肯定受不得凍。」顧夫人很是關心地說道。

那白狐比較罕見，去年顧靖翎獵了一頭，不知道被多少人眼饞著，特別是那些大家小姐們，可惜顧瑾容身體好，又不怕冷，就是做了護手或是披肩也無用。這毛色又不大適合顧夫人這個年紀，便放置在了庫房，原本想等著裴胭生辰，打賞給她，沒有想到現在來了一個怕冷的阿秀，正好可以用上。

老太君見顧夫人想的如此面面俱到，眼中閃過一絲滿意。自己這媳婦兒雖然只給將軍府生了三個孩子，又不准許老大納妾，但是待人處世以及心性那都是極好的。

阿秀聞言，連忙在一旁道謝。

「這毛色倒是很襯妳。」顧瑾容將阿秀打量了一番，之前倒沒覺得，現在稍微打扮一番，這阿秀其實長得也挺好看的，再加上戴著皮毛，整個人都顯得軟乎乎的。

「還得謝謝顧夫人的慷慨。」阿秀一摸到那皮毛的時候，就知道這圍脖和護手絕對不是一般的貨色。

「那妳等一下可以給我娘買些小玩意兒，她就喜歡那些，不過因為礙著身分，不好出來買。」顧瑾容笑著說道。

阿秀微微一愣，這才笑著說道：「好。」

「咱們京城啊，不管什麼時候都繁華得緊，也沒有什麼人敢鬧事，天子腳下，自然是不一般。」裴胭在一旁說道，話語間帶著明顯的自豪感。她不是因為身為京城人而自豪，而是因為這京城的護衛隊是將軍府調教出來的，現在國泰民安，她自然要自豪一番。

裴胭話音還沒有落，就聽到有人大聲喊了一句。「那邊有人打架啊！」

裴胭俏臉一紅，這絕對是赤裸裸的打臉。以往她出來的時候，根本就沒有打架事件，偏偏她在阿秀面前表現的時候，卻發生了這樣的事情，這讓她一時之間，實在是有些下不了臺。

「我們去看看吧。」顧瑾容出聲道。她們三個現在坐在馬車裡，要是不下去的話，根本就看不到什麼。

一方面是為了給裴胭解圍，另一方面她也實在好奇，誰敢在這個地段鬧事。

「小姐。」在外面趕車的僕人聞言，將車趕到人比較少的地方，這才讓她們下來。

這顧瑾容可不是一般的大家小姐，發生這樣的事情，別家小姐大概是要連忙避開去，但是顧瑾容，卻是往上面湊的，顧家的下人，哪裡敢攔她。

拉上一臉興致勃勃的裴胭，以及有些好奇的阿秀，三人便下了車。這地方離將軍府那麼近，她們倒是不擔心有人敢在這個地方對將軍府的人不利。

「前面發生什麼事了啊？」裴胭隨便問了一個圍觀的婦女。

那人轉頭一看，就瞧見裴胭那張嬌豔的面孔，頓時白了一眼。「妳自己不會看呢！」

這黑胖醜對白富美的仇視，完全不需要理由。

裴胭面色一僵，本來就不大好看的臉色更加沈了些。

阿秀拉了一下裴胭的手，讓她不要生氣，自己則柔聲問道：「這位姊姊，那邊是發生了什麼事情嗎？」相比較裴胭，阿秀的長相很是無害。

那個婦女看到阿秀，便解釋道：「聽說一開始是有一個書生，在這邊賣字畫，掙點盤纏。原本是好端端的，不知道怎麼的，今兒被那太師府的小公子瞧上了，這太師府的小公子可是男女不忌，要真的跟他回了府，這日子算是到頭了。」說完還「嘖嘖」了兩聲，表示了一下惋惜，不過這其中的八卦意味比惋惜要多不少。

裴胭聽到這婦女說話如此直白，俏臉一紅，忍不住望向阿秀，她應該聽不懂吧。

事實上，阿秀一下子就聽懂了，心中忍不住感慨，原來這裡也有龍陽之癖啊！

她以前就曉得強搶民女，沒有想到如今還有這運氣瞧見強搶民男呢！

幾個人正說著話，那邊就爆發出一聲淒厲的叫聲。「爹，爹您怎麼了！」

因為聲音中帶著的悲痛過於真實，阿秀幾個都忍不住往裡面瞧去。

這顧瑾容和裴胭雖然不屑於做擠來擠去的事情，但是也實在好奇裡面發生了什麼，特別是又涉及到了太師公子，幾個扭身，就帶著阿秀擠到了最裡面。

阿秀還沒有回過神來，就發現人群都到了她身後。

因為前面沒有了遮擋物，阿秀便注意到躺在地上的那個人，面色蒼老，看起來起碼有五、六十歲，而被人挾持著的那個少年，不過十七、八歲，他長相柔和，再加上年紀不大，還真有一番風味在其中。特別是他紅著的雙眼，哀傷和憤怒的眼神，讓人瞧著很是楚楚可憐。

阿秀現在算是明白了，這紈袴怎麼就瞧上他了。

顧瑾容瞧著地上的小老兒都快沒氣了，便忍不住出聲道：「喲喲喲，王貴生，你這是又在給你爹爹打響名號呢，就怕誰人不知王太師？」這王太師地位崇高，她卻是不怕的。

那紈袴原本還一臉得瑟，但是在看到顧瑾容以後，臉色一僵問道：「妳怎麼在這裡？」要說這顧瑾容，他還真不能說不怕，他雖然不爭氣，但是一般人可不敢在他爹那邊告狀，但是如果是她的話……王貴生覺得自己一頓家法是跑不了了。

顧瑾容冷笑著說道：「我怎麼不能在這啊，既然你敢在我家門口幹這種齷齪事，我以為你就是幹給我瞧的啊！」

王貴生這才意識到這條街離將軍府還真不遠，頓時就有些心虛，但是當著這麼多人的面，他又不能示弱。

「你還不把人放開，你看那老頭兒都快沒命了，要是真出了人命，你爹可不會保你。」顧瑾容說道。

這王貴生雖然是王太師的小兒子，但是這王太師可不是只有一個兒子，而且他為人嚴謹，平時剛正不阿，官聲還是不錯的。王貴生要真鬧出了人命，第一個將他送到官府的，肯定就是王太師自己了，他可不會為了一個兒子，將自己多年的官路都毀了。

王貴生被顧瑾容這麼一說，頓時就有些慌了，特別是他看見那小老頭仰著脖子張開嘴巴，不停地大口吸氣，雙手不住地在四周抓來抓去，一副就要喘氣不過來的樣子。

他連忙讓人放了那個書生，自己拋下一句。「這可不關我的事情！」就帶著狗腿子們跑了。

他也不想想，要是這對父子真出了什麼事情，那麼多雙眼睛看著，他以為他跑得了？

「爹，爹，您怎麼了？」那書生一下子撲過去，抱著那小老頭哭得傷心。

他原本就是在這邊賣賣字畫，想著等科舉成績出來了，要是沒有中，就正好用賺的錢做回去的盤纏，沒有想到招來了這樣的禍端。都怪自己太迂腐，剛剛和那公子好好說話不就好了，不就是陪幾個笑臉的事情，如今卻害得老父要賠上一條命。他從小沒有娘，都是老父將他養大，供他讀書，現在他都還沒有讓他享福，他卻為了自己……

他正想得悲從中來，卻聽到耳邊傳來一個清冷的聲音——

「能讓我看看嗎？」

書生轉身一看，是一個小姑娘，看這打扮，應該是有錢人家的女子，心想她是看自己可憐，要幫他厚葬老父嗎？

「你沒發現你抱著他，他更加呼吸不上來了嗎？」阿秀沒有好氣地說道。這人都還沒死呢，哭哭嚷嚷的像什麼樣子！而且這男人未免也太弱了些，只知道哭，難道不知道將人送醫館嗎？

「我……」那書生聞言，低頭一看，果然父親的嘴唇都已經變成紫色了，頓時眼淚掉得就越發厲害了。

「別哭了，一個大男人，怪難看的。」阿秀仍舊沒有好氣地繼續說道，雙手從毛茸茸的護手裡面拿出來。這京城的天氣實在是太冷了，剛剛將手拿出來，阿秀就覺得手上的皮膚一緊，不過救人比較重要，冷一點也就冷一點吧。

「妳要幹什麼？」書生含著眼淚，一臉迷惘地看著阿秀。

「看病。」阿秀說著將那老人的棉衣扯開，對比了一下，果然左側的胸部要比右側的飽脹不少，再叩診了一下，果然是呈高度的鼓音，這麼一來她差不多可以確診了，知道是什麼毛病。

而那書生見阿秀並不用傳統的望聞問切，而是做一些他看不懂的動作，頓時就急了，這真的是在看病嗎？

顧瑾容和裴胭雖然知道阿秀是大夫，但是她現在給人看病的手法未免也太奇怪了吧，都不用把脈嗎？

「顧姊姊，妳把妳身上的匕首借我一下吧。」阿秀衝著顧瑾容說道，因為是在看病中途，她的神色比較嚴肅，臉上也不見什麼笑意。

「給妳。」顧瑾容雖然覺得奇怪，但還是將匕首借給了阿秀，她心裡也很好奇，看她接下來要做什麼。

因為病人的情況比較危急，阿秀現在也來不及做什麼消毒工作了，她先在眾人目瞪口呆的注視下，將那老頭兒的內衫劃了一刀，這顧瑾容的匕首果然鋒利，不過一下，衣服便裂成兩半。

先不說這男女有別，光這大冷天的，把人家衣服都給用刀劃開了，多少是有些不成體統的，還好那些路人雖然愛看八卦，但是這個時候卻沒有什麼人說閒話。

倒是那書生，看著阿秀的動作，心中一陣緊張，有些結巴地說道：「妳、妳這是要作甚！」為什麼他有一種不好的預感？

「救人。」阿秀簡潔地說了兩個字，直接用手先在他身上找了一下位置，然後匕首快狠準地往左鎖骨中線和第二肋間隙的交界處刺進去，因為速度太快，大半的人甚至都還沒來得及反應過來。

顧瑾容將她的動作看得真切，心中立馬吸了一口涼氣，阿秀她真的是在救人，而不是殺人嗎？

大概是場面過於震撼，一時間，一片鴉雀無聲。

這正好如了阿秀的意，她慢慢感受到匕首受阻以後，輕輕地一叩，她心中一鬆，知道匕首已經順利地刺進了胸膜腔，然後反手又快速將匕首拔了出來。隨著匕首的拔出，阿秀剛剛刺的那個傷口處快速沖出一股氣體，帶來一聲輕響，阿秀這下算是徹底放下了心。

隨著那氣體的消逸，那老人左胸的腫脹也在慢慢地消退，他的氣色也好看了些。

原本要撲上去讓阿秀償命的書生，看到自家父親的呼吸比之前平穩了些，頓時臉上一紅，他意識到自己剛剛誤解了她；還好沒有做出什麼衝動的事情來，不然那就不光是丟人現眼，而是恩將仇報了，他也就枉讀那麼多年的聖賢書了。

不過半炷香的工夫，那老人的呼吸已經趨於平穩，臉色也慢慢正常起來。

「謝謝，謝謝妳！」那書生原本只是輕輕地說，慢慢的聲音越來越低，身子都匍匐在了地上，到了最後，聲音都哽咽了，整個人都趴在了地上。他以為，他會失去自己最後一個親人。

「神醫啊，這小姑娘竟然是神醫！」

旁邊的路人瞧著那老頭兒氣色呼吸都慢慢平穩了，頓時都鼓起掌來，他們平日裡哪裡瞧見過這樣驚心動魄的治療手段，而且瞧這小姑娘的年紀，不過十一、二歲，竟然有這樣的能力，實在是讓人不得不佩服啊！

「好了好了，不要趴地上了，快點送你爹去醫館，我現在只是急救了一下，剩下的還得去找大夫。」阿秀頓了一下以後，從懷裡掏出一張面額五十兩的銀票，有些肉痛地塞到那書生手裡。「找家好一點的醫館，這病拖不得。」

那書生眼睛一熱，眼淚又要掉下來，憋了好久這才憋回去，在地上衝著阿秀重重磕了一個頭。「謝謝姑娘救命之恩。」

阿秀一開始只當他是一個迂腐的書生，現在看到他這副模樣，心中微微一熱。

雖然在阿秀看來，這個男人過於軟弱了，但是他對他父親的愛是真心的，就這點，足夠阿秀對他另眼相看。

「你等一下。」阿秀說著從書生原本的攤子上拿了紙筆，在上面快速寫了一番。「若是那大夫治不好這病，你可以嘗試一下這個方子。」說完又掏出一張五十兩的銀票。「這病要好好調養，你帶著你爹找個屋子住下吧，等好了再說。」

她這是第一次給人看病還倒貼啊，而且一下子就貼出去一百兩，阿秀覺得現在已經不光是肉痛了，心也好痛。

「多謝姑娘救命之恩，秦若無以為報，請問姑娘芳名，等秦若有了錢，一定馬上給您送過來。」雖然這一百兩銀子對於他來講是一大筆鉅款，但是他並不會就此逃避。

在他心中，父親的生命是無價的。

「你要是有能力還了，就去鎮國將軍府找我吧。」阿秀自己是從窮人努力過來的，倒也沒有瞧不起他，每個人的命運都不是隨便就能判定的。

「嗯。」秦若又重重地對著阿秀磕了一個頭，便要將他父親揹起來，可惜他不過是個讀書人，哪裡來的力氣。

「我這邊有平板車，放上面推過去吧。」還不等顧瑾容叫家中奴僕過來幫忙，就有好心的人上前來搭手了。

這秦若在這邊擺攤子也有幾日了，怎麼說也算認識的，而且他們也十分同情他的遭遇。都說讀書人迂腐，沒想到他會為了自己的老爹跪一個女子，旁觀的人多少也有些觸動。

「多謝這位大哥。」秦若說著朝那人作了一個揖。

沒一會兒，幾個人護送著秦若父子去了醫館。

阿秀和顧瑾容這才離開。

「多謝顧姊姊的匕首。」阿秀將匕首用手絹擦乾淨，這才還給顧瑾容。一看剛剛那個匕首的明亮度，阿秀就知道這個匕首肯定是顧瑾容的貼身喜愛之物。

「沒事。」顧瑾容說著將匕首揣入懷中。

剛剛阿秀的行徑讓顧瑾容都嚇了一大跳，一開始只當她是要用匕首將衣物除掉，去觀察胸口的病情，但是萬萬沒有料到，阿秀竟然會將匕首直接插進去，她難道不怕反而將人刺死了嗎？這樣可是要吃上官司的。

而且這眾目睽睽之下，就算有將軍府給她做後臺，那以後的日子……

「妳剛剛怎麼會有那麼大的勇氣？」顧瑾容問道。

如果是殺死一個人，那麼隨便往胸口插一刀就好，顧瑾容自己也能做到，但是這一刀下去，是為了救人……

顧瑾容記得剛剛阿秀抿著嘴，臉上卻不見一絲緊張，手也很是平穩，以她這樣的年紀，是什麼讓她有這樣的心性？

顧瑾容好像能夠理解了，為什麼她能寫出那樣的字來，她的確比自己強。

「因為我沒有想過失敗。」阿秀說這話的時候眼睛閃亮，相比較穿越過來才接觸到的中醫，西醫才是阿秀真正有底氣的一門技術。這個動作她曾經做過很多次，只是那個時候是大針筒，而現在是匕首，說不緊張是不可能的，但是她對自己卻有極大的信心。

「剛剛妳明明能自己開方子，為什麼還要讓他們去醫館呢？」裴胭在一旁眨巴著眼睛問道。她是知道阿秀的出身的，她沒有想到她出手竟然這麼大方，一百兩眼睛不眨地就送出去了。她哪裡曉得，這阿秀眼睛不眨，是為了再多看那兩張銀票幾眼。

「我只是在醫書上面有瞧見過這樣的方子，但是卻一次都沒有用過，所以還是讓他們找醫館更加保險，畢竟這不是什麼小病。」阿秀微微笑了下，臉上難得多了一絲不自然。

如果不是後來秦若的表現，阿秀並不會寫那個方子。在她看來，自己寫的方子，自己就要負責；若不是他對父親的那種感情，讓阿秀有些動容，她不會再多此一舉，而且又多送出去了五十兩。

這話對於阿秀來講是大實話，但是在裴胭和顧瑾容聽來，這絕對是謙虛，連剛剛那麼驚險的事情，她都敢做，難道還怕開一個方子?!

她們更加的是覺得，阿秀是不願意出這個風頭，對於她這麼內斂的性子，她們還是很欣賞的。

「阿秀，妳和我說說，剛剛那老人家到底是什麼毛病啊，怎麼刺了一刀反而好了呢？」裴胭很是好奇地問道，她從來沒有聽說過有這樣的病。

「比較簡單地說，就是肺和胸腔連接的那個地方有了一個小裂縫，肺裡面的氣就跑到了胸腔，這人呼吸就困難了，得先把氣給放一放，這樣才能緩過來。」阿秀努力用比較通俗的語言解釋。

裴胭雖然聽著有些一知半解的，但是多少也聽懂了一些，點點頭問道：「那那個裂縫該怎麼辦呢？」

「這個就得靠用藥和調養了。」所以剛剛阿秀才會給他那麼多錢，看他們父子的模樣，肯定沒有什麼錢，這病至少得調養半月。

「阿秀妳年紀這麼小，怎麼懂得那麼多？」裴胭眼睛睜得大大，一眨不眨地看著阿秀，以前她只聽軍營的將士說過她醫術很好，還有顧一也曾經誇獎過她，但是這麼當面見識的，那絕對還是第一次，卻還是讓她震撼一番。

「術業有專攻，我不過就是在這方面懂得多了些，裴姊姊妳的女紅和廚藝，可比我強太多了。」阿秀實話實說，她一直都不覺得，自己比別人厲害什麼，倒是那些能做出各種美味料理的人，才是她真正佩服的。

不管是裴胭還是顧瑾容，聽到阿秀說這話，心中對她的好感又多了幾分。一個這麼有能力的人，卻還懂得謙虛，這是相當難得的。

「這邊的氣氛都被那王貴生給破壞了，咱們換條街去瞧瞧吧。」顧瑾容笑著說道，輕輕挽著阿秀的手，眉眼間又多了一絲親密。

「聽顧姊姊的。」阿秀倒是無所謂，反正哪條街她都沒有逛過。

等她們走遠了以後，旁邊的一家酒樓上面就露出一張光滑白嫩的臉，衝著她們的背影又瞅了好幾眼，這才轉身說道：「主子，這人倒有趣得緊呢！」

「嗯。」說話的那個男聲，卻隱隱帶著一絲彆扭。

第四十九章 陌生正太

「阿秀妹妹，咱們要不要進去看一下，快過年了，這布莊裡面肯定新進了不少的布料，而這家錦繡布莊是全京城最好的布莊了，除了那些貢品，只要妳說得出的布料，那裡面都有。」裴胭撩開布簾的一角，指著不遠處的一家店面說道。

阿秀順著裴胭的手指看去，那家錦繡布莊的門面很是氣派，再看著門口來來往往的客人，生意那是極好的。

「這裡面的成衣也不錯，阿秀妳可以去看看，試一下。」顧瑾容在一旁說道，相比較裴胭興致勃勃的模樣，顧瑾容就顯得平淡得多。

「那就去看看吧。」阿秀對漂亮的衣服並沒有多大的感覺，她似乎已經過了那樣的年紀，相比較之下，她其實更加想逛的是那些小吃攤子，只可惜現在她坐的是鎮國將軍府的馬車，肯定不好拉著顧瑾容她們吃路邊攤。

看阿秀點頭了，裴胭很是歡喜地連忙讓人將馬車停到一邊。

等進了店門，就感受到一陣暖氣迎面而來。

「是顧小姐呢，您快點進來，昨兒剛剛進了一批『千絲錦』，您要不要瞧瞧？」雖然裡面的生意已經忙得那些夥計腳不著地，但是這顧瑾容可不是一般的小姐，再忙也不能把她晾在了一邊。再加上這顧靖翎剛剛打了勝仗回來，說不定那小皇帝還要賞個什麼大官給顧家，現在更是不能得罪她們。

「也好。」顧瑾容微微對著他點點頭。

倒是裴胭，拉著阿秀看看這，又看看那。

「呀，是顧小姐回來了呢，聽說顧小將軍立了大功呢！」看到夥計領著顧瑾容三人往裡面走，有不少人將顧瑾容認了出來。

顧瑾容怎麼說也是一品大員家的嫡長女，又深受當今太后娘娘的喜愛，哪家小姐辦宴會不送請帖去顧家啊！

而且顧瑾容今年十八了都還沒有嫁出去，在京城也算是一個反面教材了。雖然當面大家都是一副「妳好厲害」的模樣，但是背後，絕對是被家中女性長輩教育過的，要學也萬萬不能學那顧瑾容，要是十八歲還沒有出嫁，那整個家族可都是要蒙羞的。

顧瑾容聽到聲音，轉過頭去，她記得這名女子，是戶部尚書家的小姐，不過沒有什麼交情，便只是簡單地衝著她點了點頭，表示禮貌。

「顧家姊姊。」阿秀聽到一個清冷的聲音，在這麼嘈雜的環境中，卻一下子抓住了她的耳朵。

她下意識地往聲源看去，只見一青衣女子靜靜地站在一處，看年紀不過十五、六歲，頭髮簡單地梳了一個髮髻，插了一根玉簪，面容嬌美，只是眼神淺淡，整個人透著一種水墨畫的感覺。

清淡，卻讓人印象深刻。

「王家妹妹。」顧瑾容往那邊走了兩步。

裴胭在一旁給阿秀介紹道：「這位是王太師的嫡女，王羲遙，很得王太師的寵愛，聽說原本是要進宮當娘娘的，可惜……」裴胭說著「嘖嘖」了兩下，雖說是惋惜的話，但是阿秀怎麼聽著裡面透著一股幸災樂禍。

她剛剛聽到顧瑾容叫她王妹妹的時候，就覺得自己今天跟姓王的人還真有緣，沒有想到，還真的出自一家。

至於裴胭沒有說完的那話，阿秀自然也明白，可惜先帝死得早。要知道先帝去世時不過二十有九，正值壯年，可惜他身體一直不好，當年就有杏林國手斷言活不過三十。

當然那個國手比他死得更加早，他這話一說完，就被當時還是太后的太皇太后直接叫人拖出去砍了；要是那國手如今還活著的話，說不定先帝還能多活幾年。

而這個王羲遙，從小就是被當作娘娘培養，吃的、用的都是比王家別的子女好上一番。只可惜，三年一次的選秀，去年那次是因為先帝已露病態，被臨時取消，至於再上一次，那王小姐還沒有到年紀呢。

這王羲遙原本有不少的人上門求親，但是偏偏王太師野心比較大，這一拖，就拖成了十六歲的老姑娘。不過她比顧瑾容好些，這十六歲雖然年紀稍稍有些偏大，但是家世在那邊，而且平時走的又是仙女路線，現在還是有不少的人家去王家求親的。

這個也是讓裴胭特別不爽的地方，明明都是剩下的，憑啥自家小姐被人家做反面教材，她就是被當仙女看待還被供起來。

而且最讓裴胭介懷的一點是，當年顧夫人曾經想要為顧靖翎向王家求親，畢竟兩家住得近，身分地位又相當；但是偏偏人家拒絕了，雖然這訂親是你情我願的事情，可是顧靖翎在裴胭心目中那也是天神一般的人物。

就王羲遙這麼一個裝的人，根本就配不上自家大少爺！

「恭喜姊姊平安歸來。」王羲遙衝著顧瑾容微微一笑。

這個王羲遙長相雖不如裴胭嬌媚，但是自有一番魅力在其中，特別是那種淺淺的微笑，整個人的氣質一下子就出來了。可惜阿秀最不喜歡的就是做作的人。

「多謝王妹妹。」在外人面前，顧瑾容走的也是高冷風，相比較這王羲遙，更有一番傲骨在裡面。

王羲遙平日裡只知道吟詩作畫、無病呻吟，顧瑾容怎麼說也是上過戰場的人，身上的氣質，自然不是一般人能夠比較的。

「再過幾日，太后娘娘就要舉辦一個梅花宴，據說是專門給容小姐慶生的。」王羲遙並沒有殷勤地問顧瑾容去不去，只是將事實說出來罷了。這也算是她的高明之處，要是追問著，自己反倒落了下風。她是萬萬不能允許自己比別人差的，不管是什麼時候。

顧瑾容在聽到「容小姐」的時候，面色微微頓了一下。

這個容小姐，身分比較特殊，她的父親只是從二品的內閣學士，但是她偏偏深得當今太后的喜愛，時常出入宮闈；要不是皇上年紀太小，都有人在猜測，這容小姐是要做皇后的命。

因為太后的緣故，一般的大家小姐，對她也很是忌憚，即使是顧瑾容，也不敢隨便招惹她。這太后，是最最護短的！

她雖然也得太后的喜愛，但是那個容小姐卻是得太后的寵愛，雖然相差不過一個字，但是意義卻大不一樣。

「容家妹妹是個有福的。」顧瑾容只是隨意地說道。她和那容小姐並沒有什麼交集，要說別的什麼，反倒顯得虛情假意了。

「時辰不早了，我家哥哥在馬車上該等煩了，那到時候再和顧姊姊閒聊吧。」王羲遙捂著嘴微微一笑，衝著顧瑾容點點頭便離開了。

她並不喜歡和顧瑾容遇見，因為每次她一出現，她就會覺得自己的那種清冷，一下子就被比了下去，好似那顧瑾容是正品，而她只是一個仿冒的贗品，這讓她內心有一種相當煩悶的感覺。

「嗯。」

王羲遙走的時候，餘光掃到一個人影，轉過頭一看，只看到一個圓滾滾的背影，大概是自己想多了吧……

「好心情都沒有了。」等那王羲遙走遠了以後，裴胭才小聲地嘟囔了一句。原本開開心心來買東西，偏偏遇上不喜歡的人！

「好了好了，妳的脾氣也要收斂些，要真的惹到什麼人，我可未必保得住妳。」顧瑾容沒好氣地戳了裴胭的腦袋一下，她倒是好，什麼話都敢往外面講，也不知隔牆有耳。

「反正我有小姐保護我。」裴胭笑得很是得意，然後將阿秀往自己身邊拉了一把。「妳一直往外面瞅什麼呢！」她剛剛就發現了，這阿秀的心思根本就不在這裡面。

雖然她不喜歡王羲遙，但是也不得不承認，她還是有幾分姿色的，而這阿秀，連一個正眼都沒有給她。

「妳難道沒有聞到一股很香的味道嗎？」雖然這布莊裡面瀰漫著各種胭脂水粉的味道，但是阿秀的鼻子還是很敏感地聞到了外面散發出來的一陣陣誘人香味。

「妳說這個味道啊！」裴胭使勁聞了一下。「這個是羊雜湯，京城裡隨處可見，冬天喝一碗的話，全身都暖呼呼了。」裴胭以為阿秀好奇，便給她解釋了一番。

阿秀就覺得有肉的香味，聽到裴胭這麼說了以後，眼睛就更加亮了。「我想去外面透透氣，要不妳們先瞧著？」反正她對布料根本就不感興趣。

「妳不看布料了？」裴胭指指那些精緻的布料。

「我也覺得裡面有些悶，胭兒妳最是瞭解我的喜好，就由妳留在這邊挑吧。」顧瑾容在一旁說道。

裴胭有些奇怪，這屋子裡雖然人比較多，但是都開著窗戶，根本就不覺得悶啊……

「那妳們快點回來啊。」裴胭雖然覺得疑惑，但是又捨不得拋棄這些布料出去，人都進來了，不買點怎麼能出去！

「我們一刻鐘就回來。」顧瑾容伸出一根手指擺了一下。

「那行。」一刻鐘也不長，一會兒就到了，裴胭想著反正她們也不能給自己什麼意見，出去也沒事。現在腦袋裡完全被布料充滿了的裴胭，完全沒有意識到，不過去透透氣，怎麼就需要一刻鐘呢？

等出了門，顧瑾容便指著一個小巷子說道：「這裡面有一家羊肉館，裡面的羊雜湯最是好吃。」

阿秀一聽，頓時笑容燦爛地看著顧瑾容。「那我請顧姊姊去喝羊雜湯。」

顧瑾容第一次瞧見阿秀笑得如此燦爛，心中微微一動。她原本只當她是少年老成，現在看來，也不過是一個小孩子罷了。

「那我就先謝謝阿秀了。」顧瑾容還裝模作樣地衝著阿秀作了一個揖，偏偏她現在穿的是女裝，模樣很是奇怪。

阿秀笑了一番以後才問道：「我們去那邊吃的話，要是一刻鐘回不來，裴姊姊會不會著急啊！」

顧瑾容哈哈一笑以後才說道：「這胭兒挑起布料來，哪裡還會記得妳我！」說著衝阿秀眨巴了兩下眼睛。

阿秀心中立馬就明白過來了，兩個人對視一笑。

還沒走到店門口，路上就突然躥出來兩個男人，衝著顧瑾容抱了一下拳。

顧瑾容原本還一臉警惕，但是在看到兩人的打扮時，面色一肅。

「顧小姐，我們主子有請。」

顧瑾容看了一眼阿秀，眼中帶著一絲歉意。「阿秀，妳先去吃吧，我有事要先過去一趟。」他們的主子，可不是她能隨便拒絕的。

阿秀一看這兩個男人，就知道應該不是一般人，再看顧瑾容的反應，自然是沒有理由不點頭。

「那我先進去，要是半個時辰後妳還沒有回來，我就先回去找裴姊姊，咱們在布莊會面吧。」阿秀說道，她也是考慮得比較仔細，不然要是她那邊耽誤了，裴胭那邊又不知情，豈不是讓人著急嘛！

「好，那到時候見。」顧瑾容點點頭，便跟著那兩個男人走了。

雖然那兩個男人看起來很是凶惡，但是阿秀猜測應該是吃公家飯的，就顧瑾容的身分地位，也不用擔心太多。

走進之前顧瑾容向她推薦的那家小店，大概是現在還不到飯點，所以人也不是很多，裡面只有一張桌子坐了人，一個看起來是二十出頭的男子，還有一個是七、八歲的孩童。只是這兩者的關係，阿秀心裡猜測應該不是父子，主僕的關係倒是更加貼切些，男子為僕，孩童為主。

「老闆，來一碗羊雜湯，一份羊骨棒。」阿秀隨便掃了一眼掛在牆上的菜單，點了兩個放在最前面的，至於那烤羊腿、一羊多吃之類的，她還知道自己的胃口，不打算逞強。

「好嘞！」一個看起來四、五十歲的男人應了一聲便轉身去舀湯了。

阿秀這才注意到，他的腿竟然是一瘸一拐的。

不知道是人少的緣故，還是那老闆手腳實在快，沒一會兒羊雜湯就上來了，羊骨棒也馬上放到了桌上。

不愧是顧瑾容推薦的，那羊雜湯湯色呈奶白色，氣味濃郁，阿秀忍不住喝了一口，口味極佳，果然是來對了！

先喝了好幾口暖暖身子，阿秀又開始吃起了羊骨棒。這個羊骨棒比阿秀想像的要大一些，上面帶著不少的羊肉，羊肉被烤得金黃，帶著一些焦。

作為一個肉食動物，阿秀看到這個就食指大動，快速解決了大半。不過她雖然吃得快，但是吃的模樣還是比較斯文的，除了手上，別的地方都沒有沾上什麼油漬。

而那剩下的一桌，兩個人對視了一眼。

他們原本是專門等在這裡，沒有想到她光顧著吃，連餘光都沒有給他們一個。

「這位姑娘。」年長的那個，見自家主子看阿秀吃得極香，便也有些蠢蠢欲動，他連忙出聲道，這外面的東西都沒有檢查過，這麼能隨便亂吃。

阿秀有些茫然地抬起頭來，他是在和自己說話嗎？

「這位姑娘。」那男子見阿秀抬起頭來，臉上閃過一絲喜意，又叫了一次，只是在瞧見阿秀的面容的時候，眼中閃過一絲詫異。

阿秀將嘴巴裡的東西都嚥下去了，這才開口道：「你是在叫我嗎？」

「是的。」因為阿秀的面容，那男子對她的態度又多了一絲別的。

「有什麼事嗎？」阿秀將他掃視了一遍，就這打扮，也不像是付不出錢來的啊。

「我們剛剛正巧也在東大街。」那男子說道。

阿秀愣了一下以後才反應過來，東大街就是之前那條出事情的街，他這話的意思應該是說他剛剛瞧見她拔刀相助的事情了；可是，這和他現在搭訕她又有什麼關係呢？

「哦。」阿秀有些冷淡地應了一聲。

那男子一僵，他平日裡見到的都是一些識相的，他只要稍微說一些，他們馬上就知道是什麼意思，但是偏偏這姑娘，好像反應慢了一拍似的。

重點是她好像抓不住重點啊！

他想著他們還是有重要的事情的，便清咳了一聲說道：「剛剛看姑娘救人的手法很是嫻熟，是出自哪位名師嗎？」

「自學的。」阿秀隨口說道。

那男子原本準備好的問題，被阿秀這麼一句話直接秒殺，一時間都沒了話講。

「那妳會看別的病嗎？」原本坐在一邊的小少爺，看到自家僕人這麼不爭氣，自己開口道。

阿秀原本只當他是一個小孩子，但是現在一看，他竟然是一個如此美貌的小孩，那長相，比小姑娘都要好看上幾分。雖然他聲音稚嫩，但是阿秀並沒有懷疑他是女孩子故意穿了男裝。

阿秀猶豫了一下說道：「別的病，略懂一二。」其實她更加擅長的是手術，可惜這裡工具有限，一般的外傷手術還好，要是複雜一點的，那只能紙上談兵了。

「那妳可知，如果有一人，常年頭疼，可有什麼治療方法嗎？」那小少爺問道，眉眼間透著一絲期待。

「如果沒有親自診斷過，我並不敢妄下定論。」阿秀說道，這個頭疼有分好多種，刺痛、鈍痛，疼的時間也要分，持續性，還是間歇性的，等等等等。

「有機會的話，我想請姑娘給我祖母去看一下病。」那小少爺看著阿秀說道。

「如果有機會的話。」阿秀點點頭。看模樣是個孝順的孩子，阿秀對他的好感也多了一些。

「少爺，時辰不早了，我們該回去了，不然夫人就該急了。」見阿秀已經答應了，那男子連忙說道。這次可是偷偷出來的，要是被發現了，倒楣的可是他。

「我知道，你多嘴什麼！」那小少爺沒有好氣地瞪了男子一眼，但是看向阿秀的時候，臉上又多了一絲笑意。「這個先給妳當作訂金。」小少爺從脖子上面解下一個小玉墜，放到桌子上。

那男子一看，眼中大驚，差點就跳起來了，偏偏那小少爺還是一副笑咪咪的模樣。

「現在還不知道有沒有這個機會，我不能收。」阿秀這點眼力還是有的，別看這個小玉墜看起來極小，但是就這玉質，絕對不便宜；無功不受祿，不要說有沒有治好，她連病人都還沒有看見，怎麼能收這個訂金。

「沒事，肯定有機會的。」小少爺說了一句相當不符合他這個年紀，卻很有深意的話，便笑著和那男子走了。

倒是那男子，到了門口，還一直依依不捨地回頭看阿秀……桌子上的那個玉墜。

阿秀被他的動作弄得有些好奇，拿起玉墜一看，玉墜的質地很好，上面雕的是一條小小的蛇，樣子很是憨厚。

「小六子，你說那個姑娘看起來靠不靠譜？」小少爺問旁邊的男子。

「我的主子啊，您怎麼就把那個玉墜送人了啊，要是被發現了，奴才我的這條賤命喲！」那個小六子哀號一聲，要不是自家主子在，他現在真是恨不得衝進去將那玉墜再拿回來。

那個姑娘靠不靠譜他還不曉得，但是自家主子不靠譜他是深有體會！

「瞧你這小家子的模樣，不過是個玉墜罷了，我要送人還不成？」小少爺很是鄙夷地掃了那小六子一眼，雖說那玉墜比較貴重，但是能貴重得過祖母？他瞧著那姑娘挺親切的，也不和家裡那些丫鬟一般巴結他，倒讓他生了不少親近的心思。

「是是是，您想送便送。」那小六子雖然嘴上這麼說，但是心裡可不是這麼想的，他現在只想著要找什麼理由，免得到時候被發現了吃板子。

「我瞧著那個姑娘和容家那個女人長得挺像的。」小少爺說著眉頭微微皺起，便說道：「去調查一下吧。」

「是。」一個暗影快速出現，又快速地消失了。

「我也瞅著挺像的，不過容家小姐是天之驕女，可不是一般的姑娘能夠比的。」小六子在一旁說道。

「嘖嘖，你個馬屁精！」那小少爺一臉不屑。

「我的小主子喲！」小六子叫了一聲，這些話心裡想想就好了啊，幹麼說出來嘛！

「對了，剛剛她喝的湯和吃的那個肉看著好像不錯，你記得讓家裡的掌廚做了讓我嚐嚐。」小少爺也不去搭理小六子的亂叫，心裡忍不住想起剛剛阿秀吃得極香的模樣，頓時有些饞了。

「是是是，奴才一回去就去吩咐。」小六子連忙說道，見他已經自己轉移了話題，暗暗鬆了一口氣。只是那個玉墜要不要拿回來呢？小六子心中又開始糾結。拿回來得罪小主子，不拿回來得罪大主子，他的命怎麼就這麼苦喲！

再說阿秀，在那家小店裡面又默默喝了一碗羊雜湯，也沒有見顧瑾容回來，估摸著她應該是暫時回不來了，便打包了一份羊排，默默帶著回了布莊。

像顧瑾容說的，裴胭根本就沒有發現她們離開已經老早超過了一刻鐘，再看裴胭已經買好的布料，至少可以做幾十套的衣服了。

等顧瑾容回來，時間都過去快一個時辰了，即使阿秀一直站在裴胭的身邊，她也沒有注意到，更不用說是一直沒有出現的顧瑾容了。

阿秀見顧瑾容的面色有些怪異，便多看了她兩眼，顧瑾容衝著阿秀微微笑了一下，臉上的神色也變得自然了不少。

而裴胭差不多將布莊裡面上檔次的布都掃蕩了一遍以後，終於有精力將注意力放在她們身上了。

「小姐，妳們透氣回來了啊。」

她以為才過去一刻鐘嗎，已經一個時辰了！而且阿秀剛剛回來的時候還和裴胭打了招呼，可惜她根本就沒有放心上。

「對啊，妳布挑得怎麼樣了？」顧瑾容笑著問道，一看她那興致勃勃的模樣，就知道收穫應該很大。

「差不多了，之前妳們不在，我就擅作主張給妳們挑了幾個色。」裴胭說著指指放在一邊的石榴紅和紫羅蘭。「這個是給阿秀的，她皮膚白，穿這個肯定好看；還有這個這個，是給小姐您的。」裴胭說起自己挑的這些布料，神色很是興奮。

「都很好看。」

阿秀和顧瑾容都誇道，果然裴胭臉上的笑容就更加燦爛了。

在馬車裡的時候，裴胭還在念叨著新買的布料，恨不得親自抱著它們。

顧瑾容衝著阿秀歉意地笑笑，輕聲道：「我原本還說要帶妳去吃羊雜湯的。」

阿秀一個人初到京城，她剛剛都沒能顧得上她，心中忍不住覺得有些虧欠。

「沒事，反正我已經吃到了啊。」阿秀搖搖頭，而且自己還吃了兩碗，現在胃裡都是暖暖的。

「他家的羊排可是一絕，妳剛剛吃了沒啊？」顧瑾容見阿秀一臉滿足，就知道她沒有虧待自己，頓時就安心了。

「沒有。」阿秀搖搖頭。

「那下次可以專門去嚐嚐，外酥裡嫩，一口咬下去，還會有一點汁水，我一個人就能吃兩份。」顧瑾容笑著說道，也不覺得自己作為一個大家閨秀，一下子吃這麼多，有什麼好丟臉的。

「不用下次。」阿秀說著將一個紙包的東西遞給顧瑾容。「可惜稍微有些冷了。」

顧瑾容一打開，看到裡面竟然就是自己剛剛說的羊排，心中頓時一動。

「咦，馬車上怎麼會有羊肉的味道？」一直沈浸在做新衣服的喜悅中的裴胭也慢一拍地聞到了香味。

「這裡有羊排，妳要不要也吃一點。」顧瑾容將紙包放到馬車裡的小几上。

「這個是那家的羊排？」裴胭吃了一口，馬上就吃出來了。她跟著顧瑾容，自然也是去吃過的。

「妳的嘴巴倒是厲害。」顧瑾容笑著說道，眼睛往阿秀那邊看了一眼。

「嘻嘻。」裴胭笑咪咪地又吃了一塊。

等回到了將軍府，裴胭第一件事情，就是跟著布料去了庫房。

這讓阿秀和顧瑾容瞧著都是一陣失笑。

阿秀想著，裴胭這樣的性子才是一個年輕小姑娘應該有的吧……

兩人便各自回了屋子。

第五十章　關係緩和

下午，阿秀分別陪老太君和唐大夫說了一會兒話，等到了晚膳的時候，阿秀便跟著丫鬟到了客廳。

今天倒是難得，顧靖翎這個大忙人竟然也在了。

之前幾天，他一直在忙著別的事情，阿秀在將軍府待了也有好幾日了，都沒有見過他人。

「阿秀，妳坐這兒，阿翎，你就坐阿秀旁邊。」老太君隨手指了兩個位子。

阿秀看了顧靖翎一眼，見他並沒有看自己，而是自顧自地坐下了，便順著老太君的意思坐下。

這將軍府雖然不拘小節，但是在落坐方面是有一點小講究的。老太君自然是首位，右手邊坐的一直都是鎮國將軍，而左手邊，一般坐的都是老太君最為喜愛的孩子，近年來一直都是顧小寶，而剩下的位子則是隨便自己落坐。如今她特意讓阿秀坐那個位子，其中的涵義……

而顧小寶看見自己的寶座被人家坐了，癟癟嘴巴，到自家娘親那邊尋求安慰去了。

顧夫人瞧了一眼老太君的安排，心中閃過一絲想法，只是看著阿秀的眼神中多了一些什麼。

吃飯的時候，老太君隨便問了幾個問題，見阿秀和顧靖翎都是默默地吃著飯，眉頭微微皺了一下。

「阿翎，阿秀之前救了你的命，你有謝過人家嗎？」

提到這件事情，阿秀和顧靖翎的身子都微微一僵；特別是顧靖翎，整張俊臉都黑了一層，他這輩子都不會忘記，自己那只值三兩銀子的身價。

「謝過了。」顧靖翎咬著牙說道。老太君不提這件事還好，一提，他頓時看著阿秀又有些不大順眼了。

「顧將軍是個懂禮的，自然不會忘記救命之恩。」坐在顧靖翎身邊的阿秀很能感覺得到他身上氣息的變化，現在回想起來，自己提的三兩銀子好像是有些過了，怎麼說也得收十兩，想必要是這樣的話，他現在回想起來應該不會這麼難受。

不過為了防止他秋後算帳，阿秀剛剛才會說那話，畢竟在京城，自己只是一個無依無靠的小可憐，但是顧大將軍要是要給她小鞋穿的話，她也不會坐以待斃就是了。

果然，顧靖翎聽到阿秀的話，臉色就更加陰沈了些。

他之前還覺得這個女子雖然性子有些不大好，但是至少是個好大夫，而且當時在軍營的時候，她的確幫了他不少的忙，他原本對她不好的印象差不多都已經扭轉過來了。如今再聽她說這話，果然，他最初的感覺是正確的，他和她絕對不是一類人！

顧靖翎覺得自己以後一定要和她保持距離，保不定哪天就被氣死了。

「阿翎雖然脾氣不是很好，不過本性還是不壞的。」老太君緩緩地說道。

自家孫子的脾氣她還能不曉得，因為家中孩子少，雖然他自小跟著他爹在軍營裡，但是家裡多少還是寵著的。人人都當顧靖翎將軍年輕有為，英氣不凡，但是她知道，他比一般的少年心思還要更加幼稚些。

「祖母！」顧靖翎喊道，鎮國將軍府裡面很少有勾心鬥角，一般的大宅院裡面，都是叫祖母的，但是顧家都是親親熱熱地叫「奶奶」，而顧靖翎現在會叫「祖母」，就意味著他有些惱了。

「好好好，奶奶不說了，奶奶記得你喜歡吃蜜汁烤肉，來多吃點。」老太君好似哄小孩子一般，笑咪咪地看著顧靖翎，根本不把他的情緒放在眼裡。

「我現在不喜歡吃甜的了。」顧靖翎說著並沒有挾那個蜜汁烤肉吃，而是挾了一筷子的萵苣。

老太君只是看著他，笑而不語。這顧家的男人都是食肉動物，顧靖翎還小的時候，天天要用蜜餞哄著他吃蔬菜，她可不相信不過短短幾年的工夫，他就能改了這樣的習性。

「小寶來，多吃點肉，長得快。」老太君雖然覺得現在這樣性子的顧靖翎也滿好玩的，但是卻不敢做得太過了。

畢竟孩子大了，有脾氣了，要真的惱了，難不成還要她拉下這張老臉去哄著？

顧小寶原本還在哀怨自家奶奶的「喜新厭舊」，不過現在他發現奶奶還是記著他的，頓時又變得眉開眼笑了，開開心心地吃了一個大雞腿。

「小寶，來，吃點菜，不要光吃肉。」顧夫人挾了一筷子的茄子。

為了讓顧家的男人多吃點蔬菜，顧夫人可是花了大價錢，專門請了好幾個擅長做素菜的廚師，這顧家飯桌上的素菜也比肉菜要講究得多，饒是這樣，這些菜也是少有人問津。

「小寶喜歡肉！」顧小寶雖然聽話地吃了一小筷子的茄子，但是嘴巴上卻不忘強調道。

「好好好，再吃一點，就給你吃肉。」顧夫人一邊說著一邊示意旁邊候著的丫鬟給顧小寶挾蔬菜。

「少一點、少一點。」顧小寶見那丫鬟挾了一大筷子，就坐不住了，一直在旁邊念叨著讓她再放回去一點。

「這顧家的男人啊，果然都是一個樣。」老太君很有深意地看了一眼正在慢慢吃著萵苣的顧靖翎，頓了一下以後才慢慢說道：「當年你們的爹爹也這樣，我讓他吃點菜，就跟要了他命一般，每天就曉得吃肉，還好在軍營要費大力氣，不然現在還不成了球！」

鎮國將軍倒不像顧靖翎那麼幼稚，畢竟是有一定年紀的男人了，只是笑著說道：「這都是幾十年前的事情了，娘妳就不要嘲笑我了。」不過他瞧著老太君今兒難得這麼高興，而且人也很清醒，他心裡其實也很歡喜，要是她一直都這樣就好了。

「誰讓你一直給孩子們做壞榜樣呢，愛吃甜，愛吃肉，這顧家的男人這方面真的跟模子裡刻出來一般。」

作為顧家男人中的一員，顧靖翎的臉微不可察地紅了一下。

老太君自然也注意到了這個，臉上的笑容就更加深了些。

等吃完晚飯，顧夫人就拿出了梅花宴的請帖。

「這個是宮裡的公公送過來的，聽說太后娘娘特意指了幾個人，你們倆就在其中。」顧夫人的視線掃過顧瑾容和顧靖翎，太后原本就喜歡他們幾個，這次他們又立功回來了，自然要叫上他們。

而且顧夫人心裡想著，那容家小姐今年也已經十四，等過了年就十五了，正是出嫁的好年紀。太后寵愛容家小姐也不是一日、兩日的事情了，之前還在她面前提過一次，好似想要撮合容安和自家兒子。

對於容家那個小姐，聽說脾氣很是驕氣，畢竟是太后娘娘寵愛的女子，好似驕氣也是理所當然。不過顧夫人想起自己兒子的脾氣，心中微微嘆了一口氣，餘光掃到阿秀那邊，她又想起了之前老太君的舉動，再次嘆了一口氣。

「容兒，這個梅花宴，妳就穿那條新做好的水藍色裙子去吧。」

「好。」

顧夫人又囑咐了他們幾句，就讓他們回去了。

讓她心裡比較在意的是，阿秀在聽到梅花宴的時候，眼皮子都沒有抬一下，一個常年住在鄉下的女子，怎麼可能會有這樣淡定的心態？

她又想到這容家小姐容安雖然年紀不大，家裡又不過是一般的大臣，但是因為有著太后的寵愛，性格有些霸道。她聽說有一次宴會中，有一個女孩子穿的裙子和容安撞了色，偏偏長得還比容安好看，容安便故意讓丫鬟將一大杯滾燙的水倒在了人家衣服上；先不說衣服，那麼滾燙的水倒下來，女孩子身嬌皮嫩的，一下子就起了水泡。

能參加宴會的能是普通人家的女子？只是之後這件事情也沒有什麼後續，有太后撐腰，容安自然也沒有受什麼罰，反倒是那個女孩子，再也沒有參加過宴會。之後只要有容安在的地方，其他女孩子在衣服上面都會下意識的低調些。

當年太后還是貴妃的時候，容安待人處世還稍微收斂一些，也沒有鬧出什麼事情來，但是自從貴妃當了太后，她越發肆無忌憚了。顧夫人心裡嘆了一口氣，要真的把她嫁到自己家來，這顧府還不被她鬧得雞飛狗跳的。

「娘，這阿秀……」顧靖翎並沒有離開，而是繼續坐在那邊，因為有些話，不好當著他們的面說。

「你奶奶說了，不用讓阿秀去了，這可不是什麼好差事，她也不過是個小姑娘，那皇宮大院的，就算了，到時候再去找找別的大夫吧。」顧夫人說道。

她自然是知道這阿秀為何會留在將軍府，之前顧靖翎說要讓她給太皇太后去瞧瞧病，她心中雖然有些顧慮，但是還是相信自己的兒子。只是前幾日老太君就和她說了，這阿秀她是要當親孫女一樣疼的，萬萬不能進宮去，治不治得好先不說，她又不懂規矩，要是惹了大禍怎麼辦？

顧夫人想著阿秀這麼小的一個女孩子，要她去給太皇太后那麼尊貴的人物看病，的確是有些為難了，所以今天特意說了，只要他們兩姊弟去。

「那便如此吧。」顧靖翎想起阿秀那小小的個子，終於也有些良心發現。

等顧靖翎也走了，屋子裡只剩下了顧夫人和吳嬤嬤，顧夫人又忍不住重重地嘆了一口氣，為什麼她的心裡覺得有些不大好的預感呢！

第二天一大早，小皇帝的一道口諭就到了。

讓阿秀跟著顧家兩姊弟去參加梅花宴，順便給太皇太后看一下病。

老太君一接完口諭，等那位公公走了以後，她就將枴杖重重地砸了一下地，厲聲道：「我老太婆年紀是大了，說的話就可以當耳旁風了?!」

這個時候下人都還在，老太君卻還是不管不顧地開始發怒，說明她實在是生氣，特別是看向顧靖翎的眼神，怒火中帶著一絲冷意。

「娘。」顧夫人在一旁用手扶著老太君的背，眼睛一直朝顧靖翎使眼色。

在他們看來，這件事情只可能是顧靖翎說的，不然皇上根本就不會知道阿秀的事情。

饒是顧瑾容，看著顧靖翎也是一臉的不贊同。

顧家的權勢已經夠大了，完全不需要再將阿秀推出去，換得更多的榮譽和獎勵。

但是顧靖翎覺得自己很冤枉，自己根本就還沒有將阿秀的事情和別人說，這小皇帝怎麼就來了這麼一道口諭，這讓他在家裡還能有立身之處嗎？

「奶奶，這件事情不是我說的。」雖然他自己也知道不大可信，但是顧靖翎還是努力爭辯了一下。

老太君正打算怒斥，就聽到阿秀出聲道：「我也覺得應該不是顧將軍的問題。」阿秀眉頭微微皺著，似乎努力在回想些什麼。

老太君見阿秀這麼說了，頓時收斂了一下怒氣，溫和地問道：「怎麼說？」

「我瞧著那個來傳口諭的公公是挺眼熟的。」

「是在哪裡見過嗎，那是皇上身邊的明公公。」顧夫人說道，眼中帶著一絲期待，她自然是不希望自己的兒子受委屈的。

「我昨日好像見到了一個男人，和這個公公給人的感覺特別像。」阿秀想起了羊肉店的那對主僕，那個年長的……如今想來，那人應該是宮裡的人；至於他旁邊的那位，她不用多想，就知道應該是現在的小皇帝了。

「我當時隱隱間好像聽到是叫小六子。」阿秀努力想了一下，當時他們已經走了，只不過她耳朵比較靈敏，所以隱約間聽到了一些。

「那想必是皇上身邊的六公公了，那是皇上的近侍，妳昨天是在哪裡見到他們的？」老太君聽阿秀這麼說，就想到自己應該是誤會了顧靖翎，頓時拍拍他的手，表示抱歉。

顧靖翎雖然心裡多少有些委屈，但是看著老太君滿頭的銀絲，身子因為年齡大起來，已經縮水到不及自己的肩膀高，他哪裡捨得和她生氣，扶著老太君坐到一旁的椅子上，他又專門去讓下人上茶、上點心。

「原本我們去了布莊，不過我出去透風的時候順便去喝了一碗羊雜湯，就在那家店裡面碰到了他們。」阿秀頓了一下，從懷中掏出那個玉墜。「他還給了我這個。」

饒是老太君經歷過這麼多風雨，看到這個玉墜的時候，手也是一抖。

「他竟然把這個給妳了？」老太君一臉的難以置信。

「嗯。」阿秀點點頭，只是心中有些疑惑，這個玉的材質雖然好，但是也沒有到讓老太君都失色的地步吧。

「既然他給妳了，妳就好好收著。」老太君將那個玉墜還給阿秀。

這個玉墜，一般人還真不知道其中的緣故。

大概是五十年前，有一個得道高僧，當年的太子身體單薄，皇后就專門找到了這個大師，求了這塊玉，原本說熬不過二十的太子活到了三十多；後來這塊玉又傳給了他的兒子，也就是先帝，先帝英年早逝，玉墜便留給了現在的皇帝。

這樣一代傳一代，其中所蘊含的意味，已經不單單是一塊開過光、做過法的玉墜了。

不過這個玉墜一般都是貼身攜帶，一般人並不知曉，老太君還是多年以前，有幸見過一次。而他既然會送給阿秀，就說明他心裡是挺喜歡她的，這樣阿秀進宮的話，她也能稍微放心些了。

「難怪之前有人要支開我。」顧瑾容在阿秀說遇見小皇帝的事情以後，茅塞頓開。她就奇怪，怎麼她難得出趟門，就被人攔住說皇上要見她，等她到了，又足足等了大半個時辰他才施施然地登場，很隨意地說了幾句就讓她回來了。她當時還以為這小皇帝是故意晾著她，讓她回去告訴顧家人低調一點，她心中還有些惶恐。

「既然阿秀也要去，那她的衣服就交給妳了。」老太君看著顧夫人說道。

「是，媳婦曉得。」阿秀現在也代表了顧家的顏面，她自然不會怠慢。

而顧靖翎，回頭默默看了一眼阿秀，她只是側著臉在和老太君說著話……

第五十一章　容安找碴

離梅花宴不過還有三日，好在之前就讓繡娘去做了阿秀的衣裳，倒也不成問題。

阿秀身量小，又是娃娃臉，再穿上老太君特意挑選的一身桃粉色的襖裙，怕她冷了，顧夫人還特意讓她帶了毛茸茸的圍脖以及護手，整個人粉粉嫩嫩的，就跟年娃娃一般。

哪個做母親的不喜歡這麼給孩子打扮，只不過顧瑾容自小都很有主見，極度排斥這些粉嫩的顏色，寧可打扮成男兒也不願意這麼穿，讓顧夫人很是遺憾；現在能把阿秀打扮成自己心目中的模樣，她也很是歡喜。

「這阿秀妹妹長得真可愛。」顧瑾容看到阿秀的模樣，忍不住捏了一把她的小臉。她最近吃得好，臉上多了不少的肉，面色也是白裡透紅，看著很是健康。

阿秀目光有些呆怔，她沒有想到，自己一個走神兒，就被打扮成這樣了。

這畫面太美，她都不敢看了。

「好了好了，時辰也不早了，妳們快去吧，不能失禮了。」顧夫人笑咪咪地將阿秀的手塞到顧瑾容手裡，還真將她當成小孩了。

阿秀心裡有種淡淡的憂傷，自己的身體不爭氣，怪誰！

顧靖翎在門口瞧見阿秀的時候，也是微微愣了一下。

等一行人到了梅花宴，因為是去宮裡，顧瑾容便只帶了裘胭一個丫鬟，而顧靖翎則是帶了顧十九這個機靈鬼。

顧十九之前一直在顧二那邊，現在瞧見阿秀的模樣，頓時就是一陣哈哈大笑，總覺得阿秀打扮成這樣很是違和。阿秀白了他一眼，默默不說話。

「王小姐。」因為男女有別，顧瑾容和顧靖翎到了一個路口便分開了，顧瑾容一進去就瞧見了人群中氣質獨特的王羲遙，衝她點點頭。

「顧姊姊。」王羲遙看到顧瑾容身邊的阿秀，微微愣了一下。

因為今兒阿秀打扮了一番，和容安又像了幾分，只不過她看著年歲小，而且目光清澈，不似那容安咄咄逼人。

今兒大概是顧忌到容安，王羲遙穿了一件很普通的鵝黃色長裙，並不是很襯她的氣質；饒是這麼心高氣傲的王羲遙，心中也是很忌憚容安的。

「這位是……」王羲遙的視線放在了阿秀身上，她的模樣看著眼生，但是打扮卻不似丫鬟，不過這顧家人做事從來不按邏輯，也不曉得她到底是丫鬟還是顧家的親戚。

「這是阿秀妹妹。」顧瑾容輕輕摟了一下她的肩膀，態度很是親昵，相比較之前的那聲「王小姐」，遠近親疏一眼就能瞧出來。

「原來是顧姊姊的妹妹，不知是哪家的小姐。」王羲遙笑著問道，她本來不是這麼八卦多嘴的人，不過是阿秀的長相實在是太讓人在意了。

「她可是我奶奶最喜愛的小輩。」顧瑾容沒有回答她的問題，只說了些無關的話。

王羲遙微微詫異，不過她掩飾得很好，她並不是愚笨的人，相反，她很機敏，便不再多說什麼，只是隨口寒暄了幾句，便離開了。

這京城的大家小姐都是有自己的小圈子，顧瑾容因為名聲不大好，平時也沒什麼要好的小姊妹；不過她也不在乎，趁著宴會還沒有開始，她帶著阿秀和裴胭隨便找地方先歇息著。

而那些小姐們現在就聚在一起開始挖空心思地炫耀自己的裝扮才學，等一下等宴會開始了還得再來一番，所以她才討厭這樣的場合嘛！

「容姊姊，妳來了啊。」一聽到有人說容安過來了，現場一下子安靜了那麼一瞬間。

雖然容安脾氣不大好，但是這些大家小姐哪個不是被家裡囑咐了過來的，都含著笑往她身邊湊了過去。

「容姊姊，妳今天這身粉色的裙子真好看。」不知是誰這麼誇了一句。

顧瑾容聽到這個聲音，下意識地看了阿秀一眼，心中暗道一聲不好。她沒有想到這容安會穿粉色，再加上她也曉得阿秀和她長得有些像……

容安的霸道驕氣又不是一日、兩日，雖然她會給自己點面子，但她心裡還是有些擔憂。

「阿秀，妳等一下就站我身後，知道嗎？」她怕那容安會注意到阿秀。

「嗯。」阿秀雖然不懂其中的緣由，但是她曉得顧瑾容不會害她，便乖乖點頭。

「顧姊姊，今天倒是難得，妳也在。」容安瞧見顧瑾容，特意往這邊走過來。她知道太后有意撮合她和顧靖翎，雖然那顧靖翎據說命比較硬，不過長得倒是不錯，又年輕有為。

容安覺得自己的命可不會這麼容易被剋，這顧家也算是家風不錯，那顧夫人看著不像是個強勢的，要真嫁過去，還不是她說了算；所以，對於這門八字還沒有一撇的親事，容安還是有些滿意的。現在看到了顧瑾容，她特意紆尊降貴地主動過來了。

「容小姐。」顧瑾容的態度一如既往的冷淡，雖然她是太后面前的寵兒，但是自己可沒有打算和那些小姐們一樣巴結著她。

「聽說這次八王爺被抓回來了？」容安微微皺了一下眉頭，有些不滿顧瑾容對她那麼冷淡，她平日裡風光慣了，怎麼能忍受有人對她態度如此平淡。

「這事不是我們該說的。」顧瑾容不客氣地說道，雖然現在這件事情也不算機密了，但是也不是能隨便拿出來說的事情。這八王爺雖然是逆賊，但是皇上還沒有正式下旨，還是少說些比較好。

「呵……」容安冷笑一聲，還真是給臉不要臉呢！

這顧瑾容在京城也算是一大傳奇人物，一般人可不敢招惹她，如今她和容安對上，別的人都是往後退三步，哪裡敢往上面湊。

「喲，這個躲在後面的又是誰？」容安知道自己不能拿顧瑾容怎麼著，便一把將站在顧瑾容身後的阿秀拖了出來。「既然來了，幹麼躲躲藏藏的，有什麼見不得人的？」

阿秀原本還覺得有些無聊，冷不防就被拽了下，那手勁還不小，她只覺得胳膊一疼。

容安在瞧見阿秀的衣服的時候，頓時心裡的火氣有了發洩的管道。「誰不知道這粉色是我最喜愛的顏色，妳一個……」容安說著打量了一番阿秀，想瞧瞧是哪家的小姐膽子這麼大，至於粉紅色是她最喜歡的顏色，不過是一個找碴的藉口罷了。

但是不看不知道，一看嚇一跳，容安臉上的冷意更甚。「這是哪裡的賤蹄子，竟然敢學本小姐的打扮，晴月，給我掌嘴！」

「是。」容安身後走出一個丫頭，雖然名字聽著很是小清新，但是身材和一顆球沒有什麼區別，而且面容猙獰，聽到要掌嘴的時候還一臉的興奮，一看就知道是個性子殘暴的。

「容安，妳是不是太不把我放在眼裡了。」顧瑾容輕哼一聲，面容冷了幾分，不過是一個從二品官員的女兒，不過是仗著太后的喜愛，竟然狐假虎威到這種地步。

「呵，不放在眼裡那又怎麼樣？」容安近年來越發的猖狂了，不要說是顧瑾容了，就是鎮國將軍站在她面前，她也未必會給面子。

這也都是太后慣出來的，太后寵著的人，誰敢得罪。

「晴月，還不動手！」容安尖聲說道，這麼多人在這裡，她怎麼可能示弱，要是她現在連一個小丫頭都收拾不了，以後在這貴女圈子裡，她哪還有面子可言；而且就算將人打傷了又怎麼樣，最後也不過被太后說兩句，太后娘娘最是疼愛自己了。

「妳要作甚！」

顧瑾容剛想動手，就聽到一個男聲，緊接著就是晴月的一陣尖叫。

阿秀本就沒有打算老實挨打，先不說她知道顧瑾容會保護她，就是沒有顧瑾容，她一個低身也就躲過去了；但是她萬萬沒有想到，顧靖翎會出現在這裡，而且還將晴月拎了起來。

這顧靖翎原本就長得高大，輕輕一拎，晴月那圓球一般的身子就離了地，她人胖，脖子那邊被衣服勒著，整個人都跟要死了一般。

這邊是女子所在的地方，突然出現這樣一個男人，而且還是用如此英勇的方式出場，不少小姐都暗暗紅了臉。

「你怎麼在這裡！」顧瑾容微微皺著眉頭，這男女有別，他這樣出現在這裡，是會被人詬病的。

「路上遇到六公公，說是太皇太后的腦疾又犯了，讓阿秀過去，而我正好來送醫藥箱。」顧靖翎說著提了一下手裡的醫藥箱，但是拎著晴月的手並沒有鬆開。

雖然他心裡有些不願意承認，他有些擔心阿秀。他比任何人都瞭解，這些所謂的大家小姐是多麼的虛偽和自命清高，捧高踩低的手段，連他都是嘆為觀止呢！

阿秀這麼一個生面孔過去，又沒有什麼後臺，雖然顧瑾容也在，但是……

顧靖翎心裡有些煩惱，難道他也被顧一傳染了，覺得自己要對阿秀負責？

他安慰自己，他不過是為了報答她之前幫自己免了被家人誤會的事情。

「放開我。」晴月因為被勒著脖子，聲音顯得很是柔弱。

容安一開始因為顧靖翎的動作嚇了一跳，現在緩過來了便趾高氣揚地對著顧靖翎命令道：「誰准許你這樣對待我的侍女的！」

「妳說的侍女是這頭肥豬嗎？」顧靖翎手又往上面提了一些，然後搖了搖手說：「既然是妳的，那就還給妳！」說完在大家驚恐的眼神中，將那團肉球直接往容安身上丟去。

容安哪裡見識過這樣的陣勢，整個人都僵在了原地。

還好顧瑾容怕等一下釀成大錯，將容安往後一拉，只不過那人肉攻擊是躲過了，但是因為顧瑾容拉的時候根本不懂什麼憐香惜玉，容安的裙子直接被撕掉了一大塊布料，之後更是一屁股坐在了地上，那狼狽的模樣，讓容安恨不得將面前這對姊弟千刀萬剮。

不過相比較容安，更加慘的是晴月。她雖然是丫鬟，但是因為長得醜，人又胖，武力值比較高，特意被容安放在自己身邊，一方面能保護自己，給自己出氣，畢竟她的交際圈都是女子；另一方面，放一個醜女在身邊，不就能更加體現她的美貌了嗎?!

所以這晴月在容安這邊還是滿受寵的，而且狗仗人勢，她根本也沒有吃過什麼大苦頭，現在被顧靖翎這麼不客氣地一甩，半條命差不多去了。加上因為是臉先著地，那張原本就不大好看的臉就變得更加慘不忍睹了；再配上她殺豬一般的慘叫聲，那些貴女們都紛紛將頭撇向了一邊，不忍直視。

「阿翎，你要放人下來也不能這麼用力，這可是姑娘家，可不是你軍營裡的那些糙漢子。」顧瑾容還裝模作樣地責怪道，好似剛剛顧靖翎並不是有意的，只不過是平日裡接觸的就是將士，手上沒有注意力道罷了。

「姊姊說的是，我下次會注意。」顧靖翎微微點頭。「不過我當時只注意到那是個球一般的東西，根本就沒發現是個姑娘。」雖然一副受教的模樣，卻不忘在後面毒舌一句。

「容小姐，妳怎麼坐在地上了？」顧靖翎好似剛剛瞧見她這副模樣，貌似關心地說道：「這容家的下人呢？自家小姐站不住，難道不知道扶一把？」

一個瘦小的女孩子連忙跑過來，要把容安扶起來，可惜她正在氣頭上，將手一甩，憤怒道：「不要以為我不知道你是故意的，我不會讓你們好過的！」

「這個我就不懂了，妳一個從二品家的小姐，能怎麼想要我不好過。」顧靖翎冷聲道，他平日裡最看不慣她這種模樣，還真把自己當盤菜了。

這太后現在是寵著她，但是並不保證以後會一直寵著她。

太后娘娘雖然護短，但是也不會為了她而真的治他的罪。

「你！」容安因為憤怒，臉脹得通紅，她原本就不是什麼美人兒，現在又如此狼狽，就更加沒有什麼姿色了。

「我就先帶阿秀過去了，妳們繼續玩吧。」顧靖翎衝著顧瑾容點點頭，根本沒有再去看容安一眼，便帶著一直沒有什麼表情的阿秀走了。

「妳剛剛在想什麼啊？」顧靖翎問道，剛剛他無意間掃了她一眼，發現她一副神遊的模樣，好似剛剛他們說的內容，她都沒有聽進去；不知怎的，想到這裡，他心裡就有了一絲挫敗感。

「那個容小姐，和我長得可真像啊！」阿秀感慨了一句，之前並沒有人和她說過這件事情，她只知道她和當年的宋小姐長得像。

顧靖翎的腳步微微一頓。「妳長得可比她正常多了。」

那個容安，眼睛長在頭頂上，顧靖翎覺得看她一眼都是浪費自己的時間，污染自己的眼睛；而阿秀，雖然有些小毛病，但是和容安比起來，可愛太多了。

阿秀以為顧靖翎頂多會說一句「不像」，萬萬沒有想到，他竟然說了這麼一句話，頓時有種不知道怎麼接話的感覺了。

第五十二章　美人太后

「顧大人，您可終於來了啊！」小六子看到顧靖翎帶著阿秀過來了，終於鬆了一口氣，臉上的表情稍微放鬆了些。

「六公公。」阿秀朝他點點頭，沒有人教過她看到皇上跟前的太監應該怎麼打招呼。

小六子現在也不是計較阿秀禮儀的時候，和顧靖翎說了一句感謝的話就帶著阿秀急急忙忙地走了。他剛剛會把這個叫人的差事交給顧靖翎，也是因為他實在有些怕見到那個容安。別人多少會給他這個皇上面前的紅人一點面子，偏偏她，從來沒有將他放在眼裡過；而且去她的宴會拉人，說不定要被怎麼為難呢！

阿秀一邊快步走著，一邊順口向小六子問道：「這太皇太后的情況怎麼樣了？」

「只聽說剛剛又疼得險些暈過去。」小六子看了一眼阿秀，之前瞧她就覺得年紀很小，今天一看，就更加小了。他忍不住想到了守在太皇太后身前的幾個人，不知會不會讓阿秀去診治。

小六子心中也有些打鼓，雖然他見識過阿秀之前的那一刀，可多少還是有些沒底。他真的不懂，皇上是哪裡來的信心，認定了她一定可以治好太皇太后。

「哦。」阿秀點點頭，他這說和沒說一個樣啊！

皇宮大得離奇，阿秀以前是去過北京的故宮的，有那四通八達的道路。而現在她覺得，這個皇宮跟那個故宮也差不多，她走得腿都要斷了，那太皇太后的寢宮還沒有到。

「阿秀姑娘妳要不要稍作休息？」小六子見阿秀的氣息都重了起來，便問了一句。

「不用，繼續走吧。」阿秀深呼吸了兩下，倒不是說為了巴結太皇太后，而是這救人如救火，不管病人是誰，她都不會隨便耽擱時間在路上。雖然她現在無比地懷念，後世的那些交通工具。

小六子忍不住看了阿秀一眼，見她小小的臉上雖然沒有什麼表情，但是神色堅毅，他隱隱間好似知道了一些，為什麼皇上會這麼相信她。

終於到了太皇太后居住的長壽宮，阿秀根本沒有多餘的時間打量這個宮殿，便急急忙忙地趕了進去，只是當她站在內室外，就瞧見薛行衣正好出來。

薛行衣看到阿秀時也愣了一下，不過他不是多話的人，目不斜視地走了。

「皇上，阿秀請來了。」小六子輕聲說道。

「瑞兒，這阿秀又是誰？」阿秀聽到裡面傳來一個溫柔的女聲，想必就是那太皇太后了。

「這是我給皇祖母找的大夫。」緊接著，阿秀又聽到了當時在羊肉店裡見過的那個男孩子的聲音，他果然是皇上。

「是女孩子？」那女子輕笑了一聲，話語中隱隱帶了一絲調侃。

雖然皇上說了，她是他找來的大夫，但是阿秀可以感受到，自己並沒有被重視。

「母后，您讓她進來給皇祖母把脈吧。」

「既然瑞兒你這麼說，那便讓她進來吧。」

太后發話了，小六子連忙帶著阿秀進去。

阿秀一進去，第一眼看到的就是坐在中間的那個女子，絕色的美貌，雖然年紀看著已經不小了，但是卻給她的美貌又增添了一絲韻味，裴胭的姿色放在她面前，就跟青澀的小蘋果一般。

阿秀從來沒有想過，太后是這樣一個大美人！

相比較阿秀的驚詫，太后的震撼更加大，她萬萬沒有料到，這阿秀竟然長著這樣一副面容。不過她習慣了面不改色，雖然心中各種心緒翻騰著，面上也只有最初的那一絲詫異。

「這位阿秀姑娘倒是長得可人，不知是哪家的小姐？」太后笑咪咪地看著阿秀。

「回太后，是鎮國大將軍家的，不過聽說是顧小將軍從民間找來的。」小六子聽到太后這麼問，連忙在一旁回答道，他就怕阿秀不會說話，一會兒惹了太后的不痛快。

「今兒幾歲了？」太后好似對阿秀很感興趣。

不過她問得這麼仔細，倒是沒有人覺得有什麼不對的，畢竟是要給太皇太后看病的人，自然要問清楚。這太后娘娘和太皇太后的感情一直很好，關心的當然也多些。

「十三了。」阿秀輕聲說道。

都說宮裡的女人心思多，阿秀現在正調動自己所有的腦細胞，想著這美貌太后說的每一句話，是不是有什麼別的深層涵義，就怕自己一不小心，就沒了腦袋。

「果真是花一般的年紀呢。」太后捂著嘴輕輕一笑，臉上竟多了一絲淡淡的紅暈，心情很好的模樣。

阿秀都有些看呆了，如果說她是花一般的年紀，那太后絕對是花一般的美貌啊！

「走近些，讓哀家也仔細瞧瞧。」太后衝著阿秀招招手，只是在沒人能瞧見的衣袖內，她另外一隻手顫抖得厲害。

「是。」阿秀又往前走了兩步。

太后的眼睛先是將阿秀細細打量了一番，真的好像。緊接著，她的目光一下子停留在了阿秀的耳垂上，那個肉痣，她真的是……

「果真長得招人喜歡，這個算是我給妳的見面禮。」太后一邊說著，一邊將手上的那串珠子摘下來，塞到阿秀的手裡。

「多謝太后娘娘。」阿秀還有些茫然，怎麼這對母子，都有見人第一面就送東西的習慣啊。

饒是小皇帝，看到太后送的那串珠子，神色也是大變。雖然他是帝王，但是因為年紀小，還做不到喜怒不形於色。

要知道這串珠子是太后非常寶貴的東西，常年沒有摘下來過，聽說是有安神的作用，他小時候頑皮將線給弄斷了，就被罰抄書三十遍，他抄了整整七天。

後來她又讓宮人花了大功夫，找了一天，將所有的珠子都找到了，又原模原樣串好了；不過小皇帝就再也不敢去動這個手串了，他抄書抄怕了。

聽說那容安當初也討要過，不過被直接拒絕了。

小皇帝一開始還覺得自己送了阿秀那個玉墜被發現會不會又被唸，現在瞧自家母后送的更加貴重，那他就放心了。

「這個珠子是我進宮前就戴著的，上面一共是一百零八顆珠子，每一顆都是浸泡了好幾年的藥草，對安神靜氣有很好的作用。」太后一邊說著，一邊親切地拍拍阿秀的手。

原本阿秀還只當這些貴人有送人禮物的習慣，現在一聽這串珠子這麼珍貴，頓時就覺得有些燙手了，她知道自己的身分，不是什麼東西都可以收的。

「這個太貴重了，民女……」阿秀想將這個還回去。

可惜太后根本沒有給她這個機會，將珠子直接戴到了她的手上。「妳皮膚白，戴這個正好。」

阿秀原本要將珠子遞還出去的手一下子頓在了原處。

「聽說妳是顧小將軍從民間帶來的，妳是怎麼和顧小將軍結識的啊？」太后轉移了話題問道。

不知道為什麼，明明是一個很普通的問題，但是阿秀總覺得自己在太后那張絕美的臉上看到了一絲八卦的氣息。

「之前顧將軍的馬受了傷，正好被我醫好了。」阿秀想著顧靖翎剛剛還幫了自己，那就厚道點，不在旁人面前說出那個半夜被擄的真相了。

「沒有想到，妳小小年紀，還有這樣的醫術。」太后淺笑著誇獎道，好似完全沒有察覺到主角是匹馬有什麼不對的地方。

不過因為太后對阿秀的態度，在場的所有人看向阿秀的目光都是崇拜而友好。

「多謝太后娘娘誇獎。」阿秀有些乾巴巴地說道，她也沒有別的什麼話可以說了。

「真是個乖巧的孩子，瑞兒你這次倒是做了一件好事。」太后也是笑咪咪地摸摸小皇帝的腦袋。

「母后，我已經不小了。」小皇帝反抗道，只是話雖這麼講，他卻沒有真的掙脫太后的手。

阿秀看他，好似還有些享受呢！

「你再大，還不是母后生的！」太后笑著說道，小皇帝彆扭的心思，她還能不曉得。

「那現在要不讓阿秀去給皇祖母把把脈？」小皇帝看著太后說道，雖然他現在是這個國家最高的執法者，但是他畢竟還小，很多時候還需要太后給他拿主意，也虧得太后對垂簾聽政毫無興趣，不然到時候朝廷上又是一場風波。

「你皇祖母好不容易睡下，等一下再瞧吧，阿秀這次應該是跟著顧家的小姐來的吧。」太后說話間，又將話題放到了阿秀身上。

在場的人，只要有些眼力勁的，都知道這太后對阿秀的好感，那是滿滿的。

「是。」秉著少說少錯的原則，阿秀基本上都是太后問一句，才儘量簡短地回一句。

「這時辰也差不多了，那妳便跟著我去吧，瑞兒你要不要也一塊兒去瞧瞧，今兒來了不少的大家小姐，說不定瞧中哪一個呢！」太后故意調侃道，這小皇帝不過七歲，真要填充後宮，那也太早了。

「我才不要去，母后您明知我不喜那個容家小姐。」小皇帝輕哼了一聲。「我回宮批奏摺去了。」

見小皇帝走了，小六子連忙跟上，走之前還不忘回頭朝阿秀使了兩個眼色，大意是讓她等一下自己機靈點，不要惹禍了。

可惜阿秀和他沒有什麼心有靈犀，只覺得他好像眼皮在抽筋了一般地快速眨了幾下，至於其中的深意，完全沒有領會到。

「路嬤嬤，去將哀家的暖爐拿來。」太后和一旁的宮人說道，走之前還不忘囑咐了一番，吩咐宮女好好照顧太皇太后。

「是。」那路嬤嬤是個麻利的，沒一會兒就將暖爐拿過來了。

小巧的暖爐呈玉白色，上面雕著繁複的花樣，樣子很是可愛秀氣。

「外頭冷，妳把這個拿著。」太后將那個暖爐送到阿秀的手裡，她雖然已經帶了護手，不過之前因為走得有些急，遺落在了顧瑾容那邊，剛剛在外面走了一陣，手都凍得有些發紅。

這個暖爐可是太后用了好些年的，沒有想到現在竟然給這麼一個女子用了。不過經歷了之前的那個串珠事件，伺候在一旁的宮人們，表現得很是淡定，只是心中已經暗暗有了一些想法。

因為是跟著太后，阿秀有幸坐了一回軟轎，雖然抬得很穩，但是阿秀還是覺得暈。

太后看到阿秀的臉色難看了些，很是關切地問道：「不舒服嗎？」剛剛不是還好好的嗎？

「我可能有些暈轎子吧……」阿秀有些尷尬地說道，自己果然沒有享福的身！

「那妳便陪我下去走走吧。」太后握住阿秀的手，和跟在旁邊的嬤嬤說了一句。

阿秀覺得現在的狀況有些讓人捉摸不透，這太后對她的態度未免也太和善了，難道又是和自己的身世有關？

而且她注意到一個小細節，太后和別人說話的時候，用的都是「哀家」，獨獨和她說話，用的是「我」，雖然她對自己很友好，但是阿秀心裡卻有些惶恐。

這種不知來歷的友好，只會讓她更加覺得不安。

因為有太后在，阿秀自然也不會走得很快，一行人慢悠悠地往目的地走去。

來的時候，阿秀和小六子走了一刻半鐘，雖然之前已經用軟轎走了有一陣，但是阿秀和太后還是走了有兩刻鐘。

太后走到的時候，容安第一個先奔了過來，很是委屈地喊道：「太后娘娘，您要為安兒作主！」因為過於急切，她根本就沒有看到被太后緊緊地牽在手心的阿秀的手。

「出什麼事情了？」太后淡淡地說道。

容安因為急著告狀，並沒有察覺到這次太后對她的態度相比較之前顯得很是冷淡，而是繼續說道：「顧瑾容她欺負人，剛剛還故意將我的裙子扯破！」容安讓太后看她少了一塊布的裙襬，她剛剛不去將破損的衣物換掉，就為了等這一刻。就衝著太后平日裡這麼寵愛自己的性子，肯定會狠狠地教訓那個目中無人的顧瑾容一頓！

容安想的美好，卻只聽見太后隨意地說了一句。「既然衣服破了，怎麼不下去換？」這容安的小性子，自己還能不曉得，之前願意寵著她，所以會順著她，但是現在，不再願意寵著她了，自然由不得她裝瘋賣傻。

太后的聲音雖然還是平平淡淡的，但是其中卻帶著一絲厲色，容安整個人都僵在了原地，為什麼，太后會這麼說……

「太后娘娘……」容安呆呆地看著太后，一臉的難以置信。這個時候，她才注意到了太后和阿秀之間的親密動作，她的表情一下子變得猙獰起來。「是妳這個賤蹄子在太后娘娘面前說我的壞話是不是！」

「路嬤嬤！」聽容安這麼說阿秀，太后的臉色一下子就難看了起來，自己好不容易找到的人，怎麼容得下旁人這麼說。

路嬤嬤一聽，立馬大手將容安的嘴巴一捂，然後快速帶了下去。

因為過程太過震撼，直到容安被帶下去了，這才有人反應過來，朝著太后行禮。

「好了好了，這女子最該重視的便是自己的儀容言行，給容家帶個話，讓她最近這段時間靜靜心。」太后目光掃過在場的所有人。

「謹記太后娘娘教誨。」在場的所有人都衝著太后行了一個禮。

整齊而標準的姿態和動作，阿秀又聯想了一下自己剛剛在太后面前的模樣，自己果然還是適合待在鄉下。

第五十三章　廚藝極好

「這果然是小姑娘的宴會，一個個都是青春活力的。」太后看容安已經不在了，臉色也恢復了平和。

臉上還隱隱帶上了笑容，想必之前的那個小插曲並沒有真的影響到她的心情。

「太后娘娘您青春依舊。」下面有個嘴甜的接上。

倒是阿秀，人雖然跟在太后身邊，但是卻一句話都沒有講。

顧瑾容朝阿秀眨了一下眼睛，示意她過一會兒過來找自己。

阿秀衝她點點頭，她也想過去啊，可是這太后的手，到底是打算什麼時候才鬆開啊！

太后並沒有去看那個嘴甜的小姐，而是自顧自地說道：「平日這宴會，都是湊一塊兒吟詩作對，今兒不如來點新的花樣，就以這梅花為主題，大家做一樣自己拿手的小點心吧。」

剛剛和阿秀短短接觸了一番，太后就知曉她應該不是個附庸風雅的，而且她爹那性子，肯定也不可能教她這些。剛剛摸到阿秀的手，相比較那些嬌生慣養的女孩子，阿秀的手顯得有些粗糙，太后一陣心疼。

「是。」那些貴女們應道。

「妳也快去吧，路嬤嬤，這阿秀沒有帶丫鬟，妳就暫時去搭把手吧。」太后說道。

路嬤嬤已經快速解決了容安，回到了她身後。

「是。」路嬤嬤點頭，這太后的心思，她自然懂，那些事情，只有她們知道。

「那邊的公子哥兒們都在做些什麼？」見路嬤嬤去幫阿秀了，太后便隨意地問起了另外一邊的情況。

「不過吟詩作對罷了。」

這梅花宴作為差不多相親會一般的存在，自然不可能只邀請了貴女，那些大家少爺也在邀請之列，就好比顧靖翎。不過畢竟還是有男女之別，所以不會一開始就讓男女在一塊兒，等太后這個主辦的人到了，才會隨便找個由頭，讓男女之間有些交流的機會。

比如女子這邊舉辦一個才藝大賽，到時候將貴女們的詩作送到男子那邊去，那邊就自己拿到的那篇詩作評論一番；反之亦然。

以往幾次都是這樣的，大家也都有了心理準備，但是今天偏偏太后為了阿秀，臨時將節目給換了，一時間，那些貴女心裡多少有些慌張。能來這次梅花宴的，都是家世顯赫人家的嫡女，而這樣身分的女子能有幾個有下過廚。

太后想起當年的自己，也是什麼都不會做，進了廚房，醬油和醋都分不清。

那些貴女現在最懊惱的是，自己怎麼就沒有帶一個廚藝好的丫鬟進來呢！

「小姐可想好要做什麼？」路嬤嬤問，她剛剛也注意到太后看見阿秀那一刻的變化。若真的是她，她自是要好好待她。

「梅花酪？梅花酥？梅花糕？」阿秀一口氣說了三個名字。

那路嬤嬤一聽，忍不住點點頭，看樣子是個會廚藝的。

「可惜我一個都不會……」阿秀癟了下嘴，她平時炒個菜都成那樣，還能指望做出精美的小點心嗎？以前家裡太窮，而她是完全的食肉動物，根本就沒有接觸過這種玩意兒。

路嬤嬤一時間都不知道該接什麼了，默默嘆了一口氣，道：「那還是先摘梅花吧。」至於做什麼，反正有她在。既然可能是「那人」，她自然會鼎力相助，而且她極為擅長廚藝，太后特意將她派過來，想來也是這個意思。

「這摘梅花可有講究？」阿秀睜著黑白分明的眼睛看著路嬤嬤。

路嬤嬤心中一嘆，她倒是生的一雙好眼。

「長得好的即可，只是用來做裝飾。」路嬤嬤說道，她打算做梅花糕，不過這梅花糕雖然叫這個名字，但是裡面並沒有真的放梅花，只要樣子做成梅花狀即可。

「好的。」阿秀應了一聲，便趁著摘梅花的時候往顧瑾容那邊走去。

顧瑾容正好也在等阿秀過來。

「妳怎麼和太后一起過來了啊，太皇太后的病怎麼樣了？」顧瑾容問道，雖然看太后的心情，應該沒有什麼大問題。

「我去的時候，薛行衣已經給太皇太后看過了，太皇太后已經睡下，所以讓我等她醒了再去診脈。」阿秀回答道，她可以看出顧瑾容對自己，是真的關心，心中微微一暖。

「哦，那太后怎麼好似很喜歡妳的模樣，今兒不是第一次見面嗎？」顧瑾容繼續問道，站在一旁的裴胭也是一臉好奇地看著阿秀。

剛剛看太后那麼對待容安，她們的眼珠子都要瞪出來了，要知道那可是被太后疼了那麼多年的容安啊！

「就是第一次見面啊。」阿秀自己也很想知道這其中的緣由，她總覺得自從到了京城，很多事情都脫離了她的預想。不過阿秀現在最為關心的，還是這糕點到底該怎麼做？

「妳們想好做什麼了嗎？」阿秀掃了一眼她們，顧瑾容和裴胭兩個人，好似一點兒都不擔心，剛剛過來的時候，她們也只是有些隨意地逛著。

「不用想啊，到時候隨便做一做就好了，反正我們又不追求第一，倒是妳，剛剛太后對妳如此另眼相待，妳最好稍微下點功夫。」顧瑾容提醒道。

顧瑾容知道阿秀出自民間，不是有句老話叫「窮人的孩子早當家」嗎，她下意識地就認為，阿秀是會做飯的。

「那我先回去了。」被顧瑾容的那句「下點功夫」嚇到，阿秀覺得自己還是趕緊回去想想別的法子。

等她到了自己的位置上，就瞧見不過剛剛那麼一小會兒的工夫，路嬤嬤已經將麵粉揉好，在做餡兒了。

阿秀現在終於醒悟過來，原來太后派路嬤嬤過來不是做幫手，而是直接來做槍手的！

「阿秀小姐您將這個放模子裡就好。」路嬤嬤指指放在案上，差不多只差定型的梅花糕，既然太后說了是讓小姐們自己做一道糕點，總得留點事情給她做。

「好。」阿秀想想，自己好像也的確只適合做這個。

不過短短半個時辰的工夫，做好的糕點一一出爐了，這原本寒冷的梅園，因為這些糕點，也變得溫暖了些。

「娘娘，您嚐嚐，這是阿秀小姐做的。」路嬤嬤將一小碟的梅花糕送到太后面前，路嬤嬤跟在太后身邊那麼多年，自然是懂得她的心思的。

太后的眼眸中有那麼一瞬間出現了一絲水光，但是馬上又恢復到了平常的模樣。「瞧著便是極好的。」

這路嬤嬤的手藝自然是好的，她祖上有御廚出身的，她的手藝自然也不用說，要真的是阿秀一個人做的，那結果絕對只能上一盤看不出形狀的東西。

太后用筷子輕輕挾起一小塊梅花糕，小小地咬了一口，讚道：「的確美味，阿秀不光醫術高明，連廚藝也是極好的。」

阿秀第一次因為被誇獎，有了臉紅的感覺。誇獎她別的也就算了，太后竟然這麼直白地誇獎她的廚藝，未免也太睜著眼睛說瞎話了，這個梅花糕，只有定型和放花瓣是她做的；而且她都還沒有替太皇太后看病呢，就說她醫術高明。

阿秀覺得自己實在是不懂太后心裡在想些什麼，作為第一次見面的陌生人，太后完全沒有必要這麼吹捧自己啊！

要是一般人也就算了，說不定是誰給她開了後門，但是這個是太后啊！

阿秀覺得這一次來皇宮，她心裡的疑團變得越來越大了，再這麼下去，她自己都不敢保證，自己還能不能做到對自己的身世真相一點兒都不好奇。

「將下面那些小姐們的糕點都收拾一下，送到隔壁的竹園給那些公子們嚐嚐，平日裡可是沒有這樣的福氣呢。」太后笑咪咪地說道，至於阿秀的那碟子，被她故意忽略了。

既然太后都沒有說，自然是沒有人敢在太后面前搶東西的。

底下那些貴女們聽到自己做的糕點要送給那些公子吃，頓時紛紛羞紅了臉，本來她們還有些失落，太后娘娘沒有品嚐她們的手藝，但是現在這個結果，好似也很不錯呢！

「對了，送去的時候就說要選出三碟最好吃的糕點來，讓他們用心點品嚐。」太后說著，又挾了一塊梅花糕送到嘴邊。

站在一旁的路嬤嬤輕聲提醒道：「娘娘，第三塊了。」

太后的手微微一頓，輕笑道：「今兒心情好，多吃些無妨。」

這皇宮中有種不成文的規矩，這皇上、太后以及太皇太后的膳食，每道菜頂多嚐三口。一個是因為他們的膳食菜餚豐富，以防吃撐；還有一個，是怕有心人記下了，做出什麼要不得的事情來，比如說——投毒。

「回稟太后，竹園那邊的公子都說這三個糕點最是美味。」劉嬤嬤拿出一張小紙條，上面寫的是三個編號，先後分別是三、八、十一。

剛剛太后讓人準備的器具上都是特意寫了編號的，這碟子都是和她們面前桌子的編號是統一的。

三號是王羲遙的手藝，而八號則是雲家小姐的，至於十一號，阿秀也萬萬沒有料到，竟然會是顧瑾容。

「既然如此，那便每人賞一個小玩意兒吧，等一下結束了，跟著路嬤嬤去領吧。」相比較對阿秀的態度，太后對別的人就有些冷淡了。

「娘娘，那邊的公子們說，這吃了小姐們的糕點，自然也不能白吃，想要請小姐們看他們比賽。」劉嬤嬤繼續說道。

「比賽？」太后問道：「什麼比賽？」

因為她今兒心情不錯，倒也起了一些好奇心。

「說是去校場比賽騎馬射箭呢！」劉嬤嬤含著笑說道，她這個年紀，瞧著這些小姐、公子都和自己的小輩一般，也樂得見他們過得快活。

「正好今兒太陽不錯，那不如去瞧瞧。」太后瞧了阿秀一眼，見她好像在想些什麼，就自動理解成了她在好奇到底有哪些人。

這阿秀今年都十三歲了，也該考慮親事了。

太后這麼一句話，一群懷春少女就這麼跟著她，浩浩蕩蕩地朝校場走去。

不用走近，阿秀就發現裡面最引人注目的便是顧靖翎，他騎著一匹白馬，頭微微撇向一邊，並沒有和旁人在說話。

他常年在軍營，在這裡，他並沒有多少親近的朋友。

人家覺得和他沒有話題，他覺得人家太娘炮。

就好比今兒，這射箭，就對著一個不動的靶子，還不過十來米遠，這有什麼好比的。

這樣的遊戲在他看來，就和小孩子過家家一般。

但是他既然來了，也不能中途退場，這些待人處世的道理他還是知道的。

「快看，是太后娘娘來了。」不知是誰喊了一句，原本都騎在馬上秀馬、秀才學的那些公子們連忙都下了馬。

只是那姿勢，都遠遠不如顧靖翎瀟灑索利。

顧十九作為小廝在一旁看著，在心裡默默地給顧靖翎點了一個讚。

自家將軍豈是這些紈袴以及柔弱書生可以比擬的。

簡單行了禮，那些公子哥兒都一副躍躍欲試的模樣，在女子面前，他們自然是想要將自己最英勇的一面表現出來。

說不定就能收穫一段姻緣，而且能在這裡出現的，那都是門當戶對的！

「今兒日子不錯，就由哀家做莊，各位小姐們可以隨便押注。」太后雙眼含笑，她這番行為，其實就是想知道，阿秀會押誰。

「路嬤嬤，去拿籤子來，你們正好可以熱熱身，最後的贏家，就獎勵精鑄的寶石匕首一把。」

太后此番話引來下面一陣歡呼。

「娘娘，天寒，您要不將披風穿上？」劉嬤嬤在一旁關切說道。畢竟是大冬天的，雖然日頭不錯，但是剛剛下過雪，化雪的時候比下雪的時候還要冷上幾分呢。

而且太后娘娘的身子一向嬌弱，萬萬不能因為吹風著涼了。

「將披風給哀家。」

劉嬤嬤一聽，心中一喜，連忙拿出披風打算給她穿上。

誰知太后只是一閃，將披風拿在手裡，卻不見別的動作。

「將這件披風給阿秀送過去，讓她穿上。」太后頓了一下，便還是將披風還給劉嬤嬤。

她原本想要自己去給她穿上的，只是她怕自己做得太明顯，反而將人嚇到了。

「可是……」劉嬤嬤看了一眼太后，她現在就穿這麼一點……

「還不快送去！」太后眼色一正，冷聲道。

「是是，奴婢這就去。」劉嬤嬤雖然給阿秀將披風送去了，卻也沒有忘記讓宮女再回去多拿一件披風。

阿秀原本正在和顧瑾容說話，冷不防肩頭一重，就瞧見自己的身上多了一件月牙白的披風。她有些疑惑地看著劉嬤嬤，這個又是怎麼一回事。

「太后娘娘叫奴婢給小姐送來的，太后娘娘仁心，不願見小姐受凍。」劉嬤嬤柔聲道。

她算是瞧清楚了，這個新寵，比當年的容安更被重視不少。

至少當年的容安，可沒有太后把自己衣服專門給她送過去穿的事情。

阿秀回頭看了太后一眼，正好太后也側臉過來，正衝著她柔和一笑。

「那便煩勞嬤嬤將護手給娘娘送去。」阿秀將自己的護手摘下來，那個手爐因為已經不大暖了，自然也不好就這麼送還回去。

「小姐有心了。」劉嬤嬤笑咪咪地將護手帶了回去。

「這是阿秀小姐特意讓奴婢給您拿過來的，就怕娘娘您受凍。」雖然阿秀沒有給她任何的好處，但是劉嬤嬤心中自有計量。

太后的臉上閃過一絲欣喜，將護手接過，有些迫不及待地戴上，因為是剛剛從阿秀的手上摘下來的，裡面還帶了不少的餘溫。

她覺得眼睛一陣酸澀。

她以為，自己這輩子都不會有這樣的感覺了。

感謝老天爺，又將她送到了自己的身邊。

就在那些大家小姐們偷偷討論應該買誰贏的時候，那些貴家公子也偷偷在說話。

「你們說，今兒那容家小姐怎麼沒有出現啊？」

這個梅花宴是太后專門為了容安舉辦的，這是大家都知道的。

可如今，作為正主兒的容安竟然沒有出現，這也太不合常理了。

「該不會是闖禍了惹惱了太后娘娘吧。」一個穿著青紫色衣服的男子笑著說道，他可看不慣容安那副趾高氣揚、鼻孔朝天的模樣。

要是長得再好看些也就算了，偏偏長著一張路人臉，還天天當自己是仙女了！

「你可別這麼說，要是被人聽到了，說不定會被整一頓呢，你又不是不記得那事了。」旁邊的男子朝他使了一個眼色。

那青紫色衣服的男子立馬就噤聲了。

之前有人就因為說了容安脾氣差，就被她不知道用了什麼法子踹進了荷塘裡。

還好正好有人路過，不然小命都要交代在那裡了。

雖然不少人對容安的行為舉止不滿，但是卻沒有什麼人會說太后娘娘寵人不對。

一方面是因為太后娘娘位高權重，一般人哪裡敢質疑她；但是更重要的是，太后娘娘如此的美貌，即使做錯了什麼，只要不是太傷大雅，有誰捨得說她。

看臉的世界，根本不需要別的理由。

「你們瞧，那個該不會是容家另一個女兒吧。」雖然阿秀行為舉止很是低調，可惜還是被眼尖的人瞧見了。

「瞧著還真像！」有人附和道。

他們忍不住抖了一下，一個容家小姐已經很可怕了，現在又來了一個……

「太后娘娘。」薛行衣從一旁過來，一般這種比試，他都是不參加的。

這次梅花宴，薛行衣也在受邀的人之中，所以之前他才能比阿秀早到長壽宮。

「行衣你坐我旁邊吧，你瞧著，誰贏的機率大些。」其實根本不用問，這裡只有顧靖翎一個是武將出身，勝負很明顯。

不過這種場合，大家不過圖個高興，在女子面前露個臉，也不是非得爭第一。

「顧靖翎。」薛行衣說道。

「既然你這麼確定是他，要不也下注？」太后眼中帶著明顯的笑意，她曉得他最為反感這種事情，才會故意這麼說。

「我沒有帶錢。」薛行衣一臉坦蕩蕩。

這作為大家公子，能不帶錢、不帶小廝就這麼一個人如此淡定地出門的，大概也就薛行衣一人了。

就當太后還想再調侃一番的時候，就瞧見阿秀拿著一張小面額的銀票出現在了她旁邊，說道：「我押顧靖翎十兩。」那些小姐們都是讓身邊的丫鬟來的，也就她，自己親自過來了。

不過因為阿秀的選擇，太后特意多看了顧靖翎幾眼，其實，他除了命硬一點，還真的是不錯的夫婿人選呢！而且顧家沒有那麼多爾虞我詐，阿秀嫁過去的話，倒是一個不錯的選擇，太后忍不住就這樣的可能聯想了一番。

要不是這薛行衣太沒有情調，其實他也是個不錯的人選，都是大夫，也有共同話語。

「聽說，這次今年的狀元郎也來了？」太后突然又想到了這件事，聽說那新晉狀元可是一個一等一的美男子。

「回娘娘，那沈狀元不就在那邊！」路嬤嬤指著比較遠的一處說道。

因為離得太遠，太后微微瞇了瞇眼睛，這樣的一個動作由她做出來，就帶著一絲天然的嫵媚。

「遠遠一瞧，那面容的確是頂尖的。」就好比男人喜歡討論女人的容貌身材，女人其實也喜歡討論男人的。

「聽說他是之前受冤的沈大人的嫡親兒子。」路嬤嬤降低了一些聲音說道，之前沈大人的案子，就是因為八王爺的故意陷害才會釀成慘劇。

「也是個可憐人。」太后輕輕嘆了一口氣，便收回視線不再去看他了。

第五十四章　太后隱情

等那些貴女們都買好注，太后和旁邊的嬤嬤說了一句，比賽算是正式開始了。

這次來參加梅花宴的男子基本上都是擅長吟詩作對，平時雖然都會騎馬到處遛遛，但是真要和顧靖翎比騎馬，那絕對是自取其辱。

毫無懸念的，第一名是顧靖翎。

只是那倒數第二名的身影，怎麼瞧著有些眼熟呢！

不過阿秀現在想的都是自己贏錢了，也就沒有太在意。

「顧小將軍果然年輕有為。」那群公子哥兒這些風度還是有的，而且除了顧靖翎，其他人的水準也差不多，他們也不會覺得太丟臉。

「多謝。」顧靖翎微微一抱拳。

「這顧靖翎最近倒是越發能幹了。」太后看著顧靖翎，很是滿意，只是這話不知是在說給誰聽。

「娘娘說的極是，這顧小將軍不愧是鎮國大將軍的子嗣，將來必定能為國效大力。」一路嬤嬤在一旁笑著說道。

「不知道哪家的女子有這樣的福氣。」太后一邊說著，一邊將視線慢慢劃過那些貴女們。

雖然大家私下裡多少是和關係好的小姊妹在講些私房話，但是太后那邊的一舉一動，她們哪個不關心，聽到太后這麼說，在場至少有一半的貴女僵住了身子。

要知道那顧小將軍可是剋死了兩個未婚妻的，就算顧家位高權重，她們也沒有這個膽子去招惹他。

只是這太后的話，也萬萬不能當作沒有聽到。

便見一個草綠色襖裙的少女說道：「顧小將軍是個有主意的，說不定自己有了心上人了。」說完捂著嘴笑了起來。

一旁的貴女紛紛應和。

她用開玩笑的語氣說這話，即使真的說錯了，也不會有人怪罪，而且這樣非正式的場合，也不會有人真的去追究她這番說辭。

太后臉上雖然絲毫不露，心中卻是一陣冷笑。

這些貴女真真是怕死，不過是傳言罷了，一個個都不敢上前，若沒有這個傳言，說不定還厚著臉皮往上面湊呢！畢竟像顧靖翎這種能力卓越，前途光明的年輕男子，可不多！

坐在王羲遙身邊的一個少女輕笑著說道：「聽說阿秀姑娘就住在顧府呢，不知道阿秀姑娘對顧小將軍有什麼不同的看法呢？」

但是這貴女之間親密點的稱呼「姊姊、妹妹」，關係生疏點的也是叫「哪家小姐」，而她偏偏叫阿秀姑娘，言語中明顯帶著一絲輕視，打心眼兒裡是瞧不上阿秀的。

這樣的話語，讓大家一下子將注意力都放在了阿秀身上。

之前因為太后的行為，已經讓阿秀無意間出盡了風頭，現在又被這麼推出來，說話那人明顯是沒有安什麼好心。

阿秀雖然沒有什麼宅鬥的天賦，但是這話還是聽得出來的。

這顧家是太后看重的，她一旦表露出有什麼看不上顧靖翎的地方，肯定會被太后所厭惡；但是要是表現得很欣賞顧靖翎，那麼說不定她下一刻就會被那些貴女們和顧靖翎湊成了對。

阿秀皺著眉頭，努力想了一下，然後說道：「雖然顧將軍很有能力，但他不是我喜歡的類型。」她雖然很努力地在想該怎麼回答，但是好像不管怎麼說，都是錯，索性直接說了實話。

這話一說出來，就有不少貴女驚叫出聲，這阿秀的膽子未免也太大了，竟然在大庭廣眾之下，說出這樣的話來，什麼喜歡不喜歡的！

倒是太后，一臉好奇地問道：「那妳喜歡什麼樣的？」

「我喜歡會做菜的，這樣我就不擔心吃不到美食了。」阿秀一本正經地說道。

這話一出口，驚叫的女子就更加多了。

只要嫁得好，還怕沒有美食吃！身為一個女子，怎麼能把目光只放在吃上面？

在場的貴女，基本上都用看傻子的眼神看著阿秀，果然是鄉下來的。

「這倒是不錯的想法呢！」太后輕笑著出聲道。

旁邊的路嬤嬤也乘機說道：「阿秀姑娘單純可人。」

既然太后都這麼說了，在場的貴女心中就是再鄙夷，面上也要做出一副歡喜的模樣。

「阿秀妹妹果然天真爛漫呢！」將禍水引到阿秀身上的那個貴女笑著說道，只是臉上的笑容顯得有些僵硬。

太后那是經歷過宮鬥的人，哪裡會不曉得這些小姑娘的心思，臉上的笑容淡了一些。

「妳是王太師家的小姐吧？」太后淡淡地開口。

「臣女是。」那個女子連忙往前走了一步。

「旁邊的這位，想必就是有『第一才女』之稱的王羲遙吧。」太后將視線放到那個一直沒有說話，臉上含著淡淡笑意的女子身上。

要是她再年輕十幾歲，心中肯定歡喜這類淡然的女子，但是到了她現在這把年紀，這種小姑娘的淡然，在她眼裡那就什麼都不是。

要真的淡然，就不該來這種明顯是為了相親的宴席。要真的淡然，剛剛就不會把自己的胞妹推到前面來。

太后本身並不反感有心機的女子，只是若將心機耍到了阿秀身上，她就看不過眼了。

「羲遙愧不敢當。」王羲遙跟著身邊的王羲瑜站起來，往太后那邊走了一步。

這王羲瑜是王羲遙的第三個妹妹，雖說是同父同母，但王羲遙平日並不喜歡這個處處喜歡模仿她的妹妹。她平日裡和家中的那些妹妹並無深交，現在把她們當成棋子來利用，自然也不會覺得不安。

「這些虛名的確是沒有什麼意義，而且文無第一，武無第二，哪有什麼第一、第二之說。」太后的語氣雖然很溫和，但是這話的意思可不是那麼溫柔了。

聽在旁人的耳朵裡，就是說王羲遙名不副實。

王羲遙心思敏感，聽到這話臉色微微一變，但是很快就掩飾過去了，盈盈下拜道：「太后娘娘說的極是。」

「還有，這阿秀是皇上專門請來給太皇太后瞧病的，現在不過暫住在鎮國將軍府，怎麼就被誤會成這樣了？」太后微微垂眼，並不去看王羲瑜。

「是臣女不是，不該說出剛剛那些話。」王羲瑜並不笨，太后這麼說，她就明白過來了，只是她沒有料到，太后竟然會這麼護著那個鄉下丫頭。她突然覺得，可能不過幾日，一個比當初的容安更加可怕的存在要出現了。

「回去坐著吧。」太后輕輕一揮手，示意王家姊妹回去。畢竟不是什麼大事，太后也不想多追究，要是她們下次還這麼著，那她就不會這麼簡單就放過她們了。

只是這阿秀的配偶要求，太后著實有些頭疼。

這男子會下廚的一般就只有廚師，她可不願意阿秀嫁給一個廚師。

她年輕的時候也想著，只要找一個喜歡的人嫁了就好，但是十年前，就因為那人看上了自己，自己不願意，她的家族和他的家族都差不多被趕盡殺絕，她也被困在了這個黃金牢籠裡，如果不是心中還有牽掛，她自己都恨不得當年就去了。

那個時候要不是太皇太后，她都覺得自己熬不過來，她吃過這樣的苦，她不能讓阿秀走自己的老路。雖然現在她在這個位置上，足以保護好阿秀，但是她得考慮長遠些，她要讓阿秀幸幸福福地過一輩子。

所以，現在首先要做的事情是，讓全國的男子都開始學做菜？

太后覺得這個好像有些不靠譜，最後決定還是等阿秀有意中人了，再讓那人學做菜來得實際些。

如果……

太后心中想著，要是她真看上了沒有什麼身分地位的人，那她就讓那個人變得有身分、有地位；她的阿秀，一定要配最好的人。

「娘娘，您瞧他們開始比賽射箭了呢！」路嬤嬤見太后柳眉微皺，便故意笑著將話題岔開，心裡默默地將王家兩姊妹加進了黑名單。

以後要是她們來求見的話，那就多晾她們一下好了。

「那個是沈狀元吧，怎麼眼睛一直往這邊瞧，是看中哪家的姑娘了嗎？」太后看到有人一直在回頭看她們這邊，自己射箭的時候，別說是靶子了，連方向都不知道偏到哪裡去了。

「要不奴婢去問問？」路嬤嬤說道。

「索性將人叫過來，直接問不是更加快！」太后有些興致勃勃地說道，順便可以看看，是不是合適的夫婿培養人選。

「是奴婢糊塗了，奴婢這就去請沈狀元。」路嬤嬤笑著認錯，領了命便過去了。

要知道這個沈狀元現在也是京城的一個大熱門，不說他的身世和外貌，據說他秋闈的時候寫的那篇文章，讓幾個監考官是全面叫好，意見一致地選他做了狀元。如果沒有足夠的實力，就他的長相，說不定就變成探花去了。如今的探花雖然也英俊，可是站在沈狀元身邊一對比，就跟路人一般，這人比人，真真是要氣死人啊！

「娘娘，沈狀元來了。」路嬤嬤說。

「剛剛瞧你一直在往我們這邊望，你可知這是很失禮的事情？」見人站在了跟前，太后微蹙眉頭，只是眼中的笑意卻很是明顯。

這沈狀元真真是一表人才，外貌英俊，眼中清澈，卻帶著一絲淡淡的哀傷，想必是還沒有從之前的家族慘案中恢復過來，也是個重情義的。

「微臣知錯。」

「好了好了，這也不是什麼大不了的事，那你和哀家說說，剛剛瞧的是哪位小姐。」太后笑著說道。

來人將頭抬起來，慢慢地定在某個位置，眼中閃過一絲驚喜。

太后順著他的視線瞧去，心中頓時一樂，沒有想到他看的真的是阿秀。

「你找的可是阿秀？」太后問道。

那些貴女們原本心中還隱隱帶著一絲期待，畢竟這新科狀元是個一表人才的，而且聽說很有前途，要是真嫁給了他，那也是一個很不錯的結果；但是她們萬萬沒有想到，這個新科狀元也和那個鄉下來的阿秀扯上了關係。

「回太后，阿秀是我的救命恩人。」

阿秀聽到自己的名字便往那邊看去，就看見小菊花正對著太后在行禮，她一時間有些回不過神來，沈東籬怎麼會出現在這裡？

「哀家倒是不想其中還有這樣的淵源，那便准你和阿秀去說幾句話吧。」太后轉頭看了一眼，見阿秀也在往這邊看，頓時有了一些新的想法。看沈東籬手指修長，好似也滿適合學廚藝的。

「多謝太后娘娘。」沈東籬謝過以後便大步往阿秀這邊走來。

他知道阿秀失蹤以後，有那麼一段時間，總覺得集中不了精神，後來還是陳老罵了他一頓，他才有了精力努力準備秋闈，然後一舉奪魁。

其間他也拜託陳老專門去找阿秀，但是卻一直沒有消息，沒有想到，現在竟然在一個最不可能的地方見到了她。

沈東籬覺得自己有好多話要和她說，想要問她之前被擄走有發生什麼嗎，為什麼會在宮裡，好多好多……但是到了最後，只化成了一句話。「阿秀，妳長高了。」

阿秀以為沈東籬會問她很多問題，但是偏偏呢，他只說了這麼一句話，阿秀突然覺得眼睛一熱，笑著說道：「你也結實了呢，小菊花。」在說道最後三個字的時候，她的聲音低的只能讓他們兩個聽到。

沈東籬以前無比反感這個外號，總覺得帶著一絲侮辱性，但是經歷了那麼多事情，再聽到這個稱呼，他只覺得無比的親切。

兩個人相視一笑，帶著一絲默契。

太后一看這個場景，就越發覺得這沈狀元脫下官袍走進廚房，想必也是萬分合適的。

「太后娘娘，微臣先下去了。」既然看到阿秀安然無恙，他也就放心了，至於敘舊，就留到日後吧。

「嗯。」太后隨意地點點頭。

等沈東籬一回到那邊，就有不少人抓著他拚命問，近看的話哪家的小姐最為美貌。

沈東籬剛剛的注意力都放在阿秀身上了，哪裡曉得哪家的好看，他隱隱間好似看見一抹嫩黃色的身影，便胡亂說了幾句。

一旁一個男子一邊搖頭一邊說道：「你說的那是王家大小姐吧，她可是大才女呢，就是性子太冷淡。」這美女雖好，也得是自己能夠駕馭得了的啊！

「對了對了，你近處看見那個穿月白色披風的女子了嗎？」又有人問道，這個月白色披風的自然指的就是阿秀。

沈東籬自然是瞧得清楚，畢竟他還和她住在一個屋簷下好幾個月，但是他就是不喜歡這個男子說到阿秀時的語氣。

「沒有。」沈東籬冷聲說道。

「欸，你剛剛不是和她講話了嗎，怎麼會沒看到？」下面的那些人又不是沒長眼睛，自然是不相信沈東籬的這番說辭。

「就是沒有看清。」沈東籬又不是一個會說假話的人，咬著牙不改口。

「東籬兄，你該不會瞧上那個女子了吧？雖說這太后如今喜歡她，但是這上位者的寵愛可未必長久，照我說還是找一個大家閨秀實在。」那人笑著說道，只是話語中並沒有太大的善意。

他說這話，一個是說沈東籬急功近利，好似為了前途可以隨便勾搭一個女子；另一個則是在說阿秀不過是一個鄉下丫頭，即使現在受寵，那也是不長久的。

畢竟容安還沒有走遠呢！容安雖然脾氣不好，但是至少是個貴女，而阿秀，真真只是一個鄉下的黃毛丫頭罷了。

「太后坐的可不遠。」顧靖翎從後面慢慢走過來，因為完全沒有逗留，大家一開始還沒注意到他說的這話。

但是等他們回過神來，頓時臉色都變了。

這當著太后的面，討論這些，他們還真的是嫌自己的命太長了。

阿秀聽著旁邊那些所謂的貴女和現代那些追星的小女生一般討論哪家的公子英俊，哪家的公子來頭大，哪家的公子有前途，要不是身邊還有顧瑾容和她閒扯著，她都要睡著了。

顧瑾容見阿秀開始打哈欠了，便笑著說道：「這種宴會都是這樣的，無聊得緊。」

這大冷天的，聽這樣一群聒噪的女子談這些沒有重點的話題，實在是浪費時間，她寧可回家陪著自家老爹在校場跑幾圈呢。

要是她這個想法讓別人曉得了，想必那些男人對她就要更加退避三舍了。

「娘娘，出結果了。」在阿秀她們私下閒聊的時候，那些公子之間也決出了勝負。

第一自然是顧靖翎，倒數第一則是沈東籬。

沈東籬之前騎馬還騎了個倒數第二，但是射箭的時候，完完全全墊底了。他好似一點都不在意，轉頭間還銜著阿秀的方向笑笑。

太后一直關注著阿秀那邊的動向，自然是瞧得清清楚楚，頓時對這個少年郎多了不少的好感。只是她又聯想到這沈東籬的身子骨兒，未免也太纖細了。她琢磨著明兒是不是找皇上，讓他把原本放在禮部的沈東籬換一個職務，多去歷練歷練。

「這第一名自然是有獎勵，但是這倒數第一名，也得有懲罰。」太后笑著說道，將那把寶石匕首交予顧靖翎手中。

「多謝太后娘娘。」

「這倒數第一是什麼懲罰呢？」那些貴女在私下紛紛議論著，畢竟沈東籬長得這麼好看，人又溫文爾雅，她們實在也不願意瞧著他受苦。

「至於沈狀元你的懲罰，過幾日等口諭吧。」太后淡淡一笑，餘光看向阿秀，見她並不多好奇，決定先賣個關子。

「是。」沈東籬應下。

「該不會是要降職吧？」有人在下面小聲說道，但是現在沈東籬也不過是一個正六品的小官，還能怎麼降。

「太后娘娘豈是這種人！」太后娘娘如此美貌，自然是有不少腦殘粉的，那人一說完，就被人圍攻了。

沈東籬要是真被降職，那也是因為他自己能力不夠，關太后娘娘什麼事情。

一個宮人小跑著過來說道：「娘娘，太皇太后醒了。」

太后點點頭。「既然結果出來了，那今兒的比賽就到此結束了；路嬤嬤，妳帶著他們去寶華廳吧，阿秀妳跟著我去瞧瞧太皇太后。」

「是。」

因為曉得阿秀暈軟轎，回去的時候還是走回去。

太后原本就嫌和阿秀單獨相處的時間不夠多，現在有這樣的機會，自然是求之不得。

「妳這身醫術可是跟妳爹爹學的？」太后問道。

阿秀的眼中閃過一絲疑惑，自己應該沒有和太后說過吧……難道是顧靖翎和她說的？這麼想的話，好像也能解釋得通。

「是的。」

「那不知妳爹爹現在人在何處？」太后垂下眼，掩下眼中閃過的複雜心情，努力平復著自己的心情。

「我阿爹行蹤不定的，我也有好長一段時間沒有見著他人了。」阿秀覺得這太后問的問題越發奇怪了，不過她也不好反問。

太后一聽阿秀這麼說，眼中的神色就更加複雜了，有擔憂，有埋怨，卻也有懷念。

「妳阿爹平日對妳好嗎？」

「阿爹對我自然是好的。」雖然他老是裝醉，還偷懶，時不時還要闖禍。

「那便好，那便好。」她就知道，他不會讓自己失望的。

第五十五章　不可輕視

「母后，您覺得身子如何？」太后領著阿秀走進去，這個時候太皇太后已經穿戴整齊，正坐在一旁的榻上和身邊的嬤嬤說著閒話。

瞧見太后過來，太皇太后便衝她笑著揮揮手。「妳過來了啊，不是去主持梅花宴了嗎，今兒那容丫頭沒有闖禍吧？」

太皇太后自然知道太后為何會寵著那個刁蠻丫頭，她也知曉當年之事是她兒子的不是，所以對於這件事只是睜隻眼閉隻眼。她如今都是太后了，還不能有自己的一些興趣愛好？

「讓我趕回家了。」太后淺笑一下，輕描淡寫地將事情說了出來。

太皇太后好似一點都不意外。「我以為妳會繼續容忍她呢！」

「母后，咱就不說這個事了，這是阿秀，是瑞兒專門請來給您診脈的。」太后將站在一旁的阿秀往前面輕輕一推。

「民女參見太皇太后。」阿秀認認真真學著之前那些貴女的姿勢，行了一個禮。

太皇太后雖然面露病態，但是身上卻有一股不容忽視的氣勢，這是常年身居高位才會有的，而且她頭髮烏亮，臉上不過幾絲細紋，保養得極好。

「瑞兒倒是一個有心的。」說起自己最為寵愛的孫子，太皇太后的笑意便深了不少。

如果是一般人推薦的，太皇太后根本就不會讓一個民間大夫為自己診脈，但是這是小皇帝對她的心意。不管身居哪個位置，對於小輩對自己的關心，那都是讓人欣喜的。

「既然是瑞兒推薦的，那便過來吧。」大約是有小皇帝的面子在裡面，太皇太后對阿秀也是和顏悅色。

要知道當年先帝也是年少登基，再加上當時鄰國進犯，都虧了當年還是皇太后的太皇太后的努力，才換來了現在的太平盛世，可以說她絕對是巾幗不讓鬚眉的女強者。

「是。」阿秀很是順從地走過去，用手輕輕搭住太皇太后的脈。對於阿秀來講，把脈絕對是她的弱勢，雖然之前在藥帳的時候，唐大夫還給她惡補了一番。

「不知太皇太后平日有何症狀？」阿秀柔聲問道。

太皇太后見阿秀不過短短幾瞬就離了手，好在她原本對她就不抱什麼希望，所以也談不上失望；倒是她小小年紀，面對她態度還是不卑不亢的，很是難得。

「蘇嬤嬤，將之前那些御醫留下來的診斷給這位小大夫瞧一下吧。」太皇太后說道。

自兩年前病情嚴重以後，她來來回回也不知道看了多少的大夫了，這樣的問題也回答煩了，而且那麼多的大夫，也就薛行衣有些法子。只是這薛行衣是薛家百年難得一見的天才型人物，豈是民間的大夫可以隨便比擬的；要不是阿秀是小皇帝推薦進來的，她就是連看以前診斷和藥方的機會都沒有。

阿秀微微一愣，這才意識到，坐在自己面前的這個中年女子不是一般的人，而是位居高位的太皇太后。

「那就麻煩蘇嬤嬤了。」阿秀笑著對蘇嬤嬤行了一個禮。

這個蘇嬤嬤倒是長得很是和善，大約有六十多歲，滿頭的髮絲白了一半，看著阿秀的眼中帶著滿滿的柔和。

這蘇嬤嬤當年也是太皇太后身邊最為得力的宮人，一般有什麼齷齪事，也都是讓她去處理，現在她年紀大了，心態反而更加柔和了，對一般的小輩態度也很溫柔。

但是如果因為她平時表現得比較溫和你就小瞧了她，那吃虧的絕對是自己。

「蘇嬤嬤妳記得將行衣開的方子也拿過來。」太后在一旁說道。

蘇嬤嬤原本帶著淡笑的臉上閃過一絲詫異，這薛家的方子都是祖傳的，一般不外傳，要不是太皇太后身分特殊，這方子也不會這麼留下，但是現在太后這麼說……

蘇嬤嬤自然曉得，她這是在告訴自己，這個小姑娘不能怠慢。

「是，奴婢這就去。」雖然是太皇太后身邊的老人了，但是也萬萬不敢忽視太后的話的，畢竟如今太皇太后勢弱，而太后正是年輕。

「阿晚妳倒是機靈！」太皇太后笑著說道，阿晚，則是太后的小名。對於剛剛太后的態度，太皇太后不是不詫異，但是她很快就掩飾好了自己的情緒。

「我這不是為母后著想嗎，這阿秀多看看之前那些大夫的診斷和方子，說不定就能想出什麼法子了呢；您可不要看阿秀年紀小，她之前在靖翎的軍營裡，可是救了不少的將士，也是之前虜獲那逆賊的一大功臣呢！」太后之前只聽說阿秀是從顧靖翎的軍營出來的，至於別的，都不過是她自己說的罷了。不過既然她是他的女兒，她對阿秀自然是有信心的。

「沒有想到還有這層關係在裡頭，我以為這孩子是瑞兒從大街上隨手拉回來的呢，前幾日他不是帶著小六子又偷偷出宮了一次！」太皇太后聽太后這麼推崇阿秀，心裡終於稍微正視了她一些，不過要她信任這麼一個小丫頭，她還是做不到的。

「您這麼說，他該傷心了，瑞兒那孩子，可是一直惦記著您老的病呢，剛剛也是等您睡下了才肯走。」太后笑著說道，只是在說到皇上的時候，語氣卻沒有那麼親昵。

「那個小滑頭，等一會兒叫他來這兒用膳吧。」太皇太后對太后的態度也是見怪不怪，她對自己這個孫子很是滿意的。

先帝體弱，三十歲不到便過世，只留下這麼一個獨苗苗，還好瑞兒自小聰穎，五歲便慢慢跟著先帝上朝，這先帝駕崩後才沒有引起大慌亂。

雖然出了八王爺這麼一個害群之馬，現在也已經過去了。

「他還不是您寵出來的，我要教訓他的時候，他就知道搬出皇祖母的名號來。」

小皇帝自小是跟著太皇太后的，跟她很是親密，再加上沒有別的兄弟姊妹，更是享得獨寵，雖然平日裡少了一些玩伴，但是也少了不少的危機。

「東西都拿過來了。」正談笑間，蘇嬤嬤便拿著一個小箱子過來了，這裡面放滿了之前大夫的診斷和方子。

每個大夫都有自己書寫的習慣，就阿秀的年紀，蘇嬤嬤先不說她懂不懂看病，這龍飛鳳舞的字，都未必完全看得懂！

「裡面的東西不少，蘇嬤嬤帶著這個小大夫一旁看去吧。」太皇太后對阿秀並不感興趣，隨手一揮。

「是。」

「那母后，我陪您下盤棋如何？」太后說道，眼睛掃過阿秀，見她只是微微垂著頭，臉上並不見明顯的表情。

「妳又要欺負我這個老太婆了是不是？」太皇太后聞言，顯然是歡喜的，卻還不忘調侃太后一番。

「母后您才是欺負人的那個吧，以往可是您贏的次數多。」太后不依道。

在太皇太后面前，太后說話很是嬌俏，她面容本就是極美，如此一來，讓阿秀這麼一個女子瞧著都有些心動了。

「就妳記性好，最近幾年可是妳贏的多，我啊，那是老了！」太皇太后很感慨地說。

「您又說喪氣話！」

這邊太皇太后和太后還在閒聊，那邊阿秀跟著蘇嬤嬤到了一個小隔間。因為有太后剛剛的特意誇獎，蘇嬤嬤特意叫小宮女在屋子裡面點了銀炭，還準備了茶水和糕點。

「這最下面的都是兩年前的，那時候太皇太后的身子還沒有那麼差，方子大多也只是補身子的。」蘇嬤嬤提醒道，要不是太后和小皇帝的關係，蘇嬤嬤萬萬是不會多做這一步的。

「多謝嬤嬤提醒。」阿秀謝道。

「太皇太后能好，那我也就放心了。」蘇嬤嬤輕輕嘆了一口氣。先不說她和太皇太后快五十年的主僕關係，就為自身考慮，一旦太皇太后去了，自己哪還有現在的風光。

「嬤嬤，恕我失禮，這太皇太后現在是什麼病症。」雖然以前的診斷要看，但是阿秀更加關心的是太皇太后現在的狀況。

「兩年前還只是偶爾發作，最近幾乎天天發作，每次那腦袋疼得要命，眼睛還發脹，嚴重時還會嘔吐，今兒早上更是吐了不少，而且也沒有食慾。」蘇嬤嬤一邊回想一邊說道。

最近幾日，太皇太后的情況嚴重了很多，偏偏她還是個愛逞強的，身子都這樣了，卻不願意躺床上，自己又只是一個下人，也只能勸幾句。

「多謝嬤嬤。」阿秀點點頭，心裡慢慢有了想法。

「太皇太后得的該是頭風痼疾。」阿秀說，這個病簡單地說，就是頭風。比較有名的就是三國時期的曹操，他當初就是得這個病，不治去世的。

當年華佗對曹操的建議是要開顱，但是那樣的手術在現在這樣的條件下顯得過分困難了。首先沒有開顱的儀器，而且沒有消毒的藥物，即使手術成功，也要防止術後感染。

阿秀只是隨便一想，就覺得應該放棄西醫的手法，開始想著中醫應該用什麼樣的方法。

太皇太后和太后下了三盤棋，不知是太后今日狀態實在不好，還是太皇太后運氣好，三局勝了兩局。太皇太后嘴上雖說這是太后故意讓她，但翹起的嘴角表明了她心情著實不錯。

太皇太后看都過了一個時辰了，便問道：「那丫頭看好了沒？」

「奴婢這就去。」蘇嬤嬤應了一聲。

那個箱子裡面的資料著實不少，再加上阿秀要在看藥方的時候還得細細研究這個病症，等蘇嬤嬤來找的時候，她才看了一半。

「太皇太后有請。」

「好。」阿秀點點頭，開始將東西再放回箱子裡，特意還按照最初的順序，要是以後還有大夫要看，也不會弄混。

「妳有把握沒？」蘇嬤嬤乘機問道。

阿秀頓了一下，才慢慢搖搖頭。病症是知道了，那又怎麼樣，有些時候，醫生比病人更加無能為力。

蘇嬤嬤一愣。「那妳知道什麼便說什麼吧，太皇太后是個心慈的。」

「多謝蘇嬤嬤。」阿秀知道蘇嬤嬤是為了讓她放寬心。

話雖然這麼說著，但是阿秀心裡還在琢磨著太后的病症。

薛行衣的那個藥方，阿秀仔細看過，這和她之前在醫書裡面看到的相差不多。但是，現在太皇太后的症狀只是暫時減輕了，這也就意味著，這個藥方並不能治本。

太后看著阿秀，柔聲問道：「阿秀，可有什麼結論嗎？」

「民女無能，並沒有得出什麼結論。」阿秀老實說道。她畢竟只是西醫出身，學中醫不過只有十來年，而且大部分時間還是自學，像頭風這樣的毛病，根本就不是她能夠駕馭的。

「一點兒都沒有嗎？」太后忍不住繼續問道，眼睛則看向坐在旁邊的太皇太后。

太皇太后見阿秀這麼不卑不亢地說自己無能的時候，心中反而對她多了些歡喜。自己的毛病她還不曉得嗎，這薛行衣的藥方也是和族中的長輩商量才得來的。這阿秀，不過這樣小的年紀，要真的一下子寫了藥方，那可要懷疑她的心思以及她身後到底站的是什麼人了。

「那妳說說，就那些方子，妳看出了什麼。」太皇太后掃了阿秀一眼，臉上並不見什麼情緒。

「我只看出太皇太后您應該得頭風十二年有餘，病因最初應該只是吹了冷風，傷寒後沒有根治，病情嚴重該是兩年前，而且就最近半年，您至少換了五個方子了，以及您如今犯病的頻率已經越來越快了。」阿秀將自己看了那些資料得出的結論說了出來。

「妳是從什麼地方看出我這毛病是因為傷寒沒有根治？」太皇太后的眼中終於有些變化了，她一開始只以為阿秀會說出一些無關緊要的話，但是她萬萬沒有想到她竟然會得出這樣的結論。她還記得十二年前，自己傷寒請的是唐家人，後來他還和自己說要多注意這個病症，可惜自己沒有當回事，這大概就是唐家人對自己的報復吧……

太皇太后的目光移到太后身上，唉……

「有御醫寫到您的病況的時候會提到一些，我是根據那些推斷出來的；至於換方子，則是因為每次換方子，都是因為您的病情出現新的變化，而且根據筆記和開藥的習慣，這五個方子是三個大夫開的，最後兩個應該都是薛行衣。」阿秀說道。

太皇太后點點頭，雖然她沒開什麼方子，但是就這些觀察到的，對於她這個年紀來講，已經很不容易了，而且又是小皇帝推薦過來的。

太皇太后笑了。「倒是個細心的孩子，蘇嬤嬤，妳去將那個白鳥鎖邊裙拿過來。」

蘇嬤嬤應聲連忙下去。

阿秀原本心裡想的是百鳥，等看到以後才知道是白鳥，裙子的整體就是白色的，而上面的白鳥只有在陽光下才閃現出一絲銀光。

「這個是當年醫女的衣服，只可惜，最近二十年，都沒有再出過一個醫女了。」太后的眼中帶著明顯的惋惜。

醫女和一般御醫的地位差不多，但是因為是女子，在宮中的話，行走會比較方便。醫女的存在，是所有女子的福音，可惜女子學醫原本就比較少，還要學得精，那就更加少了。

當初最後一個醫女，就來自唐家，可惜唐家沒了，醫女也再沒有出現過；這件裙子是後來做的，卻再也沒有一個人穿上它。

太皇太后將這個送給阿秀，也是有一種鼓勵的意味在其中。

「謝太皇太后。」阿秀自然聽懂了其中涵義。「阿秀會努力學醫，好造福更多的人。」

「好孩子。」太皇太后很是難得地拍拍阿秀的腦袋。「這兒有我的手諭，妳回去後便去找薛子清那老頭兒拜個師，雖說是女子，但是有這個懸壺濟世的心也是不容易。」太皇太后說著將一個玉珮放到阿秀手裡。

雖然阿秀的身上有不少讓她欣賞的地方，但是會有這樣的舉動，多少也是看在小皇帝和太后的面上。這阿晚，平日裡最煩的就是下棋，今兒願意陪她連下三盤，自然是為了這個丫頭。太皇太后雖然不知道她為什麼這麼做，但是還是願意給她這個面子；而且那薛老頭近年來越發的懶散了，給他找點事做也很是不錯。

阿秀拿著那塊玉珮，那是接也不是，不接也不是。

太后瞧見太皇太后的這個舉動，臉色也有些怪異。

要知道當年，雖然唐家和薛家都是醫藥大家，但平常是沒有往來的。據說當年唐家的老祖宗和薛家的老祖宗是師兄弟，後來反目成仇了，這兩人的後人也沒有再往來，甚至還互相瞧不上對方；特別是幾十年以前，唐家的家主和薛家的家主喜歡上了同一個女子……

從此以後，唐家人和薛家人就是在路上瞧見對方，也當作是完全沒有看到。

這讓阿秀去薛家學醫……太后覺得怎麼有些玄乎呢！

可是這太皇太后的話也不能隨便違背，太后頓時有些擔憂地看了阿秀一眼。

「可是之前我瞧見薛家的老太爺，他好像不大喜歡我。」阿秀有些猶豫地說道。

太皇太后和太后都沒有料到，阿秀竟然之前就已經見過薛子清了。

「這女子學醫本就艱難，那老迂腐！」太皇太后只當薛子清是因為瞧不上阿秀女子的身分，要知道太皇太后當年可也是巾幗英雄，自然是見不得這樣的事。頓時說道：「蘇嬷嬷，妳讓行衣給他祖父帶個口諭，就說哀家給他找了個女徒弟，讓他認真點教，哀家可是要檢查的，要是教得不好，哀家要治他們薛家一個大不敬的罪！」

「是。」蘇嬷嬷瞧了一眼阿秀，一開始只覺得這個女孩子好像有些呆呆的，現在瞧著，好像又不是這麼一回事了。

「這阿秀和行衣年齡相仿，要是讓薛老爺子收阿秀做徒弟，那身分不就亂了？」太后在一旁說道，她到底還是沒有放棄薛行衣這個不錯的婚配對象。這薛行衣要是配阿秀的話，勉強還是能配的，但要是阿秀成了他的師姑，那怎麼著也是不能把他們湊成對了。

「這又不是什麼大事，行衣那孩子想必也不會介意。」太皇太后自然是不懂太后心中所考慮的，直接讓蘇嬷嬷去找薛行衣了。

太后一時間找不到合適的理由，自然只能由著蘇嬤嬤去了。

想到薛行衣從此就從她心目中的那個名單中離開了，太后心中還微微有些發痛，就連最開始考慮到的唐、薛兩家的問題，都暫時被她遺忘了。

「阿晚，那梅花宴要是還沒有結束，妳便帶著這丫頭回去吧，宮裡難得熱鬧，就不要為了哀家這個老婆子掃興了。」

「母后您說的什麼話，那些小姐們誰不想見見您，您身子要是再好些，肯定要請您也一起過去瞧瞧，那些姑娘俏麗活潑，瞧著心情便好了幾分。」

「那等哀家好些，到時就再辦一個，讓哀家也瞧著高興高興。」太皇太后笑著道。

「那是自然。」

「好了，哀家也乏了，妳們去吧。」太皇太后用手捏捏眉心，本來今天身子就不好，又下了棋，自然是乏了。

「民女告退。」阿秀行完禮，才繼續說道：「民女可以將那些沒有看完的方子帶回去看完嗎？」

「這方子都是大夫們的立身之本，妳要是真的想看，就先放到太后那邊，妳有機會進宮來看吧。」

「多謝太皇太后。」阿秀恭謹回道。

太后頓時心中一喜，這樣自己就又多了一個見到阿秀的理由了。

——未完，待續，請看文創風280《飯桶小醫女》3

文創風 279

飯桶小醫女 2

國家圖書館出版品預行編目資料

飯桶小醫女 / 蘇芫著. --
初版. -- 臺北市 : 狗屋, 2015.03
冊 ; 公分. --（文創風）
ISBN 978-986-328-432-1（第2冊：平裝）. --

857.7　　104001128

著作者	蘇芫
編輯	王佳薇
校對	沈毓萍　馮佳美
發行所	狗屋出版社有限公司
地址	台北市104中山區龍江路71巷15號1樓
電話	02-2776-5889～0
發行字號	局版台業字845號
法律顧問	蕭雄淋律師
總經銷	知遠文化事業有限公司
電話	02-2664-8800
初版	2015年3月
國際書碼	ISBN-13　978-986-328-432-1
原著書名	**《医秀》**，由起點女生網（http://www.qdmm.com/）授權出版

定價250元

狗屋劃撥帳號：19001626

網址：love.doghouse.com.tw　E-mail：love@doghouse.com.tw